The

Quality

of

Silence

沉默的告白

［英］罗莎蒙德·勒普顿（Rosamund Lupton）——著

刘勇军——译

湖南文艺出版社
HUNAN LITERATURE AND ART PUBLISHING HOUSE

博集天卷
CS-BOOKY

图书在版编目（CIP）数据

沉默的告白 / （英）罗莎蒙德·勒普顿(Rosamund Lupton) 著；刘勇军译.
—长沙：湖南文艺出版社，2016.7
书名原文：The Quality of Silence
ISBN 978-7-5404-7576-5

Ⅰ.①沉… Ⅱ.①罗… ②刘… Ⅲ.①长篇小说—英国—现代 Ⅳ.①I561.45

中国版本图书馆CIP数据核字（2016）第112664号

著作权合同登记号：图字18-2016-112

THE QUALITY OF SILENCE
By Rosamund Lupton
Copyright © 2015 by Rosamund Lupton
This edition arranged with Curtis Brown Group Ltd.
through Andrew Nurnberg Associates International Limited

上架建议：畅销外国文学

CHENMO DE GAOBAI

沉默的告白

作　　者：［英］罗莎蒙德·勒普顿
译　　者：刘勇军
出 版 人：刘清华
责任编辑：薛　健　刘诗哲
监　　制：蔡明菲　潘　良
特约策划：马冬冬
特约编辑：刘　筝
版权支持：辛　艳
营销支持：李　群　杨清方
版式设计：李　洁
封面设计：利　锐
出版发行：湖南文艺出版社
　　　　　（长沙市雨花区东二环一段 508 号　邮编：410014）
网　　址：www.hnwy.net
印　　刷：北京嘉业印刷厂
经　　销：新华书店
开　　本：880mm×1270mm 1/32
字　　数：225千字
印　　张：11
版　　次：2016 年 7 月第 1 版
印　　次：2016 年 7 月第 1 次印刷
书　　号：ISBN 978-7-5404-7576-5
定　　价：38.00 元

质量监督电话：010-59096394
团购电话：010-59320018

谨以此书献给

托拉 · 奥德－波利特

时值一月末。天空阴沉晦暗。

秸秆冻了一层结实的冰。

正是在这样的孤寂中，有一个音节，

从这些笨拙的喧哗声中凸显。

吟咏着它孤独的空虚，

而这，是冬季声音中最残忍的空洞。

——华莱士 · 史蒂文斯

RUBY

我的名字是口型，不是声音。我是手指的比画，不是舌头和嘴唇的运动。我的年纪是竖起的十根手指——我是一个由字母 R——U——B——Y 组成的女孩。

而这，就是我的声音。

目录
C o n t e n t s

第**1**章

无声的语言 @ 无声的语言　　　**650**个好友

兴奋 味道好像爆发的太空尘埃；感觉好像飞机着陆时的震荡；看起来好像父亲那件伊努皮克风雪大衣上毛茸茸的帽兜。

　　这里真冷呀，如同空气里充满了碎玻璃。英国的那种冷只是矮胖的雪人和感叹一声"哇喔，下雪了"的冷，有种宜人的感觉。可这里的冷叫人受不了。父亲说过，阿拉斯加有两大特点：第一，这里真的非常非常冷；第二，这里静谧无声，放眼望去，数千英里的土地上都是雪，却看不见人影。他说的肯定是北阿拉斯加，而不是费尔班克斯国际机场所在的这片地方。在这儿，汽车的轮胎摇摇晃晃地碾过路面，人们拿着手提箱，亦步亦趋地走过人行道，飞机冲向天空。父亲这人就好静。他说我并不是失聪，而是只能听到安静的声音。

母亲一直紧紧挨着我，好像这样就能让我更暖和一点，我则靠在她身上。她估计肯定是父亲的摩托雪橇坏了，所以他才没赶上出租飞机，他的卫星电话肯定也没电了，不然他肯定会给我们打电话。

父亲说好要来机场接我们。可现在，我们只见到了这个"对不起，我什么都不能说"的警察。这会儿，她大踏步走在我们前面，好像我们在参加学校旅行，博物馆要关门了，可一群女孩子还在她身后大喊："老师，我们去礼品店买点东西，一会儿就好。"要是一个女人这样走路，你就知道，她一定不会放慢速度。

我戴着护目镜和面罩。父亲命令我们必须带一些东西来——*恰当的极地装备必不可少，巴格*——这里天寒地冻。我很高兴听了父亲的话。我一直没哭，至少在别人面前我没哭过，因为，一旦你开始顺着斜坡而下，到最后，你可能就穿上了粉红色芭蕾舞裙，变成一个娇气包了。可戴着护目镜哭不算当众大哭，我觉得别人都看不到。父亲说过，在北阿拉斯加，眼泪会被冻住。

雅思明握着女儿的手，停下脚步，不再向机场的警务大楼走，那个年轻的警官见状蹙起了眉头，不过，她有充足理由为眼前的一切驻足一会儿。大雪在她们周围飞舞，覆盖住一切，放眼望去都是白色；这样的场景像是用煅石膏做成的。雅思明看到脚边的雪地里有精致的鸟儿足印，这才意识到她正低着头。她强迫自己为了露比抬起头来，周围的清澈叫她深感震撼。雪停了，天空是那么晴朗，清澈而透明；如同再拨弄一下刻度盘，就能更加澄明，就能看到周围空气中的每一粒尘埃。这就好像眼前的景象久久不曾消失，太清晰了，却不像真的。

女警官从桌上拿起一份报纸，好像觉得我是个小孩子，不可以看报纸，于是我举起我的全部手指，表示我十岁了，可她没看懂。

"过一会儿，会有个高级警官向你们交代一切。"她对母亲说。

"看来我们的待遇还挺高。"母亲打手语告诉我。人们时常注意不到母亲是个风趣的人，好像长得像电影明星的人都不会讲笑话，这太不公平了。她很少和我打手语，一直希望我能通过读唇语了解她说了什么，于是我笑了，只是我们的笑都很勉强，心里可高兴不起来。

母亲说她很快就回来，要是我有什么需要，就去找她。我竖起拇指，表示"好的"。听力正常的人也会用这样的手势，可能就是因为这个，母亲才没对我说："用你的嘴说话，露比。"

要是我提到"我说"，意思就是我用手语比画了什么，或是我打了字，打字其实也是一种"手语"。有时候，我使用美式手语，这就好像人们说美式英语。

这里有3G网络，我查了查，并没有父亲发来的邮件。我竟然盼着父亲发电邮来，真是太蠢了：

首先，他的笔记本电脑两个星期前就坏了；

其次，即便他找朋友借，北阿拉斯加也没有手机信号或是Wi-Fi——他现在肯定是在北阿拉斯加，因为他的摩托雪橇坏了；他只能用卫星接收终端给我发电子邮件，可冰天雪地的，很难做到这点。"巴格"是鸭嘴兽宝宝的名字，父亲爱好拍摄野生动物，他喜欢鸭嘴兽。可鸭嘴兽，特别是鸭嘴兽宝宝，到了阿拉斯加绝对活不过两分钟。在这里，需要北极狐那样的特殊皮毛，才能保暖，需要雪鞋兔那样的脚，才不至于陷进雪里，要不就得有麝牛那样巨大的蹄子，可以把冰踩碎，得到食物和水。如果你是个人，就需要护目镜、极地手套、特制衣物、极地睡袋，父亲有所有这些东西；即便他在连眼泪都能冻住的北阿拉斯加生病了，也不会有问题，他就跟北极狐、麝牛和雪鞋兔一样。

我对此深信不疑。

他一定会来找我们。我知道他一定会的。

我们从英国坐飞机来到这里，真是一段漫长的旅程，在飞机上，我一直在想象父亲在做什么。我是这么想的：这会儿，父亲从村子出发了；这会儿，父亲坐上了摩托雪橇；这会儿，父亲就快到着陆点了。

"巴格，这里荒无人烟，说到这样偏僻的地方，真是又美丽又空荡，因为能发现这份美的人寥寥无几。"

父亲此时肯定在等出租飞机了。

"就好像信和邮递员的关系，必须准时等着，不然就赶不上了。"

我睡了很久，等我醒过来，我就想，父亲一定到了费尔班克斯国际机场，正在等我们！我还发了一条推特信息，说我特别兴奋地看到父亲那件伊努皮克风雪大衣上毛茸茸的帽兜，感觉着飞机着陆的震荡，虽然当时并没有着陆，可我觉得那一定是最酷的感觉；轰然落地，父亲就近在咫尺。

跟着，空乘匆匆向我走过来，我知道，他是要告诉我关掉笔记本电脑，母亲看到我开电脑已经很不高兴了，她很讨厌那台该死的电脑。我让母亲告诉他，我会把电脑调到飞行模式。只是我可不能确定母亲帮我转告了，她一定很高兴看到我把笔记本电脑关了，可空乘看到我和母亲打手语，这才意识到我是个聋哑人，他做了一件人们都会做的事，那就是为我感伤起来。父亲觉得，正是美丽的母亲和聋哑小女孩（就是我！）这样的组合，才会让他们产生这样的反应——好像我们是周六下午电影里的人物。这之后，伤感的空乘并没有检查我是不是真的打开了飞行模式，只是给了我一块免费的推趣巧克力。但愿没有十岁的聋哑小女孩去做恐怖分子，要是真的有，只要给她们免费糖果，就能打败她们。

我一点也不像电影里的小女孩，母亲也不像电影明星，她太风趣和聪明了，可父亲倒是很像哈里森·福特。你知道的，他就是那种人，只要愿意，就能让恐怖分子消除敌意，然后还会读催眠故事给我听。我把这个想法告诉了他，他觉得很有意思。尽管他从未做过让恐怖分子放下屠刀的事，可只要他在家，就一定会给我读睡前故事，虽然现在我都十岁半了，可我喜欢看他在我面前比画手语，渐渐入睡。

接着我们就降落了，飞机轰轰落地，我一下子兴奋到了极点，我连接上免费Wi-Fi，发送了推特信息，我们取回行李，坐了这么久的飞机，腿都有点发软了，可我们还是快步向抵达大厅走去。可等我们的并不是父亲，而是一名女警，她的口头禅是"对不起，我什么都不能说"，跟着便把我们带到了这里。

高级警官来晚了，雅思明趁机去看看露比怎么样了。本来四周后，她和露比就要来这里和马修过圣诞节，可在八天前她和他通过电话之后，她就要立即和他见个面，虽说是立即，她还要安排好在学校上学的孩子、需要照顾的一只狗和一只猫，还需要去买极地服装。她很担心不让露比去上课对她影响不好，可自从马修的父亲去世以来，这世上就再也没有让露比喜欢的人了。

她透过门上的窗户看着露比，见露比正在敲打电脑，富有光泽的头发垂在脸边。上周三晚上，露比自己剪了头发，很不规则，当时她看到玛姬·杜黎弗独自剪头发的桥段，非要自己也试一试。要是在家里，雅思明一定会让露比关掉电脑，进入真实的世界，可此时此刻，她愿意由着女儿。

有时候，雅思明看着女儿，会感觉时间似乎变得模糊了，甚至停止了，而别人的时间都在没有她的情况下向前移动。她错过了所有对话。这就好像宫缩，自分娩时便开始痛，分娩之后以另一种方式存在，却同样强烈，她不知道这是否有结束的一天。等到露比二十岁的时候，她会不会依然有这样的感觉？露比到了中年，她还是会如此吗？现在她的母亲对她也是这种感觉吗？她很想知道，没有了母亲的爱，一个人可以坚持多久。

年轻的女警官大步向她走来，这个女人不管到什么地方都走得飞快。女警告诉她，副队长里夫正在等她，她的行李箱在办公室，很安全，好像行李的问题与副队长里夫要说的话一样重要。

她跟着女警走到副队长里夫的办公室。

他站起来迎接她，并伸出了手。她并没有与他握手。

"马修怎么了？他在什么地方？"

她的声音中夹杂着愤怒，像是为了没露面这事在责怪马修。她怒火中烧，声音并没有随着现在的新情况而改变；不管这新情况是什么。

"我有几件事要与你确认一下。"副队长里夫说，"我们这里有在阿拉斯加工作的外籍人士记录。"

自从露比被诊断为全聋（他们说这非常罕见，仿佛她失聪的女儿是一种珍稀兰花），雅思明就把声音看作波。作为一名物理学家，她早就该这么做了，可有了露比，她才明白一个事实：声音是有形的。有时候，当她不想听一个人说话，比如声音前庭专家、粗心的朋友，她就想象着在他们的声音波上冲浪，或是在这些波中潜水，而不是让他们的声音波冲击她的耳膜，再转变成可以理解的文字。可她必须听。她知道这一点。必须如此。

"根据记录，"副队长里夫继续说，"你的丈夫一直在安纳图。不过一开始记录显示他在卡纳提？"

"的确如此，他在那里待了八个星期，过了整个夏天，在一个北极研究站拍野生动物。后来，他遇到了两个安纳图村民，他们邀请他到村里住。他在十月份回了阿拉斯加，和他们在一起。"

虽然没必要，可她还是说得很详细，也说得很磨蹭，不过副队长里夫没有急着给出答复，如同他也不想进一步谈话。

"安纳图发生了重大火灾。"他说。

重大。这可是形容大灾难的词，比如火山爆发、地震和陨石撞击地球，与安纳图这个小村子扯不上关系，况且还是个没多少人的村子。

愚蠢的是，她来这里是为了和他吵架，为了发出最后通牒。她飞过半个地球，就为了告诉他，他必须回家，立刻就回家，她才不信他和那个伊努皮克女人之间清清白白，她绝不会在地球另一边，眼睁睁看着这个女人毁掉她的家。

可马修因为这件事变得胆怯软弱，那个女人和她自己决定了他的忠诚和未来，她越来越生气，所以她和露比两个人箱子里的所有东西都不是折叠好的，而是被乱七八糟地塞了进去，要是她们在阿拉斯加打开箱子，羽绒服啦，戈尔特克斯牌衣服啦，一准儿会弹出来。

"我们认为是一所房子里的加热器或炉灶使用的煤气罐爆炸了。"副队长里夫说，"大火引燃了一堆摩托雪橇燃料和发动机用的柴油，因此引发了更大规模的爆炸和大火。安纳图村无人生还。对不起。"

她感觉好像被爱刺了一刀，撕心裂肺地疼。这种感觉异常熟悉，只是现在的感觉要更强烈；那时候他们刚刚认识，没结婚，也没生孩子，彼时，没有任何具体的保证，到了明天，他还会和她在一起。时间不再向前推进，却开始后退，幻化成无数碎片，她深爱的那个年轻人活灵活现地出现在她的脑海里，与此同时，他也是八天前与她争吵的丈夫。

她还记得冬季的低矮太阳将阳光斜斜地照射进窗户里，哲学教授的声音和缓沉稳，讲堂的墙壁那么厚，他们听不到外面的鸟鸣声。后来，他告诉她，那些鸟儿是欧椋鸟和篱雀。他和她之间隔着几个空座。她从前见过他两次，颇喜欢他那张清癯的脸；他走起路来步履匆匆，总是全神贯注的样子，好像他的思想决定了他的步伐；他的脸棱角分明。就在她咔嗒咔嗒操作编织针的时候，他看了她一眼，他们的目光透出了很不理性的互相认可。跟着，他别转目光，如同再看久一点，就是在责怪她不该弄出响动。讲座终于结束了，她放下编织针，他走到她身边，表现出一副很不解的样子。

"这是给蛇用的发网吗？"

"是放在栏杆上的。"

后来，他说他觉得她傻乎乎的，不过还是想给她一个辩解的机会。

"你是个怪人，对不对？"

这就是你所谓的给我一个辩解的机会？

"我是天体物理学家。"她说。

他还以为她在开玩笑，跟着，他看到了她的表情。

"一个天体物理学家在哲学讲座上编织？"

"我在学习物理学中的玄学。在牛津是可以拿联合学位的。你呢？"

"我学的是动物学。"

"那你来听哲学讲座干什么？除了问我关于编织的问题，你还有什么目的？"

"哲学很重要。"

"对动物而言很重要？"

"对于我们如何思考动物很重要。对我们自己、我们的环境、我们在环境中的位置，都很重要。"他发现自己有些疾言厉色，不由得很尴尬，"我通常没这么严肃急躁。"

"我还称不上严肃和急躁。"

她的学习成绩严重低于预期水准。一直以来，她都默默无闻，不引人注目；所幸她长着高颧骨，胸脯一点也不丰满，对十几岁的男孩子没什么吸引力。只有她自己知道她很聪明，故意考得很糟，到了最后，她从袋子里拿出闪闪发亮的四个A，吸引了所有人的目光，而别人都以为她只能得到C和D这样的成绩。她在好多年里一直掩藏她的书呆子气，现在她则很开心自己是个书呆子。

她把她那又长又细的编织品放在一边。

"八点。学校图书馆外面。我会告诉你这是什么东西。"

副队长里夫向她探过身来，她这才意识到他们面对面坐在同一张桌的两边；她不记得她是在什么时候坐下的。他把一个东西交给她。

"普拉德霍湾州警在现场找到了这个，然后送到我们这里，转交给你。看里面的首字母，我们推测它应该是马修的。"

她轻抚着已被摸热的金属环，那是他的结婚戒指。里面刻着她和马修两个人的名字首字母；还有第一句誓言的半句。她戒指内侧的另外半句誓言紧贴着她手指的柔软皮肤。

"是他的。"她说。

她摘掉她的结婚戒指，戴上马修的戒指，可戒指太大了，戴起来有些松。她又戴上她的戒指，这样就可以挡住马修的戒指，以免它掉下去，或许有一天，他想重新戴上它。他不可能死，他在她心里留了一根刺，他怎么能死呢；露比还坐在隔壁，他怎么能死呢。她无法相信，也不会相信。

她看到副队长里夫瞧着她的手。

"他在工作的时候就会摘掉戒指，放在安全的地方。"

几个星期前，她看到他给露比发来的一张照片，里面的他没戴戒指，而这就是他给她的解释。谢天谢地，露比并没有注意到。

她并没有告诉副队长里夫，她根本不信马修的借口。

哲学讲座已经结束了好几个小时，天黑了，他们离开住满学生与游客的老城区，走到住宅区边缘的一个商业区，那里尽是柏油路和水泥建筑，阴影令人生畏。他看到这里的路标和栏杆上都套着编织物，一辆脚踏车停车架上也包着织物。他着迷的不是明亮的眼眸、修长的四肢、亲切的笑容，而是硬金属外的柔软羊毛，还有给铝和钢铁带来色彩的纱线。这些纱线组成了各种线条和图案。

她告诉他，她是一个游击园丁，趁夜晚暗地里将水泥交叉路口变成布满花儿的小小草地。不过她有段时间没这么干了。

"因为十字路口太多了？"他问。

"现在可不是栽种的好时候。"她答，"而且，听讲座时可干不了园艺这活儿。"

"这么说，这就是你那隐秘的激情？"他问。

"为栏杆编织套子？当然不是。"

"那是什么？"

因为现在她还不信任他，所以不会和盘托出。

副队长里夫不肯定是不是该伸出手拍拍她，以示安慰，可当他这么做的时候，却感觉很是尴尬。她是那么端庄，并没有像他预想的那样，表现出任何大惊小怪的样子。

说大惊小怪不太准确，他的意思是，他以为她会表现出他无法应对的感情：悲伤。

"昨天下午，一架飞机发现了火灾。"他告诉她，心想她肯定很想知道细节。他这是为她着想。

"那个飞行员是在暴风雪降临前从安纳图上空飞过去的。阿拉斯加州北坡治理区的州警和公共安全官员冒着暴雪和糟糕的飞行条件，进行了搜救。搜救工作一直持续到今天早晨早些时候，不过可悲的是，他们没有找到任何幸存者。"

"昨天下午？"她说。

"是的，我还没掌握其他细节。负责现场的是北部的州警和公共安全官员。"

"他昨天还给我打过电话。马修打过电话给我。时间是阿拉斯加下午五点。"

她一直知道他没死，不过现在她有了证据。就在那个警察打电话的当儿，她回想起了他们在一起走回大学的路上的谈话，他与她靠得那么近，她下意识地配合他的步伐；她还注意到他那褪色的格子花纹衬衫衣领贴着他的脖子，他的喉结很突出，仿佛他依旧在成长，只是个男孩，还算不上男人。

他看着刺目的街灯照着她的眉毛、脸颊和嘴巴，看到了这个女人十年后的样子。他后来告诉她，他就是此时有了领悟。*砰！魔法显灵了。奇迹出现了。我找到了要相伴一生的女人。*

对于他想象出来的未来，她的信心并不大。可就在她和他一起走的时候，她感觉到她从前的生活是那么孤独，曾经的她是个怪人，是她家中、学校和住宅区里唯一一个去上大学的人，此时此刻，昔日的生活变得有些模糊了。

第**2**章

在普拉德霍湾偏远的北部社区，大卫·格雷林队长独自一人待在办公室里，已经累得筋疲力尽。灯火通明，他真希望能享受到轻柔的阳光。再过两个月，这里才会有早晨。这简直会腐蚀掉人的灵魂。他一直在想蒂莫西。是不是因为蒂莫西，他才对他手下的这些年轻警官产生了慈父之心？他知道大家都是这么想的。他一向都觉得自己更像一个赶狗拉雪橇的人，领着好几只因纽特犬，都是些小狗，浑身有使不完的劲，他得抓着牵引绳，引导它们奔向正确的方向，还得在雪橇上放上帆布狗袋，如果哪只狗受伤了，好把它装进袋子里，拉到安全的地方。

可在安纳图，他既不是父亲的角色，也不是赶狗拉雪橇的人。那些人看到他呕吐了一次又一次，每看到一具尸体，他就会吐一次。暴风雪席卷了被烧得焦黑的村子，他们的直升机刚刚才能降落，寒风硬生生吹过他们的脸颊，活像一头肚子就快饿扁的野兽。
吹呀，狂风，吹破你的脸颊。他们设置起令人目眩的弧光灯，照
射着一栋栋被烧毁的房屋，一具具几乎难以辨认的尸体都笼罩在灯
光下，其中有男人、女人，还有小孩。对格雷林队长而言，灯光四
周的黑暗似乎没有尽头。

他们一队人默默地工作着，既不说话，也不开玩笑，在格雷林
看来，他们大都还只是男孩子。他们将尸体装袋、拍照、记录，在
这个时候，没有任何玩笑能叫他们好过一点。"**你那地狱一般的烈
火毁灭思想**。"《李尔王》中的句子钻进了他的脑海。相比安纳图，
荒凉的荒野绝对算轻松的选择，毁灭思想的烈火只适用于那些死
者；在大量被烧焦的尸体中进行搜救工作的人则思绪万千。

很多年以前（这些年他一直都在工作），格雷林曾想去上大学，
学文学专业。可他父亲想要他做点事，而不是"吟诗作对，多愁善
感"。这样的批评可谓一语中的。他一直在想，要是他真的做点事，
那一定要有利于他热爱的阿拉斯加。有那么一段时间，他盼着学
医，却搞不定化学这门必修课，于是，他选择成为一名州警。在受
训的学员中，只有他一个将当州警作为第二志愿。三个星期后，他
发现，想当州警，他的思路全不对头，他的大脑里装满了各种各样
毫不相关的信息和念头。于是，他抹去了从前的所有想法，摆脱了
他不需要的一切（至于他是否曾需要过它们，则是一个悬而未决的
问题）。于是，在很多年里，他都没有想过那荒凉的荒野。可安纳
图不一样。安纳图已然在他的心灵深处留下了深刻的烙印，根本不

可能抹去。

就在他们看清楚这场火灾的规模之际，就在暴风雪减弱的时候，更多州警和公共安全官员加入了他们的行列。格雷林则带领搜救队寻找幸存者。利用直升机上的搜索灯光，他们呈辐射状对村子进行了搜索，越来越深入，却连一个幸存者都没找到。格雷林得到的通知是这个村子里有二十三个人。州警在村里一共发现了二十四具遇难者遗体，他这才停止了搜索。格雷林必须找出第二十四个遇难者的身份。

最后，这些令人作呕的工作终于完成了。他是最后一个撤出的人，直升机的灯光也随着他离开。安纳图淹没在他身后的黑暗中，不复得见。

今天晚些时候，他还要到电视台和电台的录音棚里，接受更多的记者采访，那里面特别热，灯光特别明亮，而记者们是不会做噩梦的。

他的电话响了，打电话来的是费尔班克斯的副队长里夫。有关马修·埃弗雷森，也就是第二十四个遇难者。他们根据电脑里的签证记录确认了他的身份。他是一个野生动物摄影师，格雷林在废墟之中找到了他那枚闪闪发亮的结婚戒指。其他的一切都被摧毁殆尽，金属弯曲成了丑陋的形状，可这枚戒指依然浑圆，恒久不变。通过他短暂上过的化学课，格雷林知道，铂金是耐高温的，可这个丝毫未受损的戒指完全就是一个奇迹。发现戒指的地方没有尸体，所以，虽然金属未受损，可格雷林猜测，那桩婚姻一定不会太稳固，他希望他想得不错，因为这样一来，未亡人就不会太过悲伤了。

可昨天五点，就在他们在安纳图搜索遗体的时候，这个人却给他妻子打了电话。怎么可能？老天，这个男人仍在其他地方，而且好端端活着？他需要和这个人的妻子谈谈。

在雅思明看来，格雷林队长的声音听起来自信而深沉，是典型的州警的声音。她想象着他有宽宽的肩膀，五官粗犷，这才配得上他的声音。

"你丈夫有没有告诉过你他在什么地方？"格雷林队长问。

"没有。不过我觉得他在小机场，正在等出租飞机。副队长里夫说，昨天下午下了暴风雪，飞行条件很不好，所以出租飞机来不了。他现在可能人在那里。"

"我们搜索了很大一片区域，其中也包括小机场。"

"可那里很黑，还下了暴风雪，你没看到他也说不定？"

他听得出她的声音里夹杂着希望，就盼着会出现不同的结果。他不由得起了同情心。

"小机场那里可以说是一目了然，没什么能隐藏起来。"他说，"我们的灯光很亮，而且，我们已经对那个机场进行了彻底搜索。"

他并没有告诉她，他亲自驾驶飞机从那个机场上方飞了五六次，多次搜查，均未有收获。

"他是不是开着摩托雪橇？"他问。

安纳图是个四邻不靠的地方，必须穿越数英里难以通行的地带，摩托雪橇是唯一的选择，可他需要确认一下。

"是的。"

他曾要求队员们将被烤化的摩托雪橇拼凑起来。那些碎片这会儿都被冻得结结实实。

雅思明记得马修曾告诉过她和露比，一个村民想买辆新摩托雪橇，他就从那个人手里买下了那台旧的。她觉得伊努皮克人开摩托雪橇猎捕北美驯鹿这事挺奇怪，马修却认为这没什么。

"你知道村子里有多少台摩托雪橇吗？"格雷林队长问。

"三台。"她答。一台是马修的，一台是新买的，还有一台属于一个在普拉德霍湾油井中工作的村民。她和马修聊起过这件事；这是在露比面前一个比较安全的中性话题。

她等着格雷林上校说些什么，得到的却只是他的沉默，她因此得知，他们确实在村里找到了三架摩托雪橇，不不，应该说是三架摩托雪橇的残骸。这么说，此时此刻，他并不是骑着摩托雪橇，好好地活着，并且这会儿就快到费尔班克斯，就要拥抱露比，听她说她爱他。可认为他骑摩托雪橇一路来到费尔班克斯的想法真是太荒唐了。她只是等不及想要见到他了。

"他兴许坐狗拉雪橇外出了。"她说。

几个星期前，他给露比发电邮，说他和一个伊努皮克人坐因纽特犬拉的雪橇出去了。她很怀疑他的热情，不明白为什么会有人在极地那么冷的天气里，想要坐雪橇出去，可或许他的热情是真实的。

"狗舍也被大火焚毁了。"格雷林队长说。

"着火的时候，他可能带狗去拍摄了。"

"在深冬时节拍摄？"格雷林队长问，"而且天还是黑的？"

"他现在正在制作一部阿拉斯加野生动物冬季活动的影片。他其实只是把安纳图当成了一个基地。"

她并没有说，对于马修坚持留在安纳图的原因，她心里也是打了一个很大的问号；也不能说她并没有质问过他。可他本应该把事实告诉她的。

"就算他外出拍摄了，"格雷林队长说，"到了该来费尔班克斯见你们的时候，他也应该回安纳图或是小机场才对。"

"那准是雪橇或狗出了问题。"她说。

"你是说，你丈夫并没有告诉你，他是在什么地方给你打的电话？"

"没有。"

"一点线索也没有？"

"没有。"

"你能讲讲你们当时都说了什么吗？"

"我们没说话。"

"什么？"

"他什么都没说，线就断了。"

"他连一个字都没说？"

"没有。我说过了——"

"那你怎么知道是他？"

"当时可是英国的深夜两点，只有他会在那个时间打电话来。电话线经常断。他有一部卫星电话，没有任何遮蔽物的时候才能用。也许他的卫星电话没电了。他没再打过电话来，所以我觉得这个可能性最大。"

"会不会是别人给你打的电话？没准是打错了？"

"不可能。绝对是他。"

她没有告诉格雷林队长，马修给她打电话，她是多么惊讶。除了八天前那个糟糕的电话，他其实一直都没与她通过话，却一直在给露比发邮件。一个月前他们倒是少见地通了一次电话，当时她指责他连电话都懒得打了，他告诉她，他在安纳图打不了电话，必须跋涉两英里，爬上冰雪覆盖的山脊，才能收到卫星信号。再说了，此时还是冬季，四下里漆黑一片，而且，他可是在华氏零下十八度的低温下与她通话。她并没有道出，那他都是这样不辞辛苦地经常给露比发电子邮件的，她很高兴他能这么做。昨天下了暴风雪。一路上就更加难行了。

她真希望她能相信是他们的关系有所好转（虽然她不清楚原因是什么），他才冒着极地的严寒和黑暗，步行两英里与她通话，只是现实并非如此。她不知道他为什么给她打电话，特别是几个小时后，她和露比就要搭飞机来到阿拉斯加，到时他就能见到她了。

"你丈夫用的是哪家卫星电话服务公司？"格雷林队长问。

这么说他打算到马修使用的卫星电话公司查查她所说的一切是否属实。她说出了那家公司的名称，并且希望这不会延误他们的搜索。

她等待着，希望能放松一下，却未能如愿。或许，在经历了那么多的焦虑之后，她需要真真正正地触摸到他，才能感觉到放松。

她没问副队长里夫或格雷林队长，柯拉松是不是也在大火中丧生了。她不屑于提到她的名字。

无声的语言 @ 无声的语言　　　**650**个**好友**

焦虑 看起来好像棋盘上的方格在快速移动；感觉好像被冷汗湿透，浑身发抖；味道好像满是针刺的冰激凌。

一般来说，语言治疗师对我不起作用，可有个人例外，这个人非常年轻，依我看，他还在学习怎么做医生。他问我，我听不到，所以是不是用眼看词汇？母亲不喜欢我说"你这不是废话吗？

夏洛克"，不过父亲觉得很有意思。这个年轻的准医生也觉得有意思。除了他，我没对任何人说过，可我真的能看到词汇，触摸到它们，品味着它们。我知道这很古怪，这个准医生小伙子却不这么认为。他觉得我应该发推特信息，我就说"真是个伟大的计划，蝙蝠侠！"（就我所知，他很喜欢将书里的人物带入到我们的对话之中）。他是我的第一个粉丝，现在，我有了几百个粉丝，这真的特别古怪（古怪——看起来似乎很迷幻；味道好像碳酸冰冻果子露）。

还记得我以为父亲在抵达大厅等我的时候，我发的那条"兴奋"推特信息吗？那条信息很有意思，因为我说"兴奋"这个词看起来很像他那件伊努皮克风雪大衣上毛茸茸的帽兜，可他在十月去阿拉斯加的时候，我发了一条推特信息，说"悲伤"这个词看起来也像他的大衣帽兜。所以我觉得，怎么看一个词，就跟词汇在句子里的含义一样，都取决于背景和出现的时机。在学校里，我是不会使用"背景"这种字眼的，因为人们会以为我参加了"资优生"项目，而这个项目就和"残疾人士特殊护理需求"一样古怪，这两点都超级怪诞，而且还不是碳酸冰冻果子露那样的古怪。

一般而言，把对词汇的感觉发到推特网上，对我很有帮助。

但这次例外。

就在女警官核查雅思明的联络信息的时候，副队长里夫走了进来。他告诉她，格雷林队长来电话了，所以请她到他的办公室与队长通话。她和他一起去了，然后，她拿起电话。

"我很抱歉。"格雷林队长说,"我们犯了一个大错。"

他的声音很温柔。她估摸他的脸色比她以为的还要柔和,而他的体格则不如她以为的那么壮硕。

"一个搜救队员在一座烧焦的房子附近找到了一部卫星电话。他拨打了最后一个号码,原以为能找到还活着的人或伤者。"

"我不懂你是什么意思。"

"也就是说,打那个电话的人不是你丈夫,而是一个公共安全官员。而且他的通话时间只有一两秒钟。我很抱歉。当时的情况很混乱,他很年轻,也没有经验。他本应该直接向我报告这个情况才对。当然了,他绝对是一名训练有素的队员,不过这事确实是他做得不对。"

"马修一定还活着。"她对格雷林队长说,"不论那个电话是不是他打的。"

"埃弗雷森太太——"

"他肯定是在从大火中逃生的时候把电话弄掉了。"

"可在我们搜救之际,他并不在场。"

"他肯定是去求救了。马修一定会这么干。他必定自己先去救火,如果他做不到,就会去找人来帮忙。他弄掉了电话,可他没注意到。他得步行好几英里,才能收到信号,而且——"

"我很抱歉,埃弗雷森太太,可是——"

"不然他就是去拍摄了。"她说,"就跟我告诉过你的一样,他在出门的时候弄掉了电话——"

　　格雷林队长打断了她的话。天知道他有多讨厌干这事。"现场一共找到二十四具尸体。而在起火的时候，村子里一共有二十三个居民。我昨天得到的这个信息，今天又核对了一遍。"

　　"你不可能百分百肯定人数。"她说，她听到她的声音中充满了急切的绝望，而他的声音则是那么肯定。

　　"安纳图计划安装全新的发电机，所以正在挨家挨户进行详细测量。也在勘查是不是可以新建一所伊努皮克学校。所以，我们很清楚各个时间段的村民人数。"

　　格雷林队长的声音听起来是那么理性，那么和善。她看到副队长里夫正注视着她；在此之前，他肯定和格雷林队长谈过了。他已经为她准备好了一杯水。格雷林队长继续说，声波不断地冲击她的耳膜，然后转换成文字。

　　"在二十七名村民中，有四个伊努皮克年轻人去普拉德霍湾的油井工作了，他们每年冬季都会到那里打工，也就是说，村里还剩下二十三个人。正如我所说，我们找到了二十四具尸体。"

　　"你并没有确定马修的身份，是不是？"她说。

　　"你告诉过副队长里夫，那枚结婚戒指属于他。"

　　"可他并没有戴戒指，不是吗？你还没做过法医检验，你不可能做过法医检验。你对我说过这件事。"

　　格雷林的心中涌起了对这个女人的怜悯之情，像是要驱散一直以来都存在于他心中的这一千斤重的悲痛，这两种情绪只能勉强维持平衡。他真希望找个办法，能不那么残忍地将事实告知于她。

"火势很大。"他说。有些尸体被烧得不成人形，更遑论认出他们叫什么名字。家人是谁了。也不可能找到其中一些尸体的牙医记录。

"真抱歉，虽然很不情愿，可我还是要通知你，你的丈夫在大火中丧生了。我知道，副队长里夫会照顾好你的。"

他挂断了电话。

马修的那个电话一直以来都是实证，证实了雅思明所知道的事，那就是他还活着。而这个证据现在正如一把刀，插进了她的心里。

事实上，知道那个电话不是他打来的，她一点也不惊讶，她只在以为是他给她打电话的时候才觉得惊讶。她希望是他打来的，不仅仅是因为这代表着他对她的爱虽然减弱却依然存在，还因为这意味着警察会相信她，她就不用待在机场边的一个阿拉斯加警察局里，不知道到底该做些什么。

母亲走了进来。她蹲在我面前，她的脸和我的脸靠得很近，这样我就能很容易读懂她的唇语。她告诉我父亲很好。他们犯了个错，可她一定会搞定的。她看起来非常紧张，就好像没打中摇摆球，绳子绕杆转动一圈又一圈。我假装没注意到，对她笑笑。

她说，父亲弄掉了电话，所以才没给我们打电话或发短信。一个上了年纪的警察进来，让母亲和他一起出去一趟。她说她很快就回来。就在他们走出去的时候，那个上了年纪的警察向她伸出手，跟着便放下了，并没有触摸到她。很多人都不知道如何面对母亲，她那美丽的外表使他们望而却步，可这会儿，很明显她需要一个拥抱。

　　在办公室里，副队长里夫劝说雅思明·埃弗雷森坐下，可她没有听从劝告。

　　"马修并没有死。"她说，"北部州警格雷林队长必须去找他。"

　　副队长里夫从书中看到过，悲伤分为四个阶段，而第一阶段就是否认。

　　"很抱歉，他觉得没有这个必要。"

　　"这么说他放弃了？去找一个人能有多难？"

　　他真担心她会大喊大叫，或是痛哭流涕，于是，他尽量让自己显得冷静而坚定。

　　"如果格雷林队长认为哪怕是有一丝一毫的可能性，他也会去的。虽然下了暴风雪，可他还是亲自驾驶直升机去了安纳图。当时并不是他当值，可他还是去了。而且，他是最后一个离开的人，顶着零下三十度的严寒，连续搜救了将近十二小时。"

　　用费尔班克斯的话来说，格雷林是个独行其是的人，在北部地区主持大局，好像他是那个地方的主人，并且经常漠视规则。可他一向坚持不懈，即便有一丝希望，他也不会放弃，终止搜救任务。人们都说，自从他的儿子在伊拉克身亡，他就变成了这样。

　　雅思明陷入了沉默。她什么都没说，只是站起来，离开了房间。

　　我的手镯震颤了一下，这表示周围出现了很大的声响。这就跟《007》电影里给聋哑人的小发明差不多，所以我能知道是不是有人用枪打我（特殊物品商店的那个人是这么说的，我觉得这东西很好玩）。这东西可以让你知道是否有车驶近，当然，前提是你没朝两边看。

　　母亲提着我们的箱子走了进来；肯定是大门在她身后砰地关闭，才震动了我的手镯。她的脸上一丝笑容也没有。每次看到我，她总会对我笑笑，就算我在五分钟之前刚刚见过她；这就好像每次她看到我都会笑，是因为她很高兴能再次见到我。有些人觉得她很冷漠。别人这么说的时候，我读懂了他们的唇语。坏话读起来可比柔声暖语容易多了。照我看，如果不是她长得这么美，人们兴许会对她好一点。

　　她告诉我父亲安然无恙，不过安纳图着了一场大火。她说警察都是白痴，行动迟缓，所以我们得亲自去那里找他。

　　她们离开警察局，拖着箱子穿过已经被踩压紧实的雪地。这会儿感觉更冷了。她和露比都在极地手套里加了衬垫；她们都拉上了面罩。

　　他到底在哪里呢？

　　她必须冷静而理性地思考这件事，毕竟，她曾受训成为一名科学家。

　　格雷林队长曾经彻底搜索了小机场，推测起来，那里应该是一片开阔平坦的区域，所以找起人来相对容易。格雷林队长可能是对的，马修根本不在那里。

那他在何处？想一想。一定要合乎逻辑地好好想想。忘记寒冷，忘记正在看着她的露比。专心点。

如果起火时马修在安纳图，他会干什么？他一定会尝试帮忙，要是他帮不上忙，就会打电话求助。她想象着他走得十分匆忙，衣兜里的电话悄无声息地掉到了雪地中。他并没注意到，只是冒着暴风雪艰难跋涉两英里，爬上那个布满冰雪的山脊，接收卫星信号。那接下来呢？他把手伸进衣兜摸索电话，却发现电话不见了。或许他原路返回寻找电话，根本不知道他其实在村子里就弄掉了电话。他找了多久？或许在这之后，他就尝试步行找人来帮忙。他肯定心急如焚。村子里有好几个孩子，柯拉松也在村里。如果他走得太快，就会出汗，跟着汗水会结冰，他就会得低体温症。可他很清楚低体温症的危险。她这会儿的担心，对他一点帮助也没有。专心点。可她仿佛能看到他的眼睛，他意识到，附近既没有镇子，也没有村子，更没有人家，方圆一百英里范围内根本没人可以来帮忙，可他还是一直向前走，如同这么做可以改变现状，后来，他终于意识到，这纯属徒劳。她很想用温暖的手掌抚摩他的脸颊。专心点。在这期间，警察一直在搜索安纳图和小机场，天黑了，暴风雪肆虐，他们打着灯搜索，却没有发现他，因为他根本就不在现场。他多久才会回到安纳图，发现那里已被烧成废墟，而警察已经撤退了？

露比拍了拍她的手臂；露比的旅行箱卡在了人行道边缘冻结住的烂泥上。雅思明帮她弄好了箱子。

还有一个更合理的解释。他外出拍摄了，就跟她对格雷林队长说的一样。在阿拉斯加的冬天，有很多动物可供拍摄。她之前不相信他，这么做并不对。可出了件事，耽搁了他的行程；兴许是狗儿受了伤，或是雪橇坏了。不过这并不重要。关键在于着火的时候，他并不在安纳图附近。同样重要的是，他随身携带着全套救生用具。那电话怎么解释呢？就在他带着因纽特犬出发的时候，他弄掉了电话，可他没注意到；东西掉到雪里，不会发出一点声音。如果他坐在雪橇上，那行动起来就更难了，需要牵着好几只狗，有很多情况要兼顾，所以注意不到电话掉了。然后呢？他在大火灭掉后回到村子里，警察也撤走了，可能是在昨晚回去的，甚至是今天早晨，发现村子已被大火夷为平地，化为废墟。

她研究的是物理学和天体物理学，而不是医学，所以她并不知道他能生存多久。

她才不会赞同格雷林队长那尸体数量的证据；这什么都证明不了，他也没有进行任何解剖验证。他的结论不对。肯定不对。她其余那些有说服力的假设都是基于一个不合逻辑的基础，那就是她爱马修，所以马修肯定还活着；她强烈地感觉到了这个她从情感上相信的现实，它是如此绝对，绝对不会因为富含理性的理由而有所削弱。

她帮露比拿旅行箱，两个人一起向机场大楼走去。她要带露比搭乘飞机前往北阿拉斯加，到了那里，她们一定能找到他。

　　就在她们来到机场航站楼的时候，她看到相比刚到时，光线昏暗了很多，目眩的日照时间结束了。她知道，对于这里的黄昏和傍晚，有着十分准确的形容词。那时候马修初到阿拉斯加，他们在电话里说起过这件事——那是个很甜蜜的电话，是仅有的几次甜蜜通话之一。此时的光线名为"航海曙暮光"，太阳处在地平线之下，成6°~12°角。很快，太阳将继续降落，与地平线成12°~18°角，那个时候的光线叫"天文曙暮光"。跟着，天就彻底黑了。

第 **3** 章

无声的语言 @ 无声的语言 650个 好友

声音 看起来很像闪烁的招牌，闪亮的霓虹灯；感觉好像随时在
掉落；味道好像其他人呼出的气味。

　　这里太恐怖了。有很多很多人拖着手提箱，推着手推车。我正
在将母亲的手机号和电子邮件地址写在小卡片上，同时还在慢跑。
卡片背面印着一家出租公司的联系信息，可母亲说他们只在夏天营
业。她说，我们得把卡片发给任何能帮上忙的人。

　　警察行动迟缓，我本来是有点担心的，可现在我觉得这其实挺

好，因为这样一来，母亲就要去找父亲，父亲就能知道她有多爱他了。他可能不知道这一点，因为她一直以来都将那份爱掩藏在执拗的脾气之后。

　　有五个人在北方航空公司的柜台前排队，雅思明就问他们她能不能加个塞，他们肯定都看出她有急事，所以全都友善地站到一边。她看着柜台后面那个一脸不悦的女人。

　　"请问怎么才能到安纳图？"

　　"大家都在排队，太太。"

　　"可是——"

　　"请您去排队，太太。"

　　雅思明只得退后。只有她去排队，那个女人的敌意才会消除。她对露比打了个手语，问露比卡片写得怎么样了，露比打手语说已经写完了；她们就这样在嘈杂的机场里进行着无声的交流。她将这个任务交给露比，好叫露比觉得她自己有用处，也怀着一丝希望，盼着拿到卡片的人知道马修和安纳图的情况。

　　她看到了一个标志牌，是招揽旅行团来北极圈观赏北极光的。有那么一瞬间，她产生了兴趣，然后才想起，安纳图在几百英里之外的北方，而且，旅行社在冬季的那几个月里是不开团的。

　　收信人：Matthew.Alfredson@mac.com

　　主题：我们来了！！

沉默的告白
The Quality of Silence

发信人：Ruby.Alfredson@hotmail.co.uk

你好，爸爸。妈妈来找你了，我也来了。我们现在在机场，妈妈要去买机票。妈妈真的很想见到你。我也等不及要见你了。

特别特别爱你
巴格

我知道父亲的笔记本电脑坏了，可他的卫星终端还能用，所以他只需要找别人借台笔记本电脑就行。如果父亲没事，那他在村里的一些朋友肯定也没事，他们一定有笔记本电脑。伊努皮克人可不像一些人想象中的那样落后。他们是猎捕北美驯鹿、造冰屋，可他们也有摩托雪橇和笔记本电脑；他们可以二者兼有。肯定有人带着笔记本电脑逃离了火海。要是我，就会这样。除了我们的狗波斯利和猫咪三脚架，我的笔记本电脑是我第三个要带的东西。所以说，父亲一定能收到电子邮件。

我和父亲都觉得，等到我上中学的时候，我就长大了，不适合叫巴格了，因为这是个婴儿才能用的名字。可他也同意，我长大后不叫巴格的话，也不能叫普拉蒂珀斯（即鸭嘴兽）；所以，我们依旧在商量他该怎么称呼我。

我给父亲发了邮件，并且看到学校里的同学给我发了电邮，可当我在学校的时候，他们大多数人都不和我说话。和"那个聋哑女孩"说话一点也不酷，他们把这几个字说得好像一个词，好像那就是我的名字。

塔尼亚是女孩子们的头儿，最讨厌，她说过，"噢，瞧呀，那个聋哑女孩也想聊聊小道消息"，我能清楚地读懂她的唇语，她涂着粉红色润唇膏，那群女孩子嘻嘻哈哈笑的时候，我就盯着她们的嘴唇看。接着我说："我为什么想要和你们一起闲聊小道消息！你们的个性就是毫无个性！再说了，说小道消息可不是什么好事。"

她们继续哈哈笑，因为她们对手语一窍不通，还认为我"用手做着奇怪的举动"，特别好玩。可吉米看得懂手语，他哈哈笑了起来，因为"个性就是毫无个性"这话挺有意思。

（讨厌：感觉好像带刺铁丝网；看起来好像一只腿被陷阱卡住的兔子；味道好像在窃窃私语的闪亮润唇膏。）

在我发电子邮件或在脸谱网上发信息的时候，不懂手语的人就能知道我的意思、理解我的笑话了。他们也给我讲笑话，我也能明白其中的意思，这对笑话来说可是至关重要。（我说的可不是塔尼亚那样的人，而是给我发邮件或在脸谱网上给我留言的人。）大家还会给我讲秘密。麦克斯自从一年级以来就和我同班，为了我们在威克里夫小学只剩下两个半学期这事，他很是心烦意乱。他真的很担心上中学以后的状况，我也一样。可我们在学校里根本不说话。这就好像有两个世界，一个是打字的世界，（比如电子邮件、脸谱网、推特网、博客），另一个是真实的世界。所以也有两个我。我希望打字的世界成为真实的世界，因为只有在那里，我才是真实的我。

我的笔记本电脑是父亲给我买的。母亲不喜欢它，刚一看到它，就管它叫"那台该死的笔记本电脑"。她总是对笔记本电脑怒目而视，仿佛电脑也会瞪着她，这样她就能在这场瞪眼比赛中大获全胜。

母亲觉得，如果我能用嘴说话，一切就都会好起来。每次我们步行从家去学校，她几乎都会这么说。我没有争辩，只是拉住她的手。可有时候，我还是会用我自己的声音争论一番，我需要用手表达意思，所以就不能拉她的手了，我说"并非如此"或是"你不明白！"因为：

首先：我发出的声音永远和别人不一样。

其次：那将成为我的另一个标签，我会成为别人口中"那个有着愚蠢声音的聋哑女孩"，而光是被说成"那个聋哑女孩"就已经够糟了，我可不希望前面再被冠上什么形容词。

我宁愿当炫耀女孩，或是无所不知的书呆子女孩之类的，因为如果是这样的人，只要愿意，还是可以改变的。也可以不变。全取决于自己。

失聪这事却不是我想改变就能改变的。母亲并不明白这一点，可我不知道我是不是想弄明白。这是我的露比世界，这个世界里寂静无声，我能看，能触摸，有时候还能品味，可我听不到。父亲说安静十分美好。所以，我的世界兴许比其他人的世界更美妙。兴许在我的安静世界里制造出我听不到的声音将破坏一切。

麦克斯为了换学校的事担心极了，不管是为了这事，还是其他所有的事情，他都会心里七上八下的。我也很担心，可我心里倒是没这么翻腾。

终于轮到雅思明了。她面对着那个充满敌意的女人。

"我要去安纳图。"

"我不知道那是什么地方，太太。"

"在这里以北大约五百英里的地方。"

"没有到那里的飞机。"

"那最近的镇子是哪里？我想是戴德霍斯吧？"

她想起来了，那时候马修去安纳图，就是先飞去这个地方，再从那里搭乘出租飞机到安纳图。

"我说过了，太太，我们的飞机不到那个区域。"

"你能告诉我怎么才能到那里吗？求你了。"

"我只负责北方航空公司的登机手续，又不是旅行社职员。"

这个时候，一个男人走到雅思明身边。此人大约四十岁，穿着连体服，戴一顶鸭舌帽，帽子上绣着"美国燃料"几个字；还别着一枚"9·11"别针。

"你得坐北极航空的飞机才行。"他说，"可他们今天的最后一趟班机在十分钟前已经起飞了。"

恐慌感在她心里渐渐蔓延，他肯定注意到了，因为他看她的目光十分柔和。

"我能帮你坐上到戴德霍斯的飞机。"他说,"你可以从那里搭出租飞机到北部的大部分地区。"他停顿了一会儿,"安纳图就是新闻里的那个地方吗?"

"我想是的。"

她没有主动提及其他信息,他也没有追问。

"请你等一会儿,我先送我女儿上飞机。"他说。

他身后有个女孩子,十八九岁,看起来一脸兴奋,正左瞧瞧右看看,每隔一会儿就笑笑,还背着一个帆布双肩包。

母亲正在分发我写的卡片,询问人们是不是知道有关安纳图的消息,她的样子真的很古怪。有些人很没礼貌,当着我们的面就把卡片丢进了垃圾桶。这会儿,我又写了一些卡片,就写在另一家出租公司卡片的背面。我有点担心人们是因为把母亲当作出租公司的人,才给她打电话或发电邮。

学校里那些讨厌的女孩子和说小道消息那件事依然在我的脑海里盘旋不去。

父亲给我讲过一部电影,里面的一个牧师告诉人们,为什么传播小道消息是特别可怕的事。他说,如果你说了流言蜚语,就是从高高的窗户里把一个羽毛枕头中的羽毛都抖进风中,若你想要收回小道消息,就必须找回每一片羽毛,而这根本是不可能的。可要是母亲的卡片能飘散到各处就好了,那样的话,知道内情的人就能帮助我们快点找到父亲了。

十五分钟后，雅思明看到那个戴着鸭舌帽的男人穿过如织的人流，向她们走过来。她觉得他的表情有些焦虑。

"我叫杰克·威廉姆斯。"他说着伸出手，"对不起，让你们久等了，可我想看着我女儿走进登机口。她以前从没离开家超过一个星期。"

雅思明因为他此刻的焦虑而对他产生了好感。

"弗里德曼巴顿燃料公司要用飞机把我们这些工人送到普拉德霍湾南部的油井，路过戴德霍斯。"杰克继续说，"我们坐的是包机。我认识飞行员，可以给他打个电话。要是你想搭个顺风飞机，他应该会答应。当然了，这可能不合法，不过他是不会说出去的。还有两三个多余的座位。"

"谢谢你。"雅思明说。

他对露比笑笑："真希望所有女儿都永远停留在你这个年纪，不要长大才好，那样她们就不会到处去了。"

雅思明不知道露比明白了多少，可杰克说话很清晰，也没有用手捂着嘴，所以，露比肯定读懂了大半。

"那好吧，跟着我走。这些是你们的箱子？"

我不喜欢这个人。千万不要相信他。瞧他笑起来那样子，尽是虚情假意。他拿着我们的箱子，袖子向上卷起，露出了手腕上的欧米茄手表。父亲有一块差不多的表，看起来几乎一模一样，是祖父留给他的。他说那块手表太珍贵，不能每天都戴，那为什么这个人戴得这么随随便便？这会儿，他注意到我正在盯着他呢。

雅思明瞧见露比一直在看那块表，不能说看，说瞪更合适。难怪杰克会注意到了。

"我经常买礼物送给我妻子。"他说，"我在油井里工作，那里又丑又脏，所以就想要点漂亮的东西。我给她买了很多漂亮的东西。就在我们二十周年结婚纪念日之前，她把一大堆珠宝拿到店里退了。给我换回了这个。"

雅思明心想，这么说，他妻子死了，所以他才每天戴她送给他的手表。她不由得开始同情他，在今天之前，她从未对丧偶一事有切肤之痛。

她们跟着杰克穿过一道走廊，走进一间小型候机室。里面有15~20个人，大都身着弗里德曼巴顿燃料公司的帽子和连体工作服，有些戴着绣着"美国燃料"字样的帽子。雅思明紧紧抓着露比的手。她害怕这些男人不把露比当成小孩子看。不过这些人似乎没有注意到她们，她不由得松了一口气；他们只顾着对付一个小个子男人，此人身着西装，背对她们，一头金发在人造灯光下闪闪发光。雅思明能感觉到他们对那个金发西装男人的敌意，敌对情绪是这么强烈，刮得她的皮肤生疼。

"去你妈的环境保护狂。"其中一个人对他说。

"北阿拉斯加可没树，没人告诉过你这一点吗？"另一个人说。

金发男人带着优越感，面对气势汹汹的众人："你们就不关心，或者说，就没兴趣知道你们在工作的时候面对的是什么吗？致癌物会引发癌症，放射性化学物质——"

一个脸上有刺青的男人走到金发男面前，整个笼罩住他，打断了他的话。"我们看起来像生病了吗？"他扭头看着其他工人，"你他妈的每个星期都来这里上蹿下跳。"

雅思明这会儿看清楚了金发男人的脸，惊讶于他竟然都五十来岁了，眉毛花白，肤色苍白。

脸上有刺青的男人接着说："以前听说过吗？伙计，弗里德曼巴顿燃料公司简称FBF，也可以说成Frack Baby Frack，知道是什么意思吗，水力压裂，宝贝儿，水力压裂，这话可是州长萨拉·佩林说的，那位女士真有想象力。"

金发西装男的语气依然高傲："你们的公司已经被美国燃料公司收购了，所以，就别再说这个笑话了。"

雅思明看到露比正在读唇语，女儿被这些人和他们的话吓坏了。

"他说的是'水力压裂，宝贝儿，水力压裂'。"她告诉露比，用手指拼出"frack"这个单词。她叫露比不要再读唇语了，要是他们说了什么要紧的话，她会告诉露比。

那些工人此刻都盯着她。杰克走到跟前。

"这位太太和她女儿想搭个顺风飞机，到戴德霍斯去。"

一个工人哈哈笑了起来："去购物吗？"

"我们想去安纳图。"雅思明说,"我们要从戴德霍斯搭出租飞机去安纳图。"

"你没看新闻吗?"一个肌肉男对她说,"那里都被烧成炭了,没一个人幸存,所有东西都被烧没了。"他看看周围的人。"新闻上说,那些蠢货把燃料就放在房子边上。"

"水力压裂可能引发火灾。"金发男人说,他那张毫无血色的脸孔变得生动起来,像是这件事让他兴奋了起来,"安纳图就在美国燃料公司位于图卡帕克的油田北部,只有大约四十英里的距离。"

"这我倒是不知道。"肌肉男说,"不过照我看,那里的雪倒是有四十英里厚。"

"人们点燃了当地人水龙头里出来的水。"金发男说。

"是呀,不错。"肌肉男说,"看来不是新闻里说的燃料爆炸,是水把村子给烧了。"

"烟气也是可以燃烧的。"金发男说,"这向来都是很有风险的。"

"妈呀,吓死人了。"杰克说,雅思明肯定,因为她和露比在场,他说话温和了很多。"你是在告诉我们,一个水力压裂油井里传出了烟气,在零下三十度的低温下,顶着不间断的狂风,烟气在北阿拉斯加飞跃了四十英里,飘到安纳图,在那里引发了爆炸?而且是烟气自行飘过去的?"

"有这个可能。"金发男说。

"胡说八道。"杰克说,他盯着金发男的脸:"老天,你希望这是一次水力压裂引发的意外。你希望发生这样的事。"

"你说对了。"金发男说，"水力压裂爆炸这种事迟早会发生；一场大灾难不可避免。阿拉斯加一个小村子无人生还，总比灾难发生在人口密集的区域要强。如果只付出一个村庄尽毁这样的代价，就能永远阻止人们使用水力压裂这个方法，还是合算的。"

雅思明很反感这个人，可她只能与他说话，因为他知道安纳图在什么地方——"就在美国燃料公司位于图卡帕克的油田北部，只有大约四十英里的距离"。安纳图只是个弹丸之地，他怎么会知道？

她拉着露比，走到他跟前。她发现他用坚定的目光看着突然冒出来的她。

"我叫锡莱西亚·斯特奈特。"他一边对她说，一边伸出右手，他的手胖乎乎的，布满了老人斑。她没有与他握手。

"我是一家水力压裂公司的财务总监。"锡莱西亚又说，同时一直注视着雅思明的眼睛，"可我有良心，我知道风险有多大，所以我干不下去了。有些人就是不愿意接受提醒。"

"你怎么知道安纳图在哪儿？"雅思明问道，"你认识村里的人吗？你有没有和那里的人联系？"

"我说过了，我在一家水力压裂公司工作。安纳图就在数十万桶页岩油上方，距离阿拉斯加石油管线只有三十五英里，基础设施几乎都已架设完毕，准备输出原油。所有水力压裂公司都知道安纳图在何处。他们有安纳图的烃源岩样本、3D地震数据、钻井资料。"

沉默的告白
The Quality of Silence

杰克看着雅思明和锡莱西亚·斯特奈特，不知道是不是该提醒她小心这个狗娘养的浑蛋，并告诉她，这浑蛋曾经到一个水力压裂开采现场搞破坏，但没人受伤，所以还算他走运。杰克比锡莱西亚高出几英寸，所以能看到他的金发分开的地方有一缕缕花白的头发。他很想成为一个胸怀大志的年轻人，但事实上他只是个痴迷的中年狂热分子。

没人张嘴，没人说话，母亲又变成摇摆球的样子。她忘记她说过，要是有人说了很重要或很有意思的话，她一定会转告我。

那个有着一头金发的男人用手语说："你愿不愿意告诉我到底发生了什么事？"

有人不是聋哑人，竟然还懂手语，真是超酷。这就好像奥巴马总统看到有人向他打手语，他就用手语说"谢谢"，好像这算不上什么大事。母亲甚至都没注意到，因为她在专心听新闻报道。

金发男人用手语比画出"通知"，现在则在比画"死马"①。他指的是那个地方，我们就是要去那里找父亲。

在美国手语中，表示"马"的手语是把手放在脑袋上，假装是耳朵摇晃，就跟《战马》里的木偶马一样。而在英国手语里，要比画马，则是假装拉住缰绳纵马驰骋，这比画起来更有意思。我只是想到了这个手语的故事，而不是其中的含义，因为我担心它意味着

---

① 戴德霍斯的英文为Deadhorse，直译为死马。

糟糕的事情。

金发男人拿出手机。他正在输入一些内容让我看。我向他走近两步，距离母亲并不远，所以她并不担心。我看了他输入的内容：

戴德霍斯机场发生了飞机坠毁事件。一架货机上的货物散落在机场各处。在现场清理完毕之前，任何飞机不得降落。可能要等到明天，或是后天。

我感觉很不舒服。就像我坐飞机时走过走道，想着机舱下面就是广袤的天空时所体会到的感觉。

金发男人说："你们为什么去安纳图？"他用手指拼出"安纳图"这个单词。

"找我爸爸。"我告诉他。

"去安纳图找？"他说，他的脸上露出了一丝笑容，如同他以为这事挺有意思。

"是的。"

我不喜欢靠近他。就在他把手机送到我面前让我看的时候，我闻到他手上有股陈腐的鱼的气味。

知道我为什么会说杰克叫人毛骨悚然吗？他其实不是这样子。我只是很生他的气，因为本来该是父亲和我们在一起的，现在却是他在我们身边。我甚至很气他帮我们，这么做很蠢，因为我们的确需要他的帮助，才能找到父亲。所以，即便我觉得这个金发男人叫人毛骨悚然，我也不会再相信我自己的直觉了。

我走到母亲身边。她正在和一个人说话，可她依然没想起要把重要的事告诉我，于是，我就读那个人的唇语。不是他说的每句话我都能看懂，但我看懂了大半。

他说，有些小型出租飞机并不需要主跑道，依旧会在戴德霍斯机场起飞降落。这么说，我们还是可以去找父亲的！

另一个有很多文身的人说如何从这里到戴德霍斯，不过他说话含含糊糊，我看不太懂他说了什么。而且，这会儿，还有个男人笑眯眯的，像是觉得这件事真的很有意思。

"她要怎么才能到村里？"他说，紧接着他盯着我看了一会儿，"搭该死的巴士？"

现在，他看着母亲，说了些我读不出来的话，接着，他说道："那里可开不了车。还有五百英里远呢，路面上全是冰。"

我使劲拉了一下母亲，让她看着我。"那我们该怎么办？"我说，"我们怎么才能去找爸爸？"

她让我等一等。那个金发男人又走到我身边，给我看他的手机：

你妈妈为什么戴了两枚结婚戒指？

我看看母亲的手。她一直都戴结婚戒指，有时候还会戴订婚戒指或是父亲在我出生时送给她的那枚戒指，那枚戒指是用一种叫作橄榄石的石头做的，是绿色的，寓意快乐。母亲说那枚戒指和我的眼睛是同一个颜色，要是我不在她身边，她看着戒指，就能非常清晰地想象我的脸，可父亲说，买了这枚戒指，他的手头可就紧啰。

她从没戴过父亲的结婚戒指，因为他的戒指该由他自己戴。我搞不明白这是怎么一回事。这就好像那架飞机的地板是用湿透的纸做成的，我一脚踩透，掉了下去。

母亲夺过那个金发男人的手机，用力摁灭，将手机塞回他手里。她俯下身，我们两个的脸近在咫尺。"爸爸在工作的时候就会把戒指摘下来。"她说，"所以警察才会找到戒指。现在我来为他保存。"她一边说，一边比画手语。"爸爸很好。"

金发男人看着她比画手语，那样子让我感觉他从我这里偷了东西。

雅思明一手拉着箱子，一手领着露比，走出候机室，沿着长长的走廊向出口走去。露比很费力才能跟上她的脚步，她的箱子都东倒西歪的。

她必须想个计划才行。肯定得想个计划。一定要这么做。如果她想不出任何计划，是不是就会有人让她去面对现实？这个人是谁？警察？还是来自英国的人？只要她还在寻找，就意味着马修还活着。而且，这可不是她出于内心的需要或因悲伤而做出的反应，而是因为若是她相信他遇难了，让别人用他们所谓的那些事实填满她的脑海，他就会孤零零地被困在北部极地的荒野中，失去了生存的希望。

　　母亲说我们需要开个家庭会议。在来阿拉斯加之前，一直都是父亲负责家庭会议，那之后便由母亲接手了。在家里，母亲说她和波斯利是"露比队"的，而且这是"说出全部心里话"时间，因为把话闷在心里可不好，要是我想的话，就应该好好喊一喊（而不是在公开场合大喊大叫，她也觉得这么叫挺尴尬）。在我大喊的时候，波斯利就摇晃尾巴，用尾巴撞我，像是要将它的快乐传给我。有时候是三脚架在，它趴在我的腿上喵喵叫，身体一颤一颤的，很高兴，我很喜欢它这样，不过通常都是波斯利在。

　　母亲说我们应该找个旅店住下，可我说应该去找父亲。她说好的酒店应该有保姆服务。有那么一会儿，我搞不懂她在说什么。接着我才弄明白她是什么意思，便说："不要！"她从来都没把我交给过保姆照顾。我才不愿意和保姆一起待着。她说时间不会太久，她一定会给我找个特别温柔的保姆。

　　金发男人就在我们身后，一直在注意着我们的手语。这就好像他又从我这里偷东西了，可我甚至都不知道。他肯定是跑着过来的，他的脸上布满了闪亮的汗珠，金发上也凝结着汗珠。

　　他挡在我们前面，我们只好停下。他注视着母亲，什么都没说，一副"老天！她真是太出色了！光是看着她，我就会被她迷住"的样子。可他们总是这样发呆，半天说不出话来，因此显得更呆了。母亲从未注意到这样的事情。"妈妈是个浪漫的马路杀手。"父亲这么说，"她是个'肇事逃逸司机'。"

　　"不对，她才不是，她甚至都不知道她做了什么。"我说，尽力保护母亲，父亲听了哈哈大笑。

听起来好像他们经常和对方开玩笑，其实他们很少这样做。

金发男人说话了，我能看到他的唇在动。

"我可以帮你们在这里找一家好酒店。"他说。

"不用了，谢谢。"母亲说。可她这话里一点感谢的意思都没有。

她拉起我的手，我们沿着走廊走远了。

他又跟了过来。他伸手去拉她，宛如他们是老相识，好像她是他的妻子或是女朋友，但她才不会让他碰到她，她对这个人没好感。

"你这是第一次来，"他说，"根本不知道哪家酒店会宰客。"

雅思明想拉着露比躲开锡莱西亚·斯特奈特，可他偏偏挡住了路。

"你需要一个保姆，是不是？我可以照顾这个孩子。我一定会为你照顾好她的。"

"我说过不用了。"

"一点也不麻烦。我就住在费尔班克斯，和这里只隔了一个街区。专业的保姆服务很贵。我很乐意免费为你效劳。"他拉住她的胳膊，"你不必感谢我。"

这时候，杰克快步向他们走了过来，锡莱西亚松开了她的手臂。

"你们还好吗？"杰克问她，她点点头。杰克转身看着锡莱西亚，"别纠缠这位女士和她的女儿，明白吗？"

"谢谢你。"雅思明对杰克说。她扭头面对露比。"还好吗？"露比点了一下头，她们继续拉起箱子，向机场出口走去。

杰克用身体挡住锡莱西亚，让他没法继续跟着她们，为此，雅思明真的很感激他。

她要是把露比留在英国的家中就好了，只是自从马修的父母都去世后，她就不放心将露比交给任何人照顾，况且露比害怕离开家。很少有人能和露比对话，或是理解露比的意思，还可能会发生一些无心的残酷行为，比如关掉露比的小夜灯，这样的话露比就不知道他们在离开房间时是不是对她说了什么，而她很需要别人对她说"晚安"。所以，雅思明怎么能在离家千里之外的世界另一边，把露比留在一个陌生的镇子里，周围都是陌生人，而那个令人不安的男人就在附近？

我们站在机场大门边。每次有人进来，大门就会滑开，冷风嗖嗖向里吹，吹得我的脸生疼。我很担心金发男人会来追我们。母亲肯定看出了我在想什么，因为她说，"他就是个讨厌鬼，我们犯不着为了讨厌鬼担心"。

很久以前我教过她"讨厌鬼"这个手语。这个手语是我自己创造的，不过有点粗俗——要把手指伸进鼻子里。这是母亲第一次做这个手语。我知道她就是想逗我笑。

"我真不愿意在酒店里和保姆待在一起。"我说。母亲点点头，像是她能理解。我估摸她其实也有点担心那个讨厌鬼男人，怕他会跟上来找到我们。好长一段时间，她什么都没说。又有四批人用手推车推着行李穿过大门，每次冷空气都会将我们包围。

母亲说她想到了两种可能，并且用手语告诉了我。我看得出来，我们现在是一个高效的团队了。这两个可能是这样的：

第一，父亲离开村子去求救，却没有找到任何人，在他返回村里的时候，警察都撤走了。

第二，他外出拍摄，用的时间比原定计划要久，等他回到安纳图，只是见到了惨烈的场景，村子已经化为了平地，警察都撤走了。

这两种可能性都表示他就在安纳图等我们，现在我们必须去那里找他。

一听到"我们"这两个字，我真是高兴到了极点，因为我现在很肯定，她不会把我一个人丢下了。

母亲说如果是第二种可能性，那么，父亲或许会使用因纽特犬和雪橇，我倒是希望他这样，因为有了因纽特犬陪他，他就不会孤独了。他给我讲过很多这些狗狗的事。其中一只叫帕米尤奇拉弗克，意思是"摇尾巴"，我觉得那只狗肯定很像波斯利；真希望摇尾巴此刻和父亲在一起。

我们现在来到了坐出租车的地方。我还以为我们要坐出租车，一路开到父亲所在的地方，可母亲说不能这么做，因为汽车没法在

冬季穿越阿拉斯加。母亲在打手机，所以这里肯定有3G信号，我想
她是在制订我们的计划。

　　在北阿拉斯加，格雷林队长挂断办公室的电话，结束了与雅思
明·埃弗雷森的通话。那个可怜的女人用她的手机给他们打了电
话，听声音，她是在费尔班克斯机场附近。她想到了两个可能性，
为她自己创造了故事，在这些故事里，她的丈夫依旧活着。她还要
求他们再次进行搜索。他觉得她的一切举动无可厚非，因为在他们
将蒂莫西的死讯通知他的时候，他也做出了同样的事——拒绝接受
现实，因为那对他来说根本无法承受。否认就是一块渐渐融化的冰
川，可至少你还能抓住它不放。他必须亲口将现实向她和盘托出，
强迫她沉入会将人溺毙的深海：一共有二十四具尸体，其中二十三
具是村民，她丈夫的电话和结婚戒指均在火灾现场被人找到，他们
进行了漫长且彻底的搜索，并未发现任何幸存者，因为根本就无人
幸存。她在电话中沉默了，跟着便挂断了。他希望她能很快坐飞机
回家，她在英国的亲戚朋友会照顾她。

　　现在只有她一个人去找马修了。她很清楚这一点。只能靠她自
己了。
　　一段被压抑很久的记忆浮现出来，一同出现的还有威士忌和未
清洗的衣物的味道；公墓潮湿的草地上影影绰绰，寒意穿透了她那
薄薄的鞋底。十二岁的她来为母亲扫墓。她真想按动开关，让外面

变亮。她父亲从大衣衣兜里拿出一个瓶子，就在她的墓碑边喝了起来。她扶着他来到车边，此时，工作人员正在关闭墓地的停车场。

她坐在驾驶座上。父亲已经醉得不省人事，根本注意不到。

大象城堡环状交叉路口是三条路的交叉口，车太多，速度太快，嘈杂不已；很多破旧的汽车和他们那辆差不多，都在争夺空间，不让她转弯，冲她猛按喇叭。她曾经看着父亲开车来往医院，看他如何开车，那样她就不会老去想母亲怎么了。老肯特路两侧都是密集高耸的政府福利房，布满了涂鸦，她得稍稍站起来一点点，才能够到踏板。车子熄火了。其他汽车的司机都冲她按喇叭。一个男人在人行道上小便。信号灯变红了。她吓得尖叫起来，浑身发抖，却还是将车子开到了家。

她一直在努力遗忘，而且觉得这些事很丢脸，所以没对任何人说过，甚至也瞒着马修。可她只能依靠自己，并且将父亲送回了家。

她搂住露比，抵御刺骨的寒冷。费尔班克斯机场周边的人行道和道路两侧设有明亮的路灯；建筑物中散发出较为柔和的灯光。明天早晨天会亮。但不会有一丝天光笼罩安纳图的废墟；在那个极北之地，连早晨都没有，只有一连两个月的极地黑夜。在她们找到马修之前，他将一直处在黑夜之中。

第 **4** 章

母亲说我们搭卡车去找父亲，所以，这会儿我们来到了这个地方，周围都是《变形金刚》里那样的卡车。我敢打赌，到了晚上，这些车就会变成有思想的巨大机器人。这里还有油罐车，就像我们伦敦的整条街那么长。吉米一准会觉得这个地方是"很棒的酱料！"（他是我的朋友。不不，是曾经的朋友才对。我们有属于我们的秘密语言。）

母亲说几乎所有卡车都要到普拉德霍湾的油井，并且途经戴德霍斯。

在我们先去的两个地方，母亲问接待员我们是不是能搭车到戴德霍斯。"不行！带乘客违反法规！"该把这几个字用红色强调，才能配得上他们说这话时的表情。就好像他们的潜台词是，"你是傻瓜吗？竟然会问这种问题。"然后她去问了几个司机，可他们也说了同样的话，不过他们可不是疾言厉色，而是对着母亲笑，半天才说完他们要说的话。祖父留给她和父亲一笔钱，她提出出钱给司机，却还是没能如愿。我觉得她应该告诉那些司机她有多擅长物理。她一般不会告诉别人这事，可如果他们能了解她，就会知道要是他们的车坏了，她一定能帮上忙。可她只是把我写的卡片交给了他们。剩下的卡片不多了。

我们现在出发去修理店。她说修车的司机肯定更需要我们给的钱，所以就算违规，也一定会带上我们。

修理店里有股柴油味，焊接工具喷出火花，凹凸不平的水泥地面上布满了尘垢和油渍，店里还在放流行音乐。就跟接待台桌上的公司日历一样，那播放的音乐，使这里显得和世界上的其他地方没什么区别。唯有刺骨的严寒提醒你，这里是阿拉斯加。

雅思明拖着箱子，走过坑坑洼洼的地面，店里的每个人都看着她，她想起人们以前一直都觉得她勇敢又独立；他们称赞她自力更生，不依靠任何人。可自从小学四年级开始，她就已经别无选择了。

很多孩子都没有父亲，不过只有雅思明一个人没有母亲，这样的缺失叫人心碎，将她推到了痛苦的边缘。别人的母亲到学校门口接他们放学，等着他们的是点心和拥抱，她会充满渴望地望着这一幕，然后走回公寓，那里要么安静空荡，要么传出嘈杂的音乐声，仿佛她的家人是一群十几岁的孩子。这不过是委婉的说法而已。事实上，拉塞尔十九岁时进了监狱，戴维被学校开除了，父亲整天伤心难过，只顾着喝酒。每天早晨她走下楼，前一天晚上剩下的食物的味道就会扑鼻而来，这些东西没被扔进垃圾桶，在盘子里都变硬了。她就先把盘子洗干净，再给自己做早餐。她渴望看到香喷喷的早餐在饭桌上等着她，因为那意味着有人检查了她的作业，衣服洗得干干净净，睡觉前还能听到故事。那些女孩子想要水晶鞋和王子将她们吻醒，她们都有合脚的学生鞋，母亲会亲吻她们道晚安。

在马修出现之前的那些年里，她一直是孤独一人。

修车店的两个司机拒绝了她的要求；他们的车属于运输公司，用不着自己付修车费。他们和其他司机一样，挺着啤酒肚，像是参加格斗比赛的选手一样，急于说不，但更急于找个女性听众，听他们那些大男子主义的言论，仿佛他们是要乘火箭参加星际战斗，而不是在路上开车。这会儿，她遭到了第三个司机的拒绝。她听着司机说话，心里知道这毫无意义，却不能放弃努力，就在此时，一个年轻人躺在一辆低矮的手推车上，从一辆卡车下面滑了出来。

"你是第二个要求搭车的人了。"

戴德霍斯机场暂停使用，她估摸其他人也会要求搭车。不过戴德霍斯机场的工作人员似乎很高兴在费尔班克斯多待几天。

"去问问阿迪布·阿奇兹吧。"年轻人说，"那边那个人就是。他有自己的车。"

阿迪布并不常抽烟，可有时候他就是想抽几口，就算尼古丁会致癌也无所谓。他撞上了石头，结果把一个油底盘撞裂了，修车费要七百美元。保险公司只在卡车彻底损坏的情况下才会支付保险费。他原本希望今年冬天再跑六趟戴德霍斯，现在看来得多跑一趟了。有句老话说得好，父亲要存钱给孩子们上大学，让孩子们有机会远走高飞，丢下父亲不管。他心甘情愿被孩子们丢下。他想要看到他的儿子们消失在地平线上，看着他们开着双动力汽车，车子不冒出一点尾气，进入更好的世界，过上比他更好的生活。他们说什么来着？第一代是街角小店老板（以他的情况来说，是卡车司机——薪水高，危险大），第二代是银行家，第三代是诗人？他的孙子可能当诗人。真是个不错的主意。问题是他的儿子们很快就要进入青春期了，而只有四十五岁的他却患上了高血压，所以他像个老年人一样，很有可能中风。他的生命随时可能终结。七百美元呀。

他看到一个举止优雅、身材苗条的女人带着一个孩子向他走过来。她显得很镇定，但显然知道所有机修工和卡车司机都在盯着她。走到一半，她俯下身体，与女孩子面对面，对女孩说了什么。那个小女孩打手势回答。跟着，她们又向他走过来，只见那个优雅的女人有些提心吊胆，却充满斗志，一副谅你也不敢注意她的样子。他感觉到她害怕的不是男人，而是一些更大的东西。

"有什么能效劳的吗？"他问她。

"我和女儿要去北极圈，去看看北极光。我们本来是和旅行团在一起的，可我们和他们走散了。他们会在那里的游客中心等我们。"

　　那里有游客中心吗？雅思明自己也不知道。肯定有。肯定有这类的游客设施。而且就算是仲冬时节没有旅行团去那里，兴许这个司机也不知道。她们已经走出了这么远，她一定能想法子说服他带她们继续往前走。

　　阿迪布觉得这个焦虑的女人实在不擅长撒谎。可他愿意帮助她。他的大儿子说他身上有种气质，能吸引"落难少女"。"叫姑娘多好听。"他妻子维莎纠正道，"我觉得该叫她们姑娘。"她说着对他笑笑。

　　"北极圈没有游客中心。"他说，"不过在快到北极圈的地方有个卡车司机餐馆，我想你说的就是那个地方吧？"

　　"对对，就是那里。"她说，"那你能不能带我们去北极圈？有多远，一百英里？"

　　可骑士一般不用担心他们的药是否依旧对症，更用不着操心得花多少钱，医生才会确认他的药是否适合他的病。

　　"我的身体不太好。"他说，"要是在路上我犯病了……"

　　"肯定会有人停车帮忙的吧？"她打断了他的话。她这么着急搭车是为了什么？阿迪布琢磨着。不错，的确会有人停车帮忙。一般情况下，马路友情一向都没有他的份儿，不过一个卡车司机总会去帮助另一个落难的卡车司机，就算是他也不例外，况且他的车上还有女人和孩子。若是出现了最糟糕的情况，会有人将她们送回费尔班克斯的。他又看看她。那些司机兴许会排队等着送她回来。

"的确如此。"他说。

"那你愿意送我们一程吗？"她问。

他应该一口回绝才对。撇开别的不谈，可能很快就要下暴风雪了。不过可能下，也可能不下，就算是真的下暴雪，那时候他也开过北极圈了。而且，他看得出来她有多害怕，有多绝望，并且还在极力掩饰。

"我可以给你四千英镑。"她说。

就算没有钱，他也会让她们搭车。

"我会送你们到那个卡车司机餐馆，那里距离北极圈不远。"

"谢谢你。"她说着冲他一笑。看到这个温柔的笑容，有那么一瞬间，他不禁在这个冰冷油腻的地方想起了维莎。

我和母亲坐在阿奇兹先生的卡车驾驶室里。吉米一定会喜欢这辆卡车，一定会说"很棒的酱料"。车身是红色的，闪闪发亮，带有银色的排气管，就跟獠牙一样，车头像是一个又大又长的翘鼻子，银色格栅就像一张嘴，看着就跟鲨鱼露出尖牙似的。驾驶室真的很高，我们踩着台阶才能进入。

车上装的是给石油工人用的成品房屋。阿奇兹先生说我们就好像一只乌龟，房子就在背上，只是我们的速度快了很多。也很像一只速度超快的巨大蜗牛。他吐字清晰，说话时会把脸对着我。甚至都不用母亲解释。我觉得他肯定有朋友需要读唇语。阿奇兹先生说，我们的房子重达好几吨，这可是好事，因为重量大的物体能牢牢往道路上压，就像被胶水粘住似的。他将一只手放在另一只手上，假装要将它们分开。他说运管子可不容易，因为它们左摇右晃，就像是在跳高地舞。他也模仿了这个。

这会儿，他开始给我们做讲解。卡车上有很多开关和仪表盘，就跟飞机里的一样。我们的座位上有一张床，阿奇兹先生的睡袋和我们的旅行箱就放在床上。我和母亲只能坐在一个座位上，不过这个座位很大，容得下我们两个人。座位上只有一条安全带，母亲将它系在我身上。车上还有一个移动厕所。不过我们还是停车去方便，我绝对不会用移动厕所。卡车装了车载电台，他说所有司机都用这个，因为我们要走的路特别窄，没有路灯，必须让其他司机知道你在什么地方，这样才不会撞到一起。

雅思明很高兴她们和阿迪布在一起，他这个人周到细致，开起车来一定会非常安全。她研究了他给她的地图。他告诉她，这是背包客在夏天使用的地图，而不是司机在冬季用的，从费尔班克斯到戴德霍斯只有一条大路，也就是艾略特高速公路，这条路连通达顿公路。她看到地图上标出了安纳图；距离费尔班克斯大约四百三十英里，在达顿公路以东大约三十五英里处。要是能有一条小路从达顿公路通往安纳图就好了，只可惜没有这样的路，就连徒步旅行的线路都没有；所以根本不可能乘车到那里去。于是她们只能按照最早的计划，先去戴德霍斯，再乘坐出租飞机去找马修。

老天！卡车上竟然有卫星设备！阿奇兹先生将我的笔记本电脑连接到了卫星设备上！我从没说过"老天"这个词，虽然它的手语很简单，因为我不喜欢在说话的时候露出惊讶的表情，我要是露出惊讶的表情，就显得特别傻。父亲说用语言表现惊讶要来得容易得多，只要尖声尖气地说"老天"就成了，跟十几岁的女孩子一样，她们最常这样做。他说到"尖声尖气"这个词，我就说，"像是指甲划过黑板的声音一样？"他说"完全正确"。即便我听不到尖声尖气的声音，我也知道那是一种怎样的感觉。可卡车上的卫星设备真是超酷，因为现在我能接收父亲的邮件了，就算没有移动信号和Wi-Fi也无所谓。

阿奇兹先生说在离开费尔班克斯之后，天就会黑得伸手不见五指。他告诉我车上有一盏小灯，在我和母亲说话的时候可以用它来照亮，就能看到我们彼此的手和嘴。

你知道世界上声音最大的鸟是华丽琴鸟（Superb Lyrebird）吗？这是真的！我觉得阿奇兹先生是世界上少有的名字中也应该有Superb的人之一！

我很想让母亲代我对他说声谢谢，可她准会说"用你的嘴说话，露比"，于是我对阿奇兹先生露出了一个"谢谢你"的笑容，他看懂了，因为他也对我笑笑，耸耸肩，表示"不客气"。

他走下卡车，做最后检查，然后我们就要出发了。母亲透过挡风玻璃看着他。她很紧张，就跟一只灰狗一样；你知道的，就是比赛即将开始时的状态，肌肉绷得紧紧的，准备好冲出去，以时速一百英里的速度，去追假想出来的毛绒兔子。我估摸她是担心阿奇兹先生改变主意。可我肯定他一定不会这么做。他说得出就肯定做得到。母亲也是这样，却比不上阿奇兹先生那样淡定从容。你得认识她很长时间以后，才能了解到她的这个特质。

　　高架照明灯将院子照得如同白昼，阿迪布看到一个男人穿梭于卡车之间，在找什么东西，或是什么人。此人正是锡莱西亚·斯特奈特，天这么冷，他连帽子都没戴，一头金发在人造灯光下闪着光。锡莱西亚拿着一个板条箱，阿迪布以前见过他站在箱子上，对驾驶室里的卡车司机发表长篇大论。看到锡莱西亚这个人，虽然不知道是为什么，可一股不安的感觉还是从他心里升起，他觉得这很不好，因为他本应该欣赏此人才对：锡莱西亚经常到这里来，站在他那个相比之下跟肥皂盒差不多的箱子上，提醒从水力压裂油井运输东西的油罐车司机。司机们总是对他奚落辱骂一番，叫他白费一番努力。和阿迪布一样，他们看到他时也觉得很烦，所以他们才会讥讽他。

　　阿迪布不再看锡莱西亚·斯特奈特，而是去检查安装在驾驶室上方的卫星接收设备。这东西还是卖给他卡车的那个人安装的，那人说这是轮船上用的，可以在地球上的任何地方接收到信号。他还把他的卫星电话给了阿迪布。阿迪布本来不愿意用这个昂贵的物件，可维莎坚持，在北阿拉斯加数百英里的范围内都没有手机信号或Wi-Fi。她说她必须得知道他是不是安好，她说她这可不是大惊小怪。她站在那儿，双手叉腰，手指修长，谅他也不敢不同意她的意见。他用一只胳膊搂住她，她依然叉着腰，所以他搂着她感觉很别扭。

"我感觉自己身体特别好，一点问题也没有。"他曾经这样说。（他的英语是他母亲教的，她就很喜欢口语风格的词语。）

"那我想知道你是不是感觉身体特别好，每天都要知道。"维莎如是说。

他每晚都用卫星电话打给家里，让维莎放心他的身体，还可以跟孩子们道晚安。在极北之地，卫星电话可以帮助他区分白天黑夜，让他确定，在其他地方，昼夜节律依旧存在。

在回到驾驶室之前，他又做了一次全面检查——胎链，备用轮胎，千斤顶，用来修理软管、管子和过滤器的工具。今天，他就是挪威探险家阿蒙森，再三检查飞艇，然后向北极出发，而不是一个有着初期强迫症的中年阿富汗难民。他怀疑，这些特殊修理工具啦，照明装置啦，紧急药箱啦，根本不足以应对北阿拉斯加可能出现的众多问题。可不管雅思明和露比的真实目的是什么，他只送她们到北极圈，绝不会多走一步。

母亲背对我，就好像她在玩纸牌二十一点的时候，总是不让我们看到她的表情，让我和父亲以为她有黑桃A和老K。我看不到母亲的眼睛，而眼睛总会泄露她的心情。我轻轻拍拍她的手臂，让她看着我，我注意到她的眼睛里有泪意。

"爸爸给我讲过一个故事，说的是一个伊努皮克猎人在大海浮冰上。"我说，我觉得这个故事能叫她高兴起来。

她用嘴说道："你能用嘴巴讲给我听吗？"

一般来说，我会扭过头去，不再读她的唇语。接着她就再次来到我面前，我们就围着对方跳五月柱舞。可现在是在阿奇兹先生的卡车里，我们可没法这样做。

"我一直在用我的语言。"我用手语对她说。她只是摇摇头，像是她的难过因我而起。

有件事很有意思，母亲明白其他的一切。她和蔼，风趣，出色，超级棒。有时候我在学校里不开心，光是想到她，我就感觉像是我们两个在拥抱。可她也有无情的一面，有点像含在雪球里的石块。这很可怕，因为她心里唯一冷酷的东西正是我真正在意的。

她这样子让我觉得很丢脸，毕竟我以为她会喜欢这个故事。

我看着窗外，寻找父亲的身影，像是他会突然出现！我知道我很傻，我们现在都还没离开费尔班克斯呢，还在这个院子里，所以这会儿找他有点太早了。他正在安纳图等着我们。我真的太想见他了。

阿奇兹先生正把车子从院子开到路上，可有很多卡车开进来，我们没法从它们之间开过去。大部分卡车上都印着"美国燃料公司"或"弗里德曼巴顿燃料公司"，机场的那个男人说这家公司的首字母缩写表示"水力压裂，宝贝儿，水力压裂"，可妈妈说他只是在开玩笑。有些卡车上拉着房子，就跟阿奇兹先生车上的一样。

母亲问了阿奇兹先生几个问题，比如怎么才能不让燃料结冰。我并没有读唇语看他的答案是什么，因为我肯定科学课上不会学到这个。上周，我们把乳牙放进可口可乐里，看看会发生什么（在牙仙子来过学校之后，我们找二年级借来了乳牙，谁叫我们大多数六年级学生早就换完牙了呢）。我不再读唇语看他们说了什么，开始继续找父亲。

那个讨厌鬼男人就在我旁边，咚咚地敲我这边的车窗。他肯定是站在什么东西上了，因为他的脸就在我的脸边。我能看到他的头顶，他的分头两边有很多花白的头发，跟老鼠一样。我很想躲开他，可我系着安全带，母亲又在我旁边，我根本躲不开。

母亲又转过头去了，所以她没看到那个男人，兴许是为了不让我看到她泪眼蒙眬的眼睛。

讨厌鬼男人摘掉他的大手套，外面这么冷，他想干什么？他张开手，将两根手指贴在手掌上，意思是"妈妈"。

阿奇兹先生一直目视前方，等着将车转到路上，并没看到他。

讨厌鬼男人这会儿缓缓地将手指沿着脸移动，意思是"美丽"。

他那双短粗的手肯定冻坏了，变得颜色斑驳，就跟一只青紫色的丑八怪水母一样。他用手语说："告诉你妈妈我来了。"

他用一根可怕的手指指着母亲。

这时候出现了一个空当，阿奇兹先生将车开出场院，开到了大路上，讨厌鬼男人在我们后面一路小跑，只是他绝不可能追上我们。

我不知道是不是应该告诉母亲他在这里。我拍拍她的手臂，她扭头看着我，眼睛湿湿的，跟我以为的一样。我可不愿意让她更加不安。反正我们再也不会见到他了。这会儿，他离我们有好几英里了。

无声的语言 @ 无声的语言　　　　　　　　　　**650**个 **好友**

毛骨悚然　看起来好像手变成水母；味道好像有了生命的蛋糕；
　　　　　　感觉好像近在咫尺。

第 **5** 章

　　四周一片漆黑。雅思明什么都看不到。他们行驶了四个钟头了，她不再寻找远处城市或乡村里的灯光，因为这里就没有城市或乡村。云层很厚，看不到月光或星光；除了卡车的车灯，没什么能穿透这浓重的黑暗。阿迪布告诉过她，车灯能照出前方四分之一英里范围内的道路，对雅思明来说，车头灯仿佛探照灯照射在漆黑的海面上；一个人会被这样的无边黑暗吞没。

　　她想起她小时候很怕黑，有时候，她怕得都不敢呼吸了，她生命的中心有一个空洞，曾经，那里是她母亲所在的地方。

　　她的兄弟和父亲都以为她无所畏惧；他们喜欢她挥动拳头，解决一场争端，虽然她浑身瘀伤和擦伤；她这个孩子很有胆量。要想在一个只有男性的家庭里生存，只能这样。要做到无畏很容易，毕竟在她母亲死后，还有什么可怕的呢？那是二月一个晚上的八点，他们刚刚离开医院。她想下车，但她父亲锁了儿童锁——金属把手深深陷进了她的肉里，放了很久的外卖的气味，陈旧的香烟，九岁的她穿着廉价的绒衣，根本没有力气打开车门，她救不了母亲。不能阻止他们将她放进一个黑漆漆的盒子里，再用钉子把盒子钉死。

黑暗意味着死亡和悲伤。她没有告诉任何人她怕黑，只是一个人默默忍受着黑夜带来的恐惧。

母亲去世十个月后的一天晚上，她拉起她卧室里的百叶窗，凝视窗外的黑暗，对抗让她感到恐惧的魔鬼，下决心面对她的恐惧，就在此时，她看到了星星，宛若天上出现了数以千计的小夜灯。

从那以后，在她剩下的童年时光里，星星都会带给她慰藉，不仅因为它们在黑夜中发出光亮，还因为在看着它们的时候，她能想象她自己去了很远的地方，仿佛悲伤和痛苦与他们的公寓、街道、所有她和母亲一起待过甚至是一起看过电视的地方连接在了一起，如果她能想象她自己在远处，悲伤就不能与她如影随形了。

星星的抚慰促使她开始研究它们，而在那以后，它们带给她的惊讶不降反升。

这条路怪异可怕，犹如一条无穷无尽的冰带贯穿于黑暗之中，不过并不像她担心的那么危险。

她感觉到露比向她靠了靠，她搂住了露比。她下定决心去找马修，不仅是出于她对他的爱，还因为她对露比的爱。她绝对不能让露比饱尝失去父亲的痛苦；那样的悲伤叫人无法承受。她还记得她在警察局戴上了马修的结婚戒指，她知道他一定还活着，不仅因为她深爱着他，还因为露比当时就坐在隔壁。

这条路上全是冰，我们正开车行驶在上面！在车头灯的照耀下，可见路上白茫茫的一片，都是积雪，有些地方有动物的粪便。车灯周围很黑，像是开车穿过一条幽灵隧道，永远也看不到尽头。

阿奇兹先生说在冬天，他们会把大量的水倒在这条老旧的砾石路上，让水结成冰。他说只有冰能承受住大卡车的重量，并且不会裂开，因为冰非常非常坚硬。我觉得他是想让我有安全感，可看他的表情就知道他认为这可不是什么好事。他在我们离开费尔班克斯之前对我说起了冰的事，当时我还能读唇语看他在说什么。

父亲并没有给我回邮件。不过，他收电子邮件并非易事。他的卫星接收设备用起来可比阿奇兹先生的那台难多了，因为那是一台可以拿着到处走的设备。

我和母亲原计划在四个星期后的圣诞节到这里来，我和父亲到时候要一起写博客——aweekinalaskablog.com①，将我们看到的动物和鸟都写到里面。父亲为我的笔记本电脑配了一个特殊的保护壳，这样就算天气寒冷也不要紧，我早就扣上保护壳了，因为我觉得我们一碰面，就要开始写博客了。

阿迪布看了看镜子。在刚刚开出十五英里时，他看到他们后面

① 意为在阿拉斯加的一周。——译者注

的黑暗中亮起了蓝色的车头灯光，如同两条天蓝色的小热带鱼。氙气灯在达顿公路是非常少见的。小热带鱼卡车像是在跟着他，他加速那车也加速，他减速那车也减速。阿迪布曾经让一个新手跟过他几次，学习怎么开车，要是出了意外，阿迪布也可以帮忙，可今天跟在他后面的绝不是新手。也不是互相关照的朋友。他一向独来独往——这是别人说的，他自己并没有这么做。有了"独行侠"这样的称号，他在北部之行中真的感觉很孤独。

再过几分钟，他们就将到达第一个陡坡，他熟悉路况，因此紧紧握住方向盘，仿佛方向盘是他的依靠，而不是他要用它来转变方向。前路危险，遍布寒冰，他非常担心。

在他的朋友萨伊布出事之前，他一直以为冰和玻璃一样，都是易碎的，冰是透明的，所以显得不是那么坚固。他不明白为什么冰能承受得住卡车的重量。

萨伊布到了英国之后在玻璃厂的灌装车间工作，萨伊布说那个车间很大，地面没有断面，极为平坦，使用特殊的机器将玻璃液倒在地板上，然后，玻璃液在平坦的地板上凝固成平坦的片状，最后进行切割。可一天早晨，精密的特殊仪器出了问题，大量玻璃液快速涌进车间，顺着门窗流了出去，引燃了所碰触到的一切。只有用大理石制成的水平车间经受住了这样的高温；附属建筑和办公室都在大火中焚毁。萨伊布被严重烧伤。自从那个时候开始，在阿迪布眼里，玻璃和冰不仅十分坚固，而且非常邪恶，甚至会要人性命，它们的透明特质只是为了掩饰它们的能量。

雅思明紧紧闭上嘴巴，不让自己叫出来，以免露比害怕。他们正冲下一个陡峭的斜坡，向黑暗疾驰而去。她看到阿迪布将后轴的差动齿轮全部启动，这样所有轮胎就会产生最大的扭力，却还是起不了任何作用，因为车子滑下这个险峻陡坡的速度太快了，就跟飞起来一样。他们驶到了底部，在惯性的作用下，加速冲上对面的斜坡。他们来到了顶端。她的身体仍在哆嗦。

她扭头看看露比，只见她正对着自己微笑，一点害怕的样子都没有，好像这是一次探险。因为此行是去找父亲，因为这条路本身，她都兴奋到了极点，并没有意识到现在的情况有多危险。一个母亲，每天让你吃掉五份水果和蔬菜，把家庭作业计划贴在冰箱门上，怎么能做让你置身险境的事情呢？

"真抱歉吓到你了。"阿迪布对雅思明说，"我必须开快点，不然就开不上另一边斜坡。太慢和太快一样，都很危险。我应该提早知会你一声；在我们离开费尔班克斯之前，我就应该向你解释清楚这一路上的状况。有时候我自己都忘了路面有多糟糕了，开到跟前才想起来。"

"是我主动要求搭车的。"雅思明说。

"想不想打道回府？"他说，"我可以送你们回去。"

驾驶室的温度计显示外面的温度是华氏零下十一度，已经比费尔班克斯冷了。在安纳图，冬季的平均温度是零下二十二度，最低可以达到零下五十二度，而这还是在不刮寒风的情况下。这条路相当危险，她现在总算明白这一点了，她真希望上帝能让露比待在别的安全的地方，可如果她丢下马修不管，那他就不仅是受伤那么简单了，而是一定会死。

"继续往前开。"她说。

我一直以为我们要在冰上滑行，所以我拉住母亲，就好像你们在坐过山车时一样。在车头灯的照耀下，可以看到路边架设着大得惊人的管道，恰似白色身体里的巨大金属血管，而里面流动着的则是泥浆一样的温热石油。

我贴在母亲身侧，她搂住我，这感觉真不错。一般情况下我不会这样，毕竟我都快十一岁了，马上就是个大人了，很快就要去上初中。我希望她能告诉阿奇兹先生我们要去戴德霍斯，我敢肯定他一定会答应，这样她就不必这么担心了。我希望要是我睡着了，等我醒过来，我们就距离父亲更近了一些。

阿迪布驾驶卡车驶过一个个急转弯和下坡路，与其说他们行驶在路上，倒不如说他们处在一条滑雪道上。雅思明仔细看着传动轴和气动离合器，琢磨着动力如何传输到轮胎上，而且没有任何差动动能，使得每一个轮胎获得道路允许的全部扭力。她一直不喜欢物理中关于机械的部分，不过在这里，在这辆卡车之上，她很高兴她知道阿迪布如何控制卡车，因为起码在当下，她知道为什么露比是安全的。

露比睡着了，她们坐了那么久的飞机，下飞机后经历了一番扰攘，又急着想办法去找她父亲，所以累坏了。她当然很累。露比的脑袋微微动了一下，她醒了过来，但片刻之后，她又睡着了。雅思明轻抚她的头发，希望能让她的脑袋不会再次向下滑。如果会让露比遇到很大的危险，她知道她就只能让阿迪布掉转车头，或是她们去搭返回费尔班克斯的卡车。可就目前而言，她们还是要继续往前走。

趁露比睡着的工夫，雅思明仔细看这条冰带道路两侧更多的地貌特征。

浩瀚的阿拉斯加让阿迪布心生敬畏；这个州的面积为一百五十万平方公里，透过挡风玻璃望出去，仅有的人类活动标志便是脚下这条结了冰的公路和公路一侧的阿拉斯加石油管线；这些或许是现代科技的奇迹，可阿迪布觉得这些东西根本不通人性，也不是文明的特征。

在刚刚上路的时候，他和雅思明说到了驾驶卡车的机械原理。她说她在攻读物理学位的时候学过一点点机械工程的知识，但不是特别专业；她选的是天体物理。阿迪布觉得一个研究天体物理的女人一定是自由自在的。

可他们并没有说起她为何心事重重，她为此不惜向他撒谎，还在冬季带着孩子来到北极圈。他估摸她不愿意和他提起这件事，而且这也不是他能问的。要是她主动提出来的话，他倒希望能帮她排忧解难。

他的车头灯照亮了道路一侧的五棵云杉树，这会儿，树上都是雪和冰。这些树的树龄都超过一百年，却高不过三英尺；这里的环境太恶劣了。在更远的北部，连一棵树都没有。在第一次驾车去戴德霍斯和普拉德霍湾油井之后，他了解了一下关于北阿拉斯加的情况，原本希望了解一个地方就能在某种程度上征服它，让它变得更驯服，可事实刚好相反。他现在知道，宽一百英尺的滑坡泥石正向这条结冰的公路移动，冰冻的土壤、岩石和皱缩的树木以每天几厘米的速度悄然靠近，速度越来越快，摧毁了处在其路线上的一切。如同这片土地与严寒一样，不仅仅充满消极的敌意，还极具主动的侵略性。

相比危险的道路、寒冷和与世隔绝，更糟糕的是周围缺乏色彩。除了车头灯照出的皑皑白雪，剩下的便是黑暗了。在这样色彩单调的地域里，他对色彩的渴望与对温暖的需要不相上下。他想到了莱拉·塞拉哈特·罗斯哈尼，很想知道她在写下面这首诗时是不是想到了一个孤独的阿富汗司机：

"我用双眼，看向镜子，一个小小的绿色标志出现，宣称不朽的春日。"

可他从未在这里看到任何绿色，况且，这里的春天也极为短暂。

他的母亲曾在扎布尔做教师，正是在她的影响下，他开始热爱诗歌，学会了英语，只可惜后来塔利班政权不让她继续教书。

在刚刚驶过的三十英里途中，他看到雅思明看着窗外，像是在寻找什么东西，每开过一英里，她的紧张就增加一分，他很想告诉她，他从未在车外看到过任何东西。或许他把注意力都放在了路上，可他认为根本没什么可寻找，没什么可看，这里不过是一片由冰雪组成的不毛之地。倒是有掠夺成性的狼群，为此，卡车司机都会带装了子弹的枪防身，不过狼群出没更像是传说，而不是现实。

对面车道上有一辆卡车从他身边开过，向费尔班克斯驶去。那辆卡车的灯光从他的驾驶室里一闪而过，照耀在露比和雅思明身上。

他真不该带上她们的。他对这事考虑不周。他太自私了，所以没好好想这事。他现在才意识到，他这么做可不是出于什么骑士精神，只是自私地想要有人在路上与他做伴。他在费尔班克斯的时候只是有一点头疼，可现在疼得厉害了。

雅思明只能看到车头灯照射范围内很窄的一段路，却足以让她知道这个地方极为荒芜，马修告诉她他会来这里拍摄动物。他给露比讲了这里冬季的野生动物。她怀疑他夸大其词，这样露比就不会知道他不回家的真正原因。雅思明一直没有刨根问底，因为她觉得这是一个掩护，让他们不去触及痛苦的真相，而这无关柯拉松，当时她还不知道柯拉松的存在，而是因为他发现家庭生活极其单调乏味，她极其单调乏味，所以他必须逃离。他很正派，不愿意正式分手，他那么爱露比，不愿意让露比难过，于是，他就用阿拉斯加冬季的野生动物当成虚构出的借口。她走过一英里又一英里的荒野，发现他的借口越来越站不住脚了。

她记得八天前他们在电话里长久的沉默，她还说了很多气话，他的话则穿过地球，在她耳边响起："因为想你，所以我吻了她。"

这个电话没有任何意义。不过他在冬季回到阿拉斯加的原因就显而易见了。

她衷心盼望她错了。不仅仅因为这意味着除了那个吻之外，马修还是忠实于她的。令她惊讶的是，只要他还活着，他是否忠于她这事此时对她来讲其实并不重要了。还因为如果他说来这里拍摄动物是真话，那么他就有可能在村子起火时外出拍摄了，这表示他带着求生装备，不会毫无防备地被困在严寒和黑暗之中。

在编织探险的两个月后，她要他到剑桥车站与她见面。他在站台上看到了她，只见她穿着长筒雨靴，拿着一个奇形怪状的大手提箱，他后来承认，他很担心爱她并不总是简单的事。他们的火车来到了金林斯港口，他们搭乘当地当晚的最后一趟巴士，是车里仅有的两名乘客，在黑暗中沿着海岸而行，最后抵达海岸村庄克莱。他跟着她走过潮湿的鹅卵石，大海在他们一侧咆哮着。

"快看。"她说着一指。

他看到了诺福克海边那无垠的天空，如同一个巨大闪亮的罐子倒置放着。

她从旅行箱里拿出望远镜和三脚架，将三脚架插进鹅卵石中，调好望远镜。

"你来看看。"

他还以为她要给他看月球或行星，他将看到光环、卫星或是行星什么的。他根本没有做好心理准备。他曾经用肉眼看到的数以千计的星星现在变成了数以万计，它们一直在那里，无数的星星紧密地聚集在一起。

他们将一张毯子铺在崎岖不平的鹅卵石上，就这么睡着了，大海在他们身边有节奏地拍击着。在她醒来的时候，黎明的阳光照亮了天空，星星都消失了。马修早就醒了。他用手捧住她的脸。

"怎么了……"她问。

"我的眼里，只有你。"他说，她感觉自己好像一个探险家，在海上漂泊了很久后，终于见到了陆地。

我靠在母亲身上，能感觉到她的心跳得很快，就跟三脚架抓住的小地鼠一样心跳加速（虽然三脚架只有三条腿，但抓起小地鼠来可是身手矫捷）。我知道她在想父亲。她并没看到我醒了，所以我端详了她一会儿，她正望着挡风玻璃外面，咬着嘴唇，像是很想哭，却在极力克制不哭出来。

我感觉自己有点鬼鬼祟祟，便动了动，让她知道我醒了。她用力抱了抱我，像是在挤压盒子。

我真不该睡着的。我以为阿奇兹先生会照顾她，可他得开车，况且他也不了解母亲，看不懂她做出了很多不安的小动作，而她以前从没这样过，比如咬嘴唇和忍着不哭。

我想她是在担心会出现她估计的第一种情况：父亲什么都没带。可我知道父亲一定不会有事的。他那些伊努皮克朋友教过他如何建造圆顶冰屋。这种冰屋不是很大，并没有很多隔间，也不能容纳一切，是他们在打猎时搭建起来的临时隐蔽所，他只要在里面待到我和母亲找到他就成。所以，我很肯定他给他自己建了一间这样的冰屋，在里面等我和母亲。他告诉过我冰屋里温暖又舒适。

"冰屋是雪做成的，怎么可能温暖又舒适？"我说。

"雪是一种很棒的隔绝材料，含有很多气囊，能起到御寒作用。你自己的身体散发出的热量也可以使冰屋变得很舒适。"

"舒适？"

"舒适。而且，有时候他们使用卡利克，既是灯，也是加热器。其实就是一个石碗，将鲸脂放在里面燃烧，就能变得暖和舒适了。想不想听听有意思的事？"

他知道我一向对有意思的事没有抵抗力。

"去年春天，冰屋都融化了。垃圾箱啦，用来堆填的雪啦，或是地基啦，通通都化了。剩下的雪甚至都装不满垃圾箱或废纸篓。全都消失了，和大地融为了一体。"

我们有我们自己的手语。要表示"冰屋"，我们就比画出字母A，然后用手比画出屋顶似的弯曲形状。他在我还是个婴儿的时候就学会了手语。他说，他要用很久才能学会一个手语，然后他教我，我只要十秒就学会了。他告诉我，别的婴儿都用嘴咿呀学语，而我则是用手。每每说到这件事，他总是面带灿烂的笑容。

我稍稍拉开和母亲的距离，用手比画告诉她，父亲会造冰屋，我用手指拼出了这个单词，因为母亲不懂我和父亲为这个词创造出的手语。我给她比画了这个特别的手语，并且告诉她，他的朋友告诉过他如何建造，里面温暖舒适。她冲我笑笑，我想她知道这事后感觉好了一点。

"你觉得波斯利还好吗？"我问。"波斯利"的手语是像摇尾巴一样摇晃一根手指，我家人人都知道这是专门表示波斯利的手语。

"它肯定很开心。F太太很宠它。"母亲说。

"你有没有把它的床也送去？"

"当然了。我把它的玩具也送去了。"

我用不着担心三脚架，因为巴克斯顿太太每天都会来给它喂食。母亲说三脚架就跟十几岁的孩子一样，就希望有自己的空间。我喜欢想象大家都温暖舒适地睡觉，三脚架在沙发上——不过母亲不准它到沙发上去，波斯利在它的专用小床上，父亲在冰屋里。

巫师用他那巨大的黑色斗篷罩住了车窗，另一边都是动物、鸟儿、鱼和昆虫。这里有驯鹿、驼鹿、雪鸮、北美野兔、水獭，这些动物全都是醒着的，熊在兽穴里冬眠，不过它们在睡梦中还是会四处走动，河里的冰层下有青蛙，它们待在最下面，因为那里是最温暖的地方。

我喜欢驯鹿和麝牛，我知道这有点奇怪。塔尼亚和那帮女孩子最喜欢小马，然后是小猫和小狗。喜欢鼠和豚鼠也没什么问题。人们觉得驼鹿和冻土带蜜蜂很古怪，就跟我一样。可它们超酷！你肯定以为蜜蜂在寒冷的环境中连一分钟都活不了，可蜜蜂抖动它小小的肌肉来制造热量，还用柔软的外套阻止热量散发。我最喜欢的动物就是水獭和大约五个月大的水獭宝宝。父亲曾见过它们玩捉迷藏。我发誓这可是真的！

就算我是个正常人，塔尼亚她们那群女孩子也不会喜欢我。我不喜欢闪光的唇膏或时尚服装。我喜欢水獭多过喜欢小马。

母亲依旧紧紧搂着我，有点太紧了，不过我不介意。

我看向挡风玻璃外面，不过我看的是道路的边缘，而不是前面，我想看看道路两侧有什么。我觉得冻土带蜜蜂都在冬眠，但兴许有一只就在我们边上飞也说不定呢。我肯定是发出声音了，不然母亲和阿奇兹先生怎么都看着我。我指了指，阿奇兹先生看看没人在我们后面，于是把车停在路边，因为没有其他地方可以停车了。

前面路边的冰雪闪闪发亮，没有车辙；用车灯一照，就好像钻石沙一样。

晶光闪闪的雪地里有两个翅膀的形状，仿佛有个天使曾跌落在这里，它站起来后便在积雪上留下了翅膀印，也有可能天使正常降落在这里，然后决定在雪地里躺一会儿。

"那是什么？"母亲问。

我用手比画出两个翅膀，这代表天使，就好像我用两只手做成了镜子，映照出了雪地里的翅膀形状。我笑了笑，她知道我只是在开玩笑而已。

"我想这是雷鸟翅膀的痕迹。"我说着用手指拼出"雷鸟"这个单词。父亲给我看过图片，所以我知道。

雷鸟和天使一样美好，甚至更好。可母亲没听说过雷鸟。

"那是一种很神奇的鸟儿。"我告诉母亲，"它们一整个冬天都住在阿拉斯加。它们的羽毛会在冬季变成白色，所以在雪地里根本分辨不出它们。"

吉米一准会说"很棒的酱料"，的确如此。真是太美了，如钻石般闪耀的雪地里留有完美的翅膀痕迹，阿奇兹先生的车头灯犹如探照灯，灯光以外则是一片漆黑。

父亲对我说过，雷鸟想要休息了，便会飞到雪堆里，这样猎捕动物就发现不了它们的脚印了。

无声的语言 @ 无声的语言　　　　　　　　　650个好友

很棒的酱料——美好： 触摸猎豹皮毛上的黑斑；柠檬汽水大海，哗哗响的波涛；雷鸟在雪地里的翅膀印。

第6章

　　在克莱海滩第一次一起观星的四个月后，她和马修一起去了斯佩塞德的音什沼泽；当时是潮湿阴冷的一月，阴雨绵绵。在一个观鸟屋里，她站在他身边，里面有股潮湿的厚夹克味。

　　"这是偷窥吧？"她说。

　　"也可以说是观察研究野鸟。"

　　"这听起来也挺别出心裁。不过都是鬼鬼祟祟地藏在隐秘的地点，举着望远镜偷看。"

　　他哈哈一笑，接着给她看了灰雁和大天鹅，它们在这片被洪水淹没的沼泽地里过冬。她喜爱他的热情、学识，喜欢他能将这个潮湿且叫人难受的地方变得完全不同。她想多了解一些，便问了他很多问题，也被沙锥鸟、野鸭、红脚鹬和麻鹬迷住了。他们计划夏天再来这里看田凫。

"你爸爸是不是某天晚上在一颗圆白菜里面找到的你？"他问道。在他的坚持下，他已经见过她的父亲和兄弟了。

"他是在桑树丛里把我捡回来的。圆白菜里只有来自美国的娃娃。"

"啊。嫁给我好吗？"

她看到路边有一个标志牌，借着灯光，她看见上面写着：索亚吉尔能源公司车辆专用。

"这条路通往什么地方？"她问阿迪布。

"很可能通往油井。"他说，"他们现在开始在阿拉斯加内陆腹地使用水力压裂法了。有时候他们用砾石铺路，还有的时候他们把路与河连接在一起。"

"河水不是都结冰了吗？"她问。

"是的。冰冻的河流就是一条天然的冰路。不过需要加固。"

她把阿迪布的地图举到驾驶室的小灯前，看了起来。上面并没有索亚吉尔能源公司的这条路。兴许会有一条河路通往安纳图。

她找到了阿拉纳克河，这条河自南起源于布鲁克斯山脉，一路向北汇入北冰洋。阿拉纳克河位于他们此刻所在地以北两百九十英里处，这条河距离达顿公路不远，再顺河走三十英里左右，便是安纳图了。或许可以开车从河上去找马修。不过她现在还不能要求阿迪布这么做。她一直都没把她们的真正目的地告诉他，她不知道如何才能说服他送她们去，就怕他会拒绝——虽然他是出于一片好意，还同情她们，却还是会拒绝——若是那样，她就绝不可能去找马修了。

"嫁给我好吗？"他又问了一遍，唯恐她没听到他第一次说的话。

"我是我爸的'奴隶'，是他的一切，必须先让他放弃我，我才能成为你的'奴隶'。"

"可他只是在桑树丛里找到你的。答应我吧？"

"还不是时候。"她说。

阿迪布从镜子里看了一眼依旧在后面的黑暗中闪耀着的热带鱼卡车灯。他打开收音机，表面上是听新闻和每小时天气预报，实际上是因为广播里会放古典音乐。在听音乐的时候，阿迪布喜欢想象他回到了童年时在扎布尔的家，在春季看着他家周围的田野，杏仁树一排排的，开着花，很像绽放花朵的芭蕾舞舞者。

露比端详着他，他这才意识到他正用手指敲着方向盘。"我在想树木开花的美景。"他缓慢而精心地告诉她，"我在听肖邦。"然后，他的视线再次回到路上；有了音乐，挡风玻璃就变成了透镜，透过它，能看到粉色的花朵。

阿奇兹先生刚刚扭头看着我，告诉我他在听肖邦，好像我能理解；而且，他没问我想不想让他把声音调大，也没问我是不是打鼓。他真是超级厉害的阿奇兹先生！

大部分人都以为我想听到很大的声音，想要重击，这样我就能感受到震颤；就好像我一定会对声音以古老的方式传递给我而心存感激。

他们总是把打击棒塞进我手里，让我去击打什么东西（不过不是打他们！）。依芙琳·葛兰妮是个音乐天才，不过这并不代表因为我是个聋哑人，我也是音乐天才。他们以为我喜欢学习打鼓，打铙钹，或是乒乒乓乓、叮叮当当响的钟琴。（吉米说钟琴的响声就是乒乒乓乓、叮叮当当。）可我很不喜欢这些乐器。在上次学校音乐会中，我当着学生家长的面演奏了钟琴。父亲觉得滑稽极了。就连母亲也强忍着才没笑出来，可我知道她希望我喜欢打击乐器，然后加入管弦乐队，跟随乐队一起到处演奏，成为有声世界的一部分。"击打乐器并不能让我变得和别人一样，妈妈。"我对她说（我读唇语看到她对父亲无数次说过"变得和别人一样"这句话），说完我就后悔了，因为她听了很伤心。

这之后，一位竖琴师到学校开演奏会，"激发未来竖琴师的热情"，因为母亲在场，我在音乐会中才会老老实实地把手放在竖琴上。我其实很介意，可我想要母亲高兴，于是我站在那里，摸着竖琴。其他人都觉得很无聊。他们拖着脚走路，坐立不安，没有一个是未来的竖琴师，不过弹竖琴倒是很有意思。感觉并不像重击之下的震颤，反而有点像翅膀飞快地振动，就跟蜂鸟似的，振动得特别快，以至于你都看不出翅膀在动，也好像我捧起三脚架抓住的地鼠，它的心跳得飞快，我能感觉到它是那么脆弱，但它依然活着。如果我能选择弹奏的乐器，那一定是竖琴。不过我可不肯定能不能带着竖琴跟随乐队到处演奏，毕竟车厢里可能装不下竖琴。

母亲和阿奇兹先生的表情平静了下来。他们正专注着某件事，我觉得一定不是音乐，母亲从未说过她喜欢音乐。

安纳图上了新闻头条。广播的声音已经很大了，但雅思明还是凑到跟前听。

"阿拉斯加州州长玛丽－贝斯·詹斯顿来到了我们的演播室。"广播主持人道，"现在我们接通了此次安纳图火灾搜救任务负责人，州警大卫·格雷林队长。"

主持人的声音里没有任何感情色彩，只是这个节目应该煽情夸张才对呀，雅思明心想，他们应该意识到这有关人命，意识到会有一个妻子在听，一个孩子坐着一辆卡车行驶在危险的路上，因为她的母亲没有任何安全的地方可以安置她。

"格雷林队长，请你先来讲一讲安纳图的最新情况。"

母亲生病的时候，她也这么做过。她的大脑高度紧张，制造出滔滔不绝的解说词，她根本无法将其切断，解说词抵御了情感的迸发，压制了残酷的希望和焦虑。

"很遗憾，我只能确认，有二十三名伊努皮克人在大火中遇难，其中包括三名儿童。"格雷林队长说，"遇难者中还有一名英国野生动物摄影师。我们已经将消息通知了所有遇难者家属。"

雅思明看到阿迪布正瞧着她，到了此刻，她才意识到她的脸和掌心都是汗。

阿迪布看得明明白白，雅思明很痛苦，并且在极力掩饰这份痛苦。他关小了加热器。

"格雷林队长，大火蔓延的速度这么快，是不是相当奇怪？"主持人问道。

"很多摩托雪橇的燃料和发电机柴油在起火后爆炸了。"格雷林队长答，"由此引起了灾难性的重大火灾。"

"可起火原因是什么？燃料不会在雪地里自己起火吧？"

"最有可能的是某间房子里最早着了火，并发生了小型爆炸。"格雷林队长答，"我们估计，可能是因为漏电，或粗心大意，导致加热器或炉灶用的汽油起火，大火随即引着了摩托雪橇燃料和发电机柴油，进而引起了大规模爆炸。"

"一个村子在零下三十度的低温下，在大火中毁于一旦，是不是很可疑？"

"并非如此，我说过了，这很有可能。"格雷林队长答，"使用煤气罐做饭就有可能发生漏气。将燃料放在距离房子很近的地方是非常危险的行为。我们早已提醒过阿拉斯加的村民和定居移民，一定要将燃料存放在距离房子二十码以外的地方。现在，我希望各位听众也能这么做。"

"谢谢你接受我们的采访，格雷林队长。现在有请州长詹斯顿。"

"晚上好。在此，我向这次可怕悲剧中的遇难者的家属和朋友，表示沉痛的哀悼。"

"非常感谢您能来参加我们的节目。"

"这是我的荣幸。"

"或许您能帮我解释一下安纳图的情况？"主持人问道，她的声音依然没有任何感情色彩，"安纳图真的位于数十万桶页岩油上方吗？"

"我看不出这二者之间有何关系。"州长说。

"我曾见过一位地质学家出具的报告。"主持人继续说，"安纳图下面的土地有三层烃源岩，从这些岩石中可以开采出大量原油和天然气，并转移到普拉德霍湾和库帕勒克。"

"我来这里是慰问阿拉斯加人，不是为了讲地质。"

"不是有很多水力压裂公司，比如索亚吉尔能源公司，都想使用水力压裂法，对安纳图地下和周边的土地进行开采吗？"

"这件事与此次的惨剧没有任何关系。"

"索亚吉尔能源公司要在该村一点五英里范围内，第一步先建造二十二座油井，确有其事吧？"

"这毫不相干——"

"村民拒绝了此事，索亚吉尔能源公司有没有采取强迫手段？"主持人追问。

"没有人采取强迫手段。"州长回答道，"我们百分之百支持他们的决定。我们充分尊重生活在那里的伊努皮克人，并且尽最大努力尊重他们的生活方式。我们和其他美国人不一样，不会把土著人赶到保留地里。他们有权留在他们世代生活和狩猎的地方，我们对此予以尊重。我们尽可能帮助他们。我们正准备在安纳图安装全新的加热器，村民们不仅拿到了食品券，还拥有无限制狩猎权。"

"你是不是一家水力压裂公司的董事？"

"我当选州长之后便辞去了董事职务。不过，我很骄傲自己曾经是这些公司的一分子，并且依旧在支持他们。矿业企业，也包括水力压裂公司，并不是坏人，而是雇主。他们为阿拉斯加人提供了工作，伊努皮克人也在这些公司工作。包括伊努皮克人在内，所有阿拉斯加居民都通过阿拉斯加恒久基金，受益于我们国家的矿产资源。矿产使用费的投资收益为我们所有人发放了年终红利。能源公司保护了我们的未来。他们让美国的家庭都能用上电。"

"还不到一千美元。"

"什么？"

"去年的年终红利呀。只有九百美元。和能源公司赚到的数百万美元相比，就微不足道了。你刚才说的是'我们'，州长。我来帮你回忆一下，你说，'我们百分之百支持他们的决定。'你是指你和阿拉斯加政府，还是你和索亚吉尔能源公司的其他董事？"

"我说过了，我现在不是董事了。我也说过，矿业公司对阿拉斯加、对美国其余地方都有好处。"

"那现在出了什么事，詹斯顿州长？索亚吉尔能源公司开始用水力压裂法在安纳图村民的土地上进行开采了吗？"

"据我所知，索亚吉尔能源公司不会在这个地区进行开采业务了。这完全是出于对村民的尊重。"

"那其他公司呢？"

"对此我一无所知，不过我觉得其他水力压裂公司将仿效索亚吉尔的做法。听着，要是你想找个坏人，那你可是找错地方了。唯一在能源领域内做出犯罪行为的人，就是所谓的生态斗士。这些人蓄意破坏油井和冷凝槽，开枪射击管道。顺便说一句，上次有人射击石油管道，导致二十五万加仑原油从管道中泄漏，险些造成生态灾难。我怀疑总有一天他们会点火，妄图烧毁水力压裂设施，虽然水力压裂开采法从未引发一起火灾，就算是油井设在某人的后院，也不会着火，当然了，这种情况绝不会出现在阿拉斯加。"

母亲和阿奇兹先生都没有张嘴，这表示他们没和对方说话，不过阿奇兹先生一直在注意母亲。她一动都没动。她的整个身体都在全神贯注，仿佛哪怕只是移动她的下巴，也会影响她的听力。我看广播里的内容准是和父亲有关。我拉拉她的手臂，她扭头看着我。

有那么一会儿，她什么都没说，我知道她在考虑是不是要告诉我，我希望她记住，我们是一个团队，她必须对我实话实说。

火灾新闻之后是当地天气预报，雅思明几乎没有听到。

"收音机里在播放天气预报。"她告诉露比，"要下暴风雪了，不过不能确定时间。"

她讨厌利用露比是聋人来对露比隐瞒事实。她和马修从来都不会这么做，从来不会背对露比，让露比无法读到他们在说什么。让露比通过唇语了解到伤人的话，或是他们维持沉默，也比利用露比听不到这事要强。不过说天气预报也不算是在撒谎。

"我们会在下暴雪之前找到父亲，对不对？"露比问。

"那是当然。"

"你告诉阿奇兹先生了吗？"露比问。

"还没有。"

雅思明在斯佩塞德一家潮湿、墙壁粗糙的早餐旅馆里吃了早饭。拉塞尔的女朋友刚刚打电话来了，拉塞尔因为做某种交易被判了五年有期徒刑。雅思明飞快地打好包，告诉马修不要来了；如果他不来，兴许是最简单也是最好的。

可马修还是来了。她坐在返回伦敦的火车上，火车摇摇晃晃，她凝视窗外，只见棕色的农田里布满下雨后留下的水洼，渐渐地，单一的灰色城市取而代之。她感觉到身边的他带来的温暖。

他并没有给她传统意义上的支持。那次他并没有陪她一起去看拉塞尔，此后很多次他都没有陪她一起；也没有陪她一起去养老院看她父亲。他从未给过她意见，也没有鼓励过她。可他会在外面等着她，通常都在车里预备一架望远镜，在后备厢里放一瓶红酒，还带着睡袋到沙滩上用。他一次又一次地告诉她，她的过去并不代表未来没有任何幸福。

第 **7** 章

他们正在横跨无边无际的育空河，这条河在冬季结了冰，河上的桥有混凝土桥墩，在黑暗之中，根本看不到斜坡的底部。阿迪布知道育空河河岸上有恐龙足迹，这些印记在泥土之中保存了下来，成为化石。他觉得，相比活的动物，想象史前生物在他们下方看不见的地方漫步要更容易。

在他们身后，小热带鱼车头灯落远了一点。

我不愿意母亲再听广播或是阿奇兹先生的车载电台，我也不想很久以后才能知道真相。所以我要使用"魔力声音"软件。它就叫这个名字，就跟"说变就变！我能听也能说！哈！"一样。我的电脑上安装了这个程序，就可以将别人说的话转换成我电脑屏幕上的文字。这就是充满魔力的那部分。而且，屏幕是亮的，就算现在一片漆黑，这也是我听到别人说话的秘密武器。只不过带着笔记本电脑到处走不总是那么方便罢了。而且，要是很多人一起说话，这个软件就不好使了，因为它会将这些声音都混杂在一起。但如果只是一个人的声音就没问题，所以，我能想象在一个漆黑的晚上，一个男孩子想要对我倾诉衷肠，我叫他等会儿，先把笔记本电脑从巨大的手提袋里拿出来。哎呀，开个玩笑而已！我一没有手提包，二没有男朋友。我只有十岁，我觉得六年级就有男朋友或手提包可是特别愚蠢的事。

没有魔力的那部分则是软件会把我打出来的字用机械化的声音说出来。我更喜欢别人看我打的字，所以我只在特别紧急的情况下才使用机械语言。使用的时候，我必须选择我想要的声音，就好像母亲使用卫星导航系统时的样子——先选择语言，然后选择美国英语还是英国英语，再选择是男声还是女声，最后选择年轻人的声音还是老年人的声音（母亲的卫星导航系统没有最后这个功能）。我知道男孩子随着年龄的增长，声音会变得深沉，可我觉得女孩子的声音是始终如一的。父亲告诉过我，年轻人的声音听起来很清楚，有一点点清脆，像是用茶匙敲击金属壶的声音。岁月会使声音变得更深沉，但老人的声音听来脆弱而尖厉，像是用非常薄的瓷制成的。"魔力声音"里没有非常苍老的声音，他们肯定觉得谁也不愿意要听起来像薄瓷器的声音，可我觉得要是听起来跟中国明朝的花瓶发出的声音一样，一定酷毙了。

我觉得要是我挑选美国男人的声音，一定很有意思。由于这不是我的声音，选个男人的声音也能突出这一点，只不过母亲听到这声音后看起来真的很不安，而我又不想这样。于是我改选"美国女孩"的声音。

我和吉米打小就认识，他学会了很多手语，甚至连他自己都没意识到他学会了。我和吉米在我们是好朋友的时候，拥有我们最喜欢的词，比如"龟"——都是些奇怪的词语。我们冲对方说"龟"这个词，然后就笑起来，没完没了，笑着笑着，杰米就会放屁，我们就管这叫"屁有趣"。有一天，我们最喜欢的词变成了"空洞"。整整一天，我们用这个词来形容所有的一切——人啦，香蕉啦，卫生纸啦，铅笔刀啦。他说"空洞"这个词来源于真空吸尘器的内部，里面装满了绒毛。我从母亲那里得知，"空洞"这个词表示什么都没有，所以可以吸收一切，不过我更喜欢吉米的绒毛论。就在那个星期，我选择了英国女孩的声音，除了爸爸妈妈，我只让吉米听了这个声音，他却说这个女孩的声音听起来很空洞。所以，每当我使用机械声音，我都知道我听来很像充满绒毛的空袋子。

可我很想感谢阿奇兹先生同意我们搭车，我也不能要求母亲代我说，因为她一准会说"用你的嘴说话，露比"，那就是说，我得自己张嘴说话，这比软件的声音还要糟糕。再说了，现在就是紧急情况——我想求他送我们去戴德霍斯。

新闻中一提到安纳图，阿迪布就感觉到雅思明的紧张充斥着整个小小的驾驶室。他觉得她不太可能是某个村民的亲戚或朋友，但不是还有个英国野生动物摄影师遇难吗？他在刚刚上路的时候就看到她戴着两个结婚戒指，原以为她丈夫去世了。他并不知道安纳图在何地，不过他估摸肯定在北极圈附近。或许她和露比是在进行某种朝圣，要亲自看一看他去世的地方。

这时候，一个奇怪的电子声响起："谢谢你让我们搭车。"他看着露比，就见她在打字。

"我很高兴带上你们。"他小心翼翼地说，就见他说的话以文字的方式出现在她的电脑屏幕上。

"谢谢你将我的笔记本电脑连接在你的卫星接收器上。"

他真该去学手语才对。全世界都该学。那样就不会有任何外国口音让你显得与周遭的人不一样，如果不想受人辱骂，只要转过身或闭上眼就成。如果大家都会手语，如果他会手语，这个出色的小女孩就用不着用奇怪的声音代替她说话了，她只需用自己的手就可以了，尽管他不能一面开车，一面看她比画手语，并用手语回复她。

"这样我就能收到爸爸的电子邮件了。"那个机械的声音说道，他看到露比对他露出了灿烂的笑容。

这么说她父亲肯定还活着，他还猜测她父亲就是那个英国摄影师，看来是他猜错了。可雅思明和露比在冲彼此打手语，她们表现出的焦虑显而易见，露比这会儿看起来愈发痛苦了。

电台里再次开始播放古典音乐。他随着音乐用手指敲击方向盘，表示他并没有注意到她们在无声地争吵。在大约十个小节之后，她们的手语对话终于结束了，露比一脸不高兴的样子，雅思明显得更加忧心忡忡。她看来也很疲倦。

"你要不要睡一会儿？"他问她，"这段路况还算平稳，快到卡车司机餐馆的时候，我会叫醒你。"

母女二人对视一眼，不过并没有向对方比画手语。

"谢谢。"她说。他很肯定她闭上了眼睛，以免他问她任何问题。

"想不想听一听阿拉斯加有意思的事？"他问露比，他的话转化成了她的电脑屏幕上的文字。

"想。"他听到那个奇怪的声音说。

"阿拉斯加是俄罗斯人卖给美国人的。"

"阿拉斯加值多少钱？"

"大约每英亩两美分。"

"倒是不贵。"

"是的。"

不要每次吃饭时都给他们上历史课，维莎曾经这么告诫他。但他的儿子们喜欢听；他们还很小，所以这绝不是在迎合他。

"我觉得达顿公路是个很无趣的名字，你说呢？"他说，"毕竟可以起的名字有那么多。"

"幽灵火车路？"她说。

"幽灵火车过山车路？"

"幽灵火车过山车溜冰场路。"

"说得太对了。好名字多的是，这个名字来自一个叫詹姆斯·达顿的人。你知道他干过什么吗？"

"干过什么？"

"他将间谍卫星送到了北极圈的上空，这样美国人就能知道是不是有人入侵了。我估摸大概是为了防止俄罗斯人把他们的土地要回去。"

看到她笑了，他很开心。他很想知道是不是就是为此，北阿拉斯加才对他充满敌意。不光是严寒、荒凉与黑暗，这里是边远地区，人们不会严阵以待，只会布置间谍卫星。州长刚才说到了环保恐怖主义者，可阿迪布听说，向输油管线射击的那个人就是喝多了酒闹事，仅此而已。他们担心那些长得与他很像的人会发动常见类型的恐怖袭击。他还听说他们计划在达顿公路设立检查点，并派驻反恐特遣部队，来保护美国最有价值的基础设施之一。他这样一个阿富汗难民会在检查点受到什么样的待遇呢？他唯一弄爆炸的东西就是气球，可他们会相信他说的话吗？他早已经学会不要带背包或穿宽松的外套到处走。

"你知道为什么要把这些管道架设得这么高吗？"露比用机械声音问道。路边的管线架设在高高的桩柱上。他看到她在笑，就知道她很喜欢做兜里揣着答案的问答节目主持人；他的儿子们也是这样。

"我不知道。你知道吗？"

"这样北美驯鹿在迁徙的时候就能从下面走过了。"她说，"这样一来，它们依旧可以使用几千年来一直沿用的迁徙路线。"

人们可不会为了驯鹿设置间谍卫星或检查点，阿迪布心想。

"只是父亲说水力压裂会使一些鸟在迁徙过程中走错方向，并且迷路。没人知道真正的原因是什么。"

"真惨。"

"是的。"

她凝视窗外，在驾驶室昏暗的灯光下，她的一双绿色大眼清晰可见，仿佛她被迷住了。

"外面很不可思议，是不是？"她说。

如果不是看到了她的眼神，他准以为她是在开玩笑。

"老实说，我对外面的景致没什么兴趣。"他说。如果让他拿主意，他一定会免费把阿拉斯加还给俄罗斯人。

"对我来说，这里的色彩太单调了。"他又说，"你知道我刚才在听肖邦吧？"

"嗯。"

"音乐可以让我想象自己身在别处。"

"是个有花的地方？"

"不错。我想象我在其他地方。"他一直在训练他自己在他位于俄勒冈州的新家中寻找美，"赶上阳光灿烂的日子，我们就去公园，那里有橡树，那些树不像这里的树又矮又细，都很高大。到了夏天，太阳落山，树顶的叶子就会从绿色变成金色，像是镀了一层金。"

　　母亲不让我告诉阿奇兹先生我们真正的目的地。她保证她很快就会亲自告诉他。所以，他给我讲了他见过的树，我也要给他讲讲我见过的树。

　　"在夏天，"我用"魔力声音"说，"我上床睡觉的时候天还是亮的。我的窗户外面有很多树。我不知道它们是什么品种，不过它们真的很高，枝丫都交叉在一起。既看不到树干的底部也看不到树顶，只能看到中间那部分。所有树枝上都长着浓密的树叶。有时候，我想象枝丫之间不是空气，而是水，这样我就可以在树枝之间游泳，周围是洒满阳光的叶子，我就在树叶之间扭动身体快乐地游着。"

　　我以前从没对任何人说过在树枝之间游泳的事，可他给我讲了他的橡树，我觉得我们可能有相同的感觉。想起我们的那些夏季绿树，感觉真是好极了，毕竟一直待在黑暗中是那么奇怪。

　　我的屏幕上又出现了一句话："你最喜欢什么音乐？"

　　以前从没有人问过我这样的问题。好像这是世界上最蠢的问题似的。或许他问的是鼓乐或钟琴。

　　"拉赫玛尼诺夫的《第二钢琴协奏曲》。"我说，"还有勃拉姆斯和披头士乐队。"

　　"魔力声音"能识别出这些名字，因为我以前说过，不过我只对我自己说过，从没告诉过别人。

　　阿奇兹先生点点头。好像他一点也不惊讶。

　　"要不要睡会儿？"他问我，"你看起来很累。"

　　我真的真的很想睡觉。如同睡眠就在我身后准备绑架我，要将一张又大又厚的毯子罩在我的头上，把我拖走。

"我会替你照顾你妈妈的。"他说。于是我点点头，闭上眼睛，可就算我被睡眠用一张厚厚的毯子绑架了，但我太过紧张不安，压根睡不着。于是我开始想勃拉姆斯的《第一交响曲》，有时候这能帮我睡着。

组织竖琴音乐会的老师布兰博里太太让我知道了勃拉姆斯。上个学期，我们上了一节只有我们两个人的课。她说她学会了一些非常基础的手语，因此不需要找专职助教，不过我倒是很喜欢找一个来，因为两个大人陪着我一个人，我觉得很有意思。布兰博里太太肯定是十分用心地学了手语。她写了很多内容，但也使用了很多手语。

她说她看得出来我其实并不喜欢打击乐器，而钟琴（下面的话是她写下来的）"的确很有趣，却谈不上长期的音乐选择。"她还告诉我，用不着担心节奏，因为音乐并不仅仅是节奏。我的确是这样担心的。她说，音乐有关节奏、旋律、和声、高音和低音。她说，音乐中蕴含着情景和故事，每个人都可以想象他们自己的情景和故事。她说，她会给我讲一讲她在听勃拉姆斯《第一交响曲》时想到的故事，再让我看看我是不是要讲一讲我想象出来的故事。她说，这首曲子非常庄严，她看到了连绵起伏的高山，电闪雷鸣，壮美且令人敬畏。还问我想不想试着想象一下。

我说我更愿意想象一艘战舰在暴风雨中行驶，而不是高山，因为我觉得战舰更刺激。她叹了口气，说，"谢谢，露比，从现在开始，我也要这样想象。"

母亲有时候会说"大得跟战舰一样"。在我认识的人中，只有她一个人会这么说。

就这样，我想着勃拉姆斯的《第一交响曲》，看到了一艘巨大的战舰，通体呈灰色，显得强大无比，在惊涛骇浪之中前行，天空中乌云密布，黑压压的云仿若一支军队，在天空的边缘集结起所有力量。我还看到了几只海鸥，像是在追逐战舰，然后向天际翱翔。海鸥就是簧乐器演奏出来的高音，因为鸟儿有时候就生活在芦苇丛中。①

在我和吉米还是朋友的时候，我问他，除了流行音乐，他最喜欢什么音乐，他这人很有音乐天赋，正在学钢琴和大提琴；他说是拉赫玛尼诺夫的《第二钢琴协奏曲》。他告诉我，这首曲子听来像是在用银套锁去捕捉风。我觉得他肯定特别喜欢我，所以才会告诉我这个。

---

① 簧乐器，一种靠一片或多片簧片振动发声的乐器。把芦苇、木头、金属等材料打造成薄薄的一片就成了簧片，簧片固定于气室的一端。——译者注

第 **8** 章

雪堆积在道路两侧，使得路上只剩下一条窄窄的车道。雅思明感觉到黑暗将他们包围了。有两次她差一点就睡着了，可她强迫自己恢复意识。

她听到阿迪布问露比音乐方面的问题，她不禁有些犹豫，觉得他对别人的感受太过无动于衷。可露比还是用那个可怕的机械声音回答了他的问题，雅思明大吃一惊。露比这会儿睡着了，她没法问露比是如何知道这些音乐的。

有两年了，露比都没有让任何人听她"说话"；她直截了当地拒绝说话。雅思明想尽了法子，还不停地逼露比说话，连她自己也讨厌这么做。而马修竟然采取了"随她去"这样简单轻松的办法，她真是气坏了。一个又一个语言治疗师都拿露比没办法。其中一个还鼓励露比发推特信息，每次露比在推特网上发帖子，雅思明都伤心不已，因为露比必须和陌生人说话。如果露比能用嘴说话，雅思明肯定露比一定会交到好朋友。

看到露比用手比画出翅膀的形状来表示天使，她不由得感动不已。坐车穿越这样的黑夜，她想到了代表黎明的手语——用拇指和食指组成圆形，渐渐升上代表地平线的手臂。

她还记得，露比在一节英语课上学了她很擅长的课程后有多兴奋。

"我们学了拟声词！"一看到在学校门口接她放学的雅思明，露比就说。雅思明并不明白，为什么"听起来和它们形容的东西一样"的词会让露比如此高兴。

"手语就是拟声词，妈妈。可视化的拟声词。"

这样的现实让雅思明吃惊不已。

懂手语的人可以说是凤毛麟角，因此，尽管"天使"的手语是那么漂亮，具有视觉化的拟声效果，可露比必须学会如何用嘴巴、舌头和嘴唇来说话。

雅思明只是希望露比说话，至于别人会不会听她说话，就是另外一回事了。

"你还好吗？"阿迪布轻声对她说，知道她并没有睡着。

虽然他在对她说话，可她感觉他依旧在谨慎地注视前方，而不是看着她。

"你丈夫，在安纳图？"

他的声音非常亲切，她感觉自己的谎言即将被拆穿。"是的。"

她说。

"是那个野生动物摄影师?"阿迪布问。

露比的电脑还开着,阿迪布的话转换成文字出现在屏幕上。雅思明合上电脑。

"他并没有死。"

阿迪布听出她的声音中夹杂着强烈的恐慌。

"不过没人去找他。"她接着说,"大火烧毁了一切,他连个遮风挡雨的地方都没有,顶多有个帐篷,不过也可能连帐篷都没有,而且,他很有可能受伤了。这里的气温是华氏零下七度,他所在的地方要冷得多,我不知道他还能坚持多久。"

阿迪布不晓得该说什么,或是该做什么。刚才警方在广播里说那个野生动物摄影师已经死了。

"警方——"他说。

"他们搞错了。"她打断了他的话,"你能送我们去戴德霍斯吗?那样我们就能从那里坐飞机去安纳图了。"

此处距离戴德霍斯还有三百多英里。

"再往北边走,道路会更危险。"他说,"很快就要到卡车司机餐馆,过了餐馆,六十英里范围内都荒无人烟,要到科尔德富特镇才有人。再过八英里,有个叫怀斯曼的小村子,不过这个村庄距离达顿公路三英里,而通往那里的路已经封闭好几个星期了。再然后,有两百五十英里的无人区,没有医院,没有任何医疗救护,也没有任何人可以帮忙。要是我们的车坏在那里，暴风雪提前降临，我们可就是求救无门了，因为没人能走过这样的路来帮你。"

"我们爱他。"

雅思明看到阿迪布看了看正在熟睡的露比。

"她和她父亲有着亲密的联系，我不知道该怎么解释才对，可如果他不在了，她必定会迷失。"

阿迪布点点头，她很想知道，他能不能理解在挚爱的父母去世之后，孩子体会到的痛苦与恐惧，冲击波不住地延伸，会让人五内俱焚。

"我真希望我没带她来。"她说，"那我就不需要像现在这样了，可我别无选择。"

阿迪布由衷地欣赏她，她如此坚定，对她丈夫怀着深刻的爱，还这么勇敢。而且，她爱她的孩子，在极力保护她，他都看得出来。他知道她踏上这段旅程，是背负着沉重的负担。只是……

"如果换成你妻子被困在那里……"她说，"你会怎么做？"

一切都显而易见了。不管道路有多危险，他一定会向陌生人要求搭车，如果有必要，他也会带上儿子们，除非找到妻子，否则他绝不会停下。没什么能说服他放弃。

天气预报说的暴风雪可能在他们抵达戴德霍斯之后才下。一直困扰他的头疼也没有变得更严重，而且，他的头痛，一向都是因驾车行驶在这条路上的担忧而起。他是最有经验的司机之一，兴许还是最谨慎的司机，因为卡车是他自己的，他还是个天生的神经质。如果有人能将她们安全送到那里，那他也能。

"我要先听听下一时间段的天气预报。"他说，"如果我们能在下暴雪前赶到戴德霍斯，那我就送你们去。"

"谢谢你。"

他对她笑了笑。"我母亲肯定会很高兴认识你。"他说。

母亲会怎么看一个研究天体物理学的女人？这个女人出于对丈夫的爱，便带着孩子在冬季穿越北阿拉斯加，她会怎么看？她一定会挥挥手，手镯叮叮当当直响，眼睛瞪得老大，惊讶不已。

在他们离开阿富汗、来美国寻求庇护的三个月前，她去世了。他母亲一定会认为他寻求庇护这事使他看起来很像她那些狄更斯小说里的疯子。其实他受到的待遇还算不错，毕竟人们并不害怕他会放炸弹。他母亲一定想不到这些。

车停了，明亮的灯还亮着。我飞快地打开"魔力声音"。母亲正和阿奇兹先生研究地图，他们在说安纳图的事。这么说母亲告诉他了，而阿奇兹先生也答应了！我就知道他一定会同意！母亲这会儿看起来像是变了一个人。

母亲说有条河，在大约两百三十英里开外，这条河的河道距离我们脚下的公路非常近。她用手指沿着地图上的河游走。"然后，河道向北延伸大约三十五公里，抵达安纳图。"她用手指轻轻触了触安纳图，仿佛它是珍宝。阿奇兹先生说，真该有人建条路，将那

条河和达顿公路连接起来。我们途经的这条河路是为一家矿业公司
准备的，所以他们检查过，道路很安全。可要是我们走一条没人检
查过的河路，就太危险了。他一直在说"我们"，所以我特别开心，
因为即便我们不能抄近路走河上，他依然会帮我们去找父亲。他说
我们先去卡车司机餐馆，补充食物和水。

我知道现在都安排妥了，于是我闭上眼睛，继续睡觉。

马修只需要说"你……？"，她就知道他后面想说什么，并且
回答"还不是时候。"他抗议他其实只是想问，"你……能不能把啤
酒递给我/不要这样大声吵闹/抬头看看美丽的天空/别再抢被子/亲
亲我"，可他们所处的位置出卖了他，每次他们在沙滩上野餐，在
观鸟屋里喝咖啡，或是仰视夜空、蓝天或其他各种类型的天空，外
加几乎每次他们做爱的时候，她都知道他会问，"你……？"

每次她说"还不是时候"，他并不会伤心，甚至都没有失望。
他们有美好的过去，所以他不会计较，而且，他知道她并不是真想
拒绝他。他认为她想要首先充分了解他，这对极了。对于她要嫁的
那个人，她应该了解他的一切，然后才将她的一生托付给他；从来
都没意识到事实正好相反。

自从那次他捧起她的脸，说"我的眼里，只有你"开始，她就
知道她想要嫁他为妻；她想要他看着她的脸，说出那句话，并且完
全明白他看到的是什么。可她担心这个心愿难以成真。

阿迪布将车停在卡车司机餐馆的停车场里，这个餐馆是用活动房屋建造而成；露比一直在睡觉。一个年轻的卡车司机今年冬天建造了这座餐馆，他很清楚，卡车司机独自驾车驶向北方，不仅需要有人陪伴，而且在返回费尔班克斯的途中，还需要有个地方和朋友们聊聊战争故事。阿迪布在回家的路上从未停过车。

他很高兴能在驾车途中停下来歇会儿。在过去的五英里中，他的视线偶尔会变得模糊。他肯定比他意识到的还要累。他不知道他是不是应该出去，不过寒冷会让他的头疼更厉害；"大脑冷冻啦！"他的儿子在吃冰激凌的时候，会一边抓着脑袋，一边大喊。寒冷会让头疼更加严重。

停车场里停着两辆索亚吉尔能源公司拉运管道的卡车，一辆弗里德曼巴顿燃料公司的油罐车，三辆拉载活动房屋的美国燃料公司的卡车。阿迪布估计美国燃料公司的卡车将向南驶向费尔班克斯，因为看那些活动房屋的样子，就知道它们在阿拉斯加已经被使用一段时间了。就在他停车的时候，美国燃料公司的司机走上卡车，正如阿迪布预计的那样，他们开车向费尔班克斯的方向驶去。

他说他来照看露比，雅思明则去上厕所和买食物。

雅思明穿上极地风雪大衣，戴上面罩和手套，这才走下卡车。就算如此，寒冷依旧令她难以忍受，这就好像一头扎进湖里，根本喘不过气。她嗅着冰冷的气味，跟着意识到，她什么都闻不到。她不知道这是不是因为她的气管已经不起作用了——她能感觉到一小撮头发挡在鼻子边，已经结冰了——还是在这样的严寒之中，没有任何分子能够渗透空气。

餐馆里比较暖和，弥漫着咖啡香和汗臭味。卡车司机围坐在两张富美家塑料贴面桌上，从他们的靴子上掉下来的雪落在了地板上。她找羞涩的年轻老板买了饮品和三明治，她知道，卡车司机们都在看她。趁他将食物饮品打包的当儿，她向他打听安纳图的事。兴许这里的人会说到那个村子。

"是新闻里说的那个地方吧？"他说，"被大火夷为平地的伊努皮克村庄？他们就把燃料存放在房子边上。"

一个有着大肚腩的卡车司机从一张桌边转过头来，看着她，"不会是那个位于大量页岩油上方的地方吧？"

坐在另一张桌边的一个男人扭过头，这样两桌人就说起了同一个话题。"听说他们拿到了苹果笔记本电脑，用来看索亚吉尔的文件。"

"我也听说这个消息了。"另一个人说，"我还听说，他们能得到十万美元，足够买一大群他妈的驯鹿了。"

"不过他们还是不允许那家公司开采石油？"雅思明问。

"没错。"一个男人答。

那个腼腆的年轻人对卡车司机而不是雅思明说道："几个月前，我见过一个伊努皮克人，他就住在安纳图，不过他在索亚吉尔位于普拉德霍湾的常规油井打工。他说，要是他的家人不签字同意，他一定会被解雇。"他说着四下看看，像是害怕自己说得太多了。

"他们在普拉德霍湾的油井打工赚钱？"雅思明问，希望这个话题能继续下去。

"是呀，他们中的很多人仍通过打猎获取食物，过着自给自足的生活，可他们需要钱去买摩托雪橇、燃料这类东西。所以到了冬季，他们就去油井打工。"

"州长说水力压裂公司现在不会在安纳图的土地上开采了。"雅思明说，"因为他们尊重村民。"

大肚子男人向前一探身："是呀。游客都来阿拉斯加享受阳光。"

此时，门砰的一声响，雅思明连忙转身看。就见进来的是露比，她流着泪，表情十分绝望，风雪大衣的拉链都没拉。露比跑到雅思明身边，拉起她便向大门走去。雅思明意识到几个卡车司机和她俩一起出去了，其中一个拉好露比的风雪大衣，还拉上她的面罩，以免她被冻伤。她唯一戴好的保暖物就是手套了。

在驾驶室中，阿迪布伏在方向盘上，几乎已经失去了意识。

两个卡车司机将他挪出驾驶室，然后抬进了餐厅。

阿迪布感觉眼前的世界变得模糊起来，他无法再次对焦，跟着，他失去了平衡，无法吞咽。他感觉到两只小小的手臂搂住了他，是个孩子，可他的儿子们在两千英里之外。他试着张开嘴巴，却说不出话来。

此时此刻，他总算知道他为什么厌恶这条结了冰的道路，为什么对它充满恐惧了。因为这就是一切的终结，一条荒凉的路，通往黑暗与虚无，所以他才渴望色彩。

跟着，更有力的手臂拉住他，他被拉出温暖的驾驶室，拉进了寒冷之中。接下来，他又感觉暖和起来。一个女人在对他说话。他真希望这个人是维莎。她告诉他，一个卡车司机会送他去费尔班克斯的医院。但费尔班克斯不是正确的方向。跟着，他想起了那个苗条优雅的女人和她的孩子，他知道她要干什么。他必须提醒她注意呼啸的狂风和刺骨的严寒，必须告诉她，就算卡车在行驶当中，也有被雪崩的雪埋在下面的可能，就算在四十吨重、八轮的卡车里，一个人与一只可怜的动物也毫无区别，而这对她和那个小女孩来说太危险了，可他张不开嘴，说不出这些话。

他听到她说她将一张支票放在他的夹克衣兜里，如果卡车出了什么问题，费用就由她来支付。跟着，他感觉到（或者说他以为他感觉到）她将唇印在他的额头上，吻了他一下。

他想到了他温柔、聪明且非常勇敢的母亲；想到了母亲的手镯叮叮当当响，为人亲切，爱好诗歌，却被塔利班从她的教室中赶了出去。他自小到大都憎恨塔利班，那份恨意就和他对诗歌的热爱一样强烈；他自然而然为美军充当起了翻译。他早就想到了后果。他们必须很快离开。他的母亲去世了，他反倒松口气，因为这样他就不用离开她了。多么痛苦的如释重负呀。几个男人围在他身边，严峻的脸上流露出关切的表情，对他很好；终于有人为他提供庇护了。

我醒了过来，因为我感觉到阿奇兹先生好像跌倒了。他脸色惨白，闭着眼睛。我在"魔力声音"中输入文字，告诉他快醒醒，可他没听到，尽管"魔力声音"的音量已经调到了最大。我尝试大声说话，感觉到喉咙里的声音震颤，就好像语言治疗师让我做的那样，可这也没什么帮助，我不知道这是因为我不能用嘴大声说话，还是因为他根本就听不到。然后，我搂住他，想扶他坐起来，尝试让他感觉好点，可我做不到。我飞快地穿上我的大衣，戴上手套，可我拉不上大衣的拉链。车门很重，但我还是奋力推开门，跑去找母亲。

两个人把阿奇兹先生抬进一辆卡车，另一个人拿了一张毯子裹住他。感觉好像我、母亲和阿奇兹先生已经孤独了很久，现在我们再也不孤单了，有些人长得很粗俗，所以会让人觉得他们很粗俗，可实际上并非如此。

载着阿奇兹先生的那辆卡车这会儿已经向费尔班克斯驶去。母亲说，只要把他送到医院，他就会好起来。她认为他有点轻微中风，不过他一定会好起来。我想她说得对，因为就在他离开的时候，他稍稍抬起手臂，像是在挥手，刚才他和我一起待在卡车里的时候可做不到这个，所以我觉得他肯定好一点了。

停车场里没有一点灯光。真是太冷了，好像溜冰场将你包裹在中间，活像一个巨型冰盖。母亲本来让我在餐馆里等，可是我想确定阿奇兹先生一切安好。拉着他的那辆卡车的车尾灯是红色的，我注视着小小的红灯，直到再也看不到它们，四周再次归于黑暗。

我没有想着父亲。

我满脑子想的都是阿奇兹先生，而不是父亲。

我本该也想着父亲才对。

我应该更多地想着父亲，毕竟阿奇兹先生现在不会有事了，有人正把他送往医院，他在温暖的驾驶室里，身上还盖着毯子，可是没有人陪着父亲。我不知道父亲有没有毯子。我们必须找到父亲。不过，现在阿奇兹先生走了，我们要怎么去找他呢？

我、母亲和其他司机回到餐馆里取暖，我等着母亲请求别人带我们去找父亲。我站在那儿，好看她的唇语。她告诉他们，我们正在等我们的旅行团，然后到北极圈去。

她为什么要这么说？其中一个人看起来一点也不相信她的话，他问了她什么，她回答了，这会儿，他像是相信她。

那些卡车司机都走了，我追着他们跑进寒冷之中，因为必须由他们中的一个送我们去找父亲呀。

母亲过来追我。她搂住我，不让我继续追。

雅思明搂住露比，看着那个大肚子司机将一辆卡车开出停车场，驶上公路，向南方开去。其他司机打开车灯，也离开了。他们告诉她，他们都要往回开。她必须去找马修，可她是不是应该请回费尔班克斯的司机将露比送回去？作为回答，她心中出现了一个反问：她怎么能让一个陌生人去照顾露比？露比无法求救。如果她需要帮助，根本不可能给母亲打电话。雅思明也不可能和露比说话，确认她是否安全。因此，她必须把露比带在身边。

所有卡车都开走了；一对对小红灯都驶向了我们来时的方向。就为了这个原因，母亲才没有请求他们送我们去找父亲。停车场里只剩下了阿奇兹先生的卡车。他们的灯都不见了，因此让人感觉更冷了。餐馆老板还在那里，外面只剩下我和母亲。

母亲顺着台阶走进阿奇兹先生的驾驶室，伸出手扶我上去。他的驾驶室没上锁，母亲进到里面，我也进去了，然后，我们关上了车门。阿奇兹先生没带走车钥匙，她脱掉手套，打开发动机。暖风扑向我们的脸。

我也脱掉手套，方便打字。我刚才想用"魔力声音"软件叫醒阿奇兹先生，这会儿程序还开着。

"我们怎么去找爸爸？"

母亲坐在阿奇兹先生的驾驶座上，拉动操作杆，座位向前移动。

"我开车去。"母亲说。

我觉得她一定是在说笑，可现在她打开了车头灯。

在家里的时候，她开一辆丰田奥力士汽车，这款车很小，只够装下超市购物袋，现在她却说她要开这辆拉着房屋的变形金刚卡车。

母亲和平时简直判若两人。平常的她有点爱挑剔，比如校服一定要熨烫，要我准时完成作业，将一切都打理得整洁干净。

她的脸上出现了我从未见过的表情，如同她不再只是从前的那个母亲了。

她移动变速杆，我哈哈笑了起来，现在我们就要去找父亲了！

或许我们可以一直开到安纳图，父亲看到母亲开卡车，准会大跌眼镜！超级妈妈！

"爸爸一定不会相信。"我说。我露出了惊讶的表情，毕竟"魔力声音"没法做表情。

"阿奇兹先生会不会介意我们开走他的卡车？"我问。

"我想他一定会理解的。"母亲说。

雅思明检查了露比的安全带，然后踩下油门，即便把座位向前移动到头，她还是得向前伸腿才能够到油门板。她把卡车驶出停车场，开到达顿公路上，向北驶去。

这不过是一条路而已。距离戴德霍斯只有三百多英里。她一定能做到。她驾驶的是一辆专门改装过的卡车，刹车和专门过滤器的压缩空气中有加热燃料和酒精，她明白驾驶这辆卡车的机械原理。她知道阿迪布在费尔班克斯加满了柴油，足够开到戴德霍斯。她们没有电话，阿迪布随身带走了他的卫星电话，可她们有卫星接收器，这样露比的电脑就能上网，她们还有车载电台。

大概只有餐馆老板一个人看到她开走了卡车，她很肯定他没有从窗户看停车场，他甚至都没出来看阿迪布被送走时的情形。这辆车是阿迪布自己的，不会有运输公司来打听车子在什么地方。

兴许在她将车上的活动房屋拉到目的地戴德霍斯后，房屋的主人才会意识到，她在开卡车的时候，无意间将房屋也送了过来。你能不能出于无意地将整栋预装配房屋送过来？她现在知道答案是肯定的。

她必须面对现实。别人注意到她，并且报警，只是时间问题。警察会因为她偷卡车或卡车上的东西或是没有驾驶卡车的执照上路而逮捕她，或是为了其他什么她没有遵守的法律而把她抓起来，她肯定她一定违反了很多条法律。她绝对不能让这种事情发生。在她找到马修之前，绝不能出这样的事。在那之后，随便警察把她抓起来、关进监狱都行，到时他们想怎么办就怎么办，但她一定要先找到他才行。

自从他第一次求婚，他们已经订婚将近两年了。昨天，她一直和他待在他父母帮他买下的河畔公寓里。他们都是律师，通情达理，属于中产阶级，雅思明觉得他们是很出色的人，却取笑马修：

"这么说，你也是在桑树丛里被发现的？"

"那一年桑树丛还真是大丰收呀。"

那个周六早晨，他们一起沿落满落叶的人行道散步，墙上没有涂鸦，没有警方寻找目击者的告示牌，唯一的声响来自希思罗机场往来的航班。

他们从熟食店买了午餐，这会儿正去报摊买报纸，就在此时，一辆廉价且布满凹痕的汽车东倒西歪地从这条很窄的公路上开了过来，这辆车后面警笛声大作。车子冲上人行道，冲着雅思明就开了过来，马修一把把她推开，用身体挡在她和汽车之间。一盏路灯承受了大部分冲击力，马修这才幸运地躲过了肩部骨折和肋骨断裂的危险。

转天，她在他的夹克衣兜里找到了那枚跟随他们去过很多地方的戒指，它散发着薄荷、香烟和圆珠笔的味道。她把戒指戴在了手上。

所有人都认为，正是因为马修英雄救美，她才会戴上他的戒指，正如阿尔伯特为维多利亚挡了子弹，才在她的办公桌边赢得了一个位置，摆放他的办公桌。

婚后头一年，她跟随他去完成了他的第一个拍摄任务，他和她一起去了天文台，分享了她的热情，并且很努力去了解她的博士学位所学专业。他们一起生活在河畔公寓内，她和马修、朋友们一起在夜里欢聚，她和马修做爱，清晨起来工作，她找到了新工作，接着她怀孕了，感觉好像生活就这样在幸福中展开。他们在一起的时候，雅思明感觉他们对彼此的爱变得越来越深刻，越来越浓烈；她想象着地心中有一个金属球，在他们走过的人行道、海滩和湿地下方四千英里处，将她牢牢固定住了。

她不再孤独一人，处于失重状态。

第 **9** 章

　　在最初的几英里中，肾上腺素、纯粹的勇气和探险精神支撑着雅思明不断前进，可随着她驱车深入北方，浩瀚的北极荒野变得越发令人望而生畏，与世隔绝的状态也更加令人不安。她必须操控巨大的方向盘，在冰面上再开三百英里。

　　她转过一个急转弯，突然有车头灯在黑暗中亮了起来，她感觉眼前一花。一辆卡车在单车道的路面上径直向他们驶来。道路的右边是陡峭的斜坡。她听到露比发出了声音，很像是在尖叫。跟着传来金属的刮擦声，卡车剧烈地摇晃起来，不过那辆卡车还是从她们身边开了过去。她的心狂跳不止。她身边的露比吐了出来。

　　那辆卡车司机的声音在车载电台里响起，充满了怒火。

　　"你他妈的是谁？他娘的你怎么不在电台里说明你他娘的位

置？该死的电台就是干这个用的。"

雅思明听过阿迪布用电台报告位置，却没想到她也得这么做。她扭头看着露比。

"对不起，宝贝。只要能停车，我就停下来给你换衣服。"

我还以为那辆巨大的卡车要撞上我们，结果哇的一声吐了出来，现在车里臭烘烘的。我把车窗打开一条缝，冷空气就跟黄蜂一样，立即涌了进来。这时候路边出现了一大片空地。母亲将车停在空地上，打开驾驶室的灯，好看清楚对方。她从我们上方阿奇兹先生的床上拿下我的箱子。

"真对不起。"她说，"都是我的错。来给你换衣服吧。"

加热器释放出暖风。内衣不脏，我依旧穿着它们，不过我换上了一套极地羊毛连体裤，父亲管这衣服叫"灯蛾毛虫"。幸好母亲想到多带一套"灯蛾毛虫"来。她总是能想到这样的事。

"要是你想上移动公厕，现在就去吧。"母亲说。

虽然现在只有母亲一个人，上移动公厕也有点尴尬。除了她穿在身上的衣服，她又穿了滑雪裤和风雪大衣。

"我觉得我们应该找警察去找爸爸。"我说，要是那辆巨型卡车撞上了我们，就没人去找父亲了。

之前我从没说过请警察去找父亲的话，因为我觉得如果是母亲去找父亲，他就会知道她有多爱他，因为我知道她真的很爱他，可他或许不知道，因为她和他吵得很凶来着。

可我们还是能告诉他她曾经尝试去找他了。阿奇兹先生生病又不是她的错，所以我们只好去找警察。这样父亲依旧会知道她爱他。

母亲从未开过这样的卡车。我知道她超级聪明，但我真觉得开卡车不是容易的事。

"我们不能请警察去找爸爸。"母亲说。

"可他们更快呀，他们可能还有直升机，兴许还有飞机，而且——"

"他们都认为爸爸在大火中遇难了。"

外面黑咕隆咚，伸手不见五指，像是有人将一个黑色塑料袋罩在了我的头上。

"警察弄错了，露比。"

我想要父亲拥抱我，和我聊天，读故事给我听，告诉我，有一天，我会有很多很多的朋友，因为他们在了解我之后就会和我做朋友。

"生命有点像一艘船，有时候感觉好像你在孤独航行，但事实并非如此，因为我和你在一起。妈妈也是。有一天，你将拥有一船的朋友，还将拥有属于你自己的家庭。你将成为一艘远洋班轮，就跟'玛丽女王'号一样。"

但是，我只想要父亲。

"爸爸没死。"母亲打手语告诉我。我在同一时间也打手语对她说"爸爸没死"。"死"的手语是将手指向外指出，如同手指是一把枪，我们在打这个手语的时候像是在对彼此开枪。

我哭了。我本想忍着不哭来着。我刚才说我们两个同时打出手语并不准确，她比我快一点点。

"我们一定会找到他，是不是，妈妈？"

雅思明看到露比的脸上露出了失去父亲的恐惧。

"一定会。"雅思明对她说，"我们一定会找到爸爸。我会多加小心，而且我会想着用车载电台。"

她戴上护目镜，在手套衬里外面套上大大的极地手套，走出驾驶室，飞快地关上门，以免冻着露比。

她怎么会这么愚蠢，这么粗心大意？她竟然将露比置于不必要的危险之中。从现在开始，她会一直开着车载电台，按照阿迪布的做法，严格地使用电台。

母亲去扔我的脏衣服，我则给父亲发电子邮件。

收信人：Matthew.Alfredson@mac.com
主题：给我们回电子邮件！
发信人：Ruby.Alfredson@hotmail.co.uk

亲爱的爸爸：

求你快给我们回电子邮件。你说什么都行。好让我们知道你平安。我和妈妈开卡车来找你了。

非常爱你

巴格

雅思明一直开着车头灯，灯光照亮了这个简陋的停车场，在一片冰雪荒原中，它显得很奇怪。她看到了一个标志牌，上面写着：北极圈。在夏季，这里肯定是供游客使用的停车场地，不过她怀疑就算是在那个时候，也没有多少游客。她很多年都没琢磨过"太空"这档子事了，可在这里却不可能不想，她们来到了这个著名的纬度圈里，实际上是来到了地球之巅。

她将露比那些被呕吐物弄脏的衣服丢进垃圾箱，露比吓坏了，这都是她的错。露比是那么脆弱，叫雅思明心痛难忍。她还记得露比出生时，显得那么无助；雅思明特别害怕无法将她照顾周全；担心自己做不了称职的母亲；后来，他们说她的孩子是个聋子，她的恐惧就更深刻了。

一段回忆在黑暗之中清晰地出现在她的脑海里。她有十年没想过这件事了，但此时感觉它就像发生在几分钟前一般。她以前有种感觉，时间并非呈一条直线，而是自行折弯回去，为当下的情感在过往中寻找类似的情况。

那是一个深夜，在他们的卧室中，她哺喂只有两周大的露比。露比的头发柔软得如同蓟花的冠毛，小小的身体像一个逗号，尚未完全伸展开。马修在床上睡着了，距离雅思明几英尺远。她拉开窗帘，看向窗外。因为城市的光污染，星光暗淡，她必须仔细看，才能看到星星。忽然，她再次强烈体会到了失去母亲的悲伤，不禁颤抖起来，把露比吓了一跳，露比像海星一样，伸出了小小的手臂和腿。

她将露比抱在胸前，看着露比用小小的手指抓握她的拇指，她用她的睡裙包裹住她们两个，与此同时，久远的悲伤横冲直撞地于此刻到来，她根本无力阻挡。

此时此刻，在北极圈的冬季黑夜之中，冒着严寒，她想起她那件柔软的羊毛睡裙，露比睡着了，头向后仰，一滴牛奶挂在露比的下巴上，马修有节奏的呼吸声，她当时感觉自己越飘越远，渐渐远离所有美好和安全的东西，没有根基，马修再也不能将她和幸福、安全连接在一起。

我摸摸母亲的风雪大衣，感觉好像摸到了一块冰。

"你还好吗？"她问，我点点头，可我感觉一点也不好，父亲没给我回邮件。

"你是妈妈的勇敢小姑娘。"母亲对我说。跟着，她脱掉手套和手套内衬，伸过手来，轻轻握了握我的手。这就好像她的手指对我说了特别美好的东西，但没有转化成语言。一般情况下，我都会舒服一点。就算学校发生了不好的事，比如有人假装说话，看我是不是知道他们其实没说话，母亲接我放学，在回家路上握住我的手，我就会感觉好很多。不是彻底恢复，但总算舒服了一点，感觉好像我们要回家了，所以有段时间我用不着想那些烦心事。

我能感觉到她的两个戒指在我的手心里留下了凹痕。

雅思明打开车载电台，让自己坚强起来，再次将卡车驶入黑暗。她把车子开出北极圈停车场，向北开去。

"我能看看你的邮箱吗，妈妈？"露比用"魔力声音"问，"万一爸爸发邮件给你了呢。"

"他不会的，宝贝。"

"可没准他借了别人的电脑呢。他让他所有的朋友用他的终端，所以说，别人的电脑里就有合适的软件。他肯定随身带着卫星终端。"

"我在出发前看过邮箱了。"

在费尔班克斯等阿迪布检查汽车的时候，她查看了她的邮箱，里面当然没有马修发来的邮件。她将里面的邮件都放进了垃圾箱。她从前都没意识到，她竟然将这么多时间都浪费在其实都是垃圾的东西上。

"可那是几小时以前了，妈妈。求你了！"

"没用的。"

"拜托嘛！"

"那好吧。"

因为露比只有在亲眼得见的时候，才会相信真的没有收到邮件。

她们正在一个陡峭斜坡的顶端，她不知道这道坡有多长，太黑了，她看不到底部。她开始驶下冰坡，想要慢慢地下去，所以一直踩着刹车，不过，她必须保持足够的速度，才能一口气冲上对面的斜坡，不会向后滑下去。在失控状态下向后滑更危险。

她开车驶下斜坡，虽然感觉到不安全，她还是强迫自己加速。就在此时，她想到有一次她看到马修看着她熨烫餐巾，他的脸上显露出愤怒和悲伤，然后突然转过脸去；他觉得这些家务琐事既荒唐又没有必要，他不明白这其实无关熨烫、清洗和吃两种蔬菜，而是有关建立秩序和稳定性，安全感就是建立在熨烫好的条纹餐巾这种小细节之上的。

一开始，他取笑她是玛莎·斯图尔特和刺猬温克尔太太，这些都是她这个新家政女皇的伪装。后来，他开始变得认真和关心起来。他提出由他来照顾露比，好让她去做天体物理学研究员，只是雅思明想要亲自照顾露比，不再看星星。

有一次，他暗示，就因为露比是个聋哑人，她才在某种程度上想要补偿露比。但是，这并非事实。他竟然这么想，她很生气。

她听到他们的争吵声响彻在黑暗之中，无非一些小小的分歧，吵到最后，两个人都沉默下来。

很多时间她都很生气，而且经常都是为了一些鸡毛蒜皮的小事。回顾过去，她认为她的易怒就如同一件没有形状的大衣，覆盖住孤独，那不是她在母亲去世后感受到的孤独，也不是她长大后体会到的孤独，这孤独很不一样，并且更叫人肝肠寸断。

她们依旧在驶下斜坡，她认为现在的车速刚刚好，甚至还有一点快，于是她踩下了刹车。可卡车并没有慢下来，这会儿感觉像是她们在顺着斜坡向下滑。她更加用力地踩刹车，可车子还是没有放缓速度，这辆四十吨的卡车在惯性之下向下冲，这个致命的物理原理使得速度越来越快。她连忙站起来，用尽全身的重量去踩刹车板，但车子没有任何反应，卡车失控了，她很清楚车子在加速之下的重量，很快，她们这辆车要么翻车，要么被撞毁。她抓起车载电台，大喊道："我刹不住车了！"

一个冷静的声音自车载电台里传来："一踏一放。一踏一放刹车板。"

她踩下刹车板，跟着松开脚，然后踩下、放开，随后又做了一遍。卡车终于慢了下来。她的嘴巴干干的，她能品尝到恐惧的味道。控制住了卡车，她设法将卡车开上了对面的斜坡。

露比依旧在摆弄她的邮箱，并没有意识到刚才的危险。

那个慢条斯理且冷静的声音再次在车载电台中响起："你还好吗，女士？"

"还好，真是太谢谢你了。"她的声音非常紧绷。

"你得将刹车里的气体排空，不然不起作用。"

"谢谢你。"她又说了一遍。她要对这个人说一百遍"谢谢你"。

"小意思。"她觉得她听出了这个缓慢而沉稳的声音，这个卡车司机曾在一个场院里，慢条斯理地拒绝让她搭车。她现在总算明白了，为什么卡车司机和调度员一听到她和露比要走这条路，就当着她的面哈哈大笑了，这绝对称得上正常的、非常温和的反应。他们并不是冷酷心肠，也不是袖手旁观，只是实事求是而已。

"你能自己搞定吗？"

"是的。谢谢你。"

这时候，车载电台传来了另一个人的声音："科比，你在和谁说话？"

"还没做介绍呢。"那个叫科比的卡车司机用充满同情的声音从容不迫地说道，"不过听她的口音，可以知道她是个英国人，我猜，她就是今天下午想搭车去戴德霍斯的女士……"

雅思明没说话。

"有人把卡车租给你了？"科比说完哈哈笑了起来，"谁能想得到呢。"

"她有卡车驾驶证吗？"另一个卡车司机问。

"肯定有。"科比说。

雅思明不知道说什么，而且，就因为她什么都没说，事实就变得显而易见了。

"老天。"另一个司机说，"要是你没接受过卡车驾驶培训，那就赶紧把车停在安全的地方。听明白了吗，女士？"她想象这人有一头火红的头发，长着雀斑，不仅担心而且生气，不过没有侵略性。

"我一定要去戴德霍斯。我丈夫失踪了，我得去找他。"

"这不是州警该干的活吗？"科比问。

雅思明没有回答。

"你会在那条路上把命丢掉的。"红头发司机说，"不然你也会要了别人的命。赶快停车。"

"不要。"雅思明说，"在找到我丈夫之前，我绝不会停车。"

"你不明白，女士。"红头发司机说，"你在路上就是个炸弹。你不安全，我们也不安全。你会引发交通事故。要是你的车出故障了，堵住了路，我们都过不去，很快就要下暴风雪了，到时候我们都得吃不了兜着走。"

"我真的很抱歉。可必须得有人去找我丈夫，此时此刻，这个人只能是我。"

"早料到你这个女士不简单。"科比亲切地说，"我们能做的就是让你完好无损地到达戴德霍斯。你在什么位置？"

雅思明看了看路边的路标，上面标出了此处距离达顿公路起点的英里数。"里程标117。"她说。

"你最好学学道路规则。"科比说，"首先，大卡车有先行权。你开的是什么样的车？"

她不愿意告诉他，她开的是阿迪布先生的车；也不想坦白她并没有租车，估计租车需要填很多文件，还得上保险；更不想说她其实是不问自取。

"八轮，四十吨。"她说，她记得阿迪布告诉过她这个。

"很好，真是个大家伙，不过路上或许会有更大的车，你得给它们让路。除此之外，你在向北的路上有先行权。要保证你的车头灯和车尾灯干净。每隔一段时间，你得停车清理上面的脏东西。我有没有漏掉什么？"

"不要在别人看不到你的地方停车。"红头发司机说，"桥梁、弯道、山上，都不行。要时刻关注后视镜，如果有人在你后面，就不要突然踩刹车。"

"如果你的车坏了，就把车停在路边，打开警报灯。"

第三个人的声音从车载电台中响了起来："你有枪吗？"

她觉得这个声音听着耳熟，却想不起属于哪个人。美国口音对她而言很新鲜，她无法分辨出细微的差别，并且一一对应声音的主人。

"没有。"

"好吧，如果车坏了，又有狼出没，就待在驾驶室里，不过我倒是从未见过狼。"他说。

"你要注意天气预报。"科比说，"我们的调度员会一直播放最新的预报信息，我会在电台里告诉你，好吗？现在起风了，很快就要下暴风雪，兴许还是一场大暴风雪。所以你要时刻关注天气预报。"

"谢谢你。"

她放下电台，很高兴能在黑暗之中听到友好的声音；她不再感觉孤独，也不再感觉害怕。有人陪伴，如同见到了光明。

她刚才说了"我丈夫"几个字，并加以强调，仿佛是出于对伴侣的爱，她才会冒这么大的险去找他；相识的每一年都会为这段旅程增添一点点合理性；婚姻的誓言和承诺重于眼下的危险。她尝试说服自己相信这样的说辞。可她知道，驱策着她的，只是他们相识十二年中的一年，那个时候，冬日的阳光斜斜地照射进窗户，沼泽地上有一群大雁，他用手捧着她的脸。

露比用手轻敲她的大腿，小脸上闪动着快乐的光芒。

"有一封邮件！"

她一下子充满了希望，变得很激动。可邮件不是马修发来的，当然不是。她看看后视镜，只见有蓝色车头灯在她们后方很远的地方。她将车停在一段笔直的路上，开着车头灯，好让别人看见她，然后，她拿过露比的笔记本电脑。

第 **10** 章

电脑屏幕上出现了一张照片，照片中是一头被残忍杀害的巨大动物。这头动物失去了一只眼睛，一条腿被从身体上撕裂，白花花的骨头露在外面。雅思明立即做出本能反应，护住露比，以免黑暗中的暴力攻击者伤害她。发件邮箱是Akiak@alaska.account.com。

"这是一只麝牛。"露比说，并用手指拼写出"麝牛"这个单词。

这个阿基雅克是谁？他是怎么知道她的电子邮箱地址的？他为什么要给她发这张图片？她把露比写的卡片发给了愿意拿卡片的人，却从来没想过这么做是否安全。

"我们可以告诉警察爸爸还活着。"

"这不是爸爸发来的。"

"是！准是爸爸有个朋友叫阿基雅克，爸爸找他借了电脑，就跟我想的一样。"

"爸爸绝不会给我们发这样的东西。"

她望着外面的黑暗，忽然产生了一种受人监视的感觉，并且不愿意就此屈服；她觉得她是举着长矛向风车冲刺的堂吉诃德，不过被监视的感觉并没有退去。

阿基雅克听起来像个伊努皮克人的名字。兴许他和马修是熟人。可她从未问过马修关于伊努皮克人的事。在第一个工作期结束之后，他选择在阿拉斯加再待三个月，对此，她很生气，也很受伤，她尝试摆出漠不关心的样子，不因为他在阿拉斯加的另类生活提出一个又一个问题；或许是盼着她的淡漠能吸引他的注意，用情感和智慧来潜移默化影响他，可他不愿意回来。

邮件主题是DSC_10023；照片下面有一串数字：68950119 149994621。她搞不懂这是什么意思。

"爸爸从前和你提到过有人叫阿基雅克吗？"她问露比。

"我想没有。"露比答，"不过爸爸找他借了电脑，所以他们肯定是朋友。"

露比当然不会相信马修会给她发这样一张照片吧？

"我想父亲是想把这张照片发给他工作上的联系人。"露比说，"只是他用的是阿基雅克的电脑，他不记得那人的邮箱地址了。可他一直把你的邮箱地址记在心里。"

露比一直在绞尽脑汁用貌似合理的理由说明这张照片是马修发来的，雅思明这才意识到，露比不再相信她告诉她的话。她说马修还活着，但是，这对露比来说并不够，于是露比开始制造她自己的证据。

雅思明仔细看这张照片，希望能找到一些线索，识别出阿基雅克的身份和所在地点。这头被肢解的麝牛躺在雪地上，她觉得照在它身上的是手电光，而四周一片漆黑。她用鼠标点击照片，将它放大。她看不到任何血迹，不过血迹有可能被厚厚的皮毛遮挡住了，也有可能这头动物是在死后被肢解的。或许是这个叫阿基雅克的人找到了这头麝牛，可这是更好的说辞吗？这依旧无法解释为何他要拍下这个场景，并把照片发给她。

她想看看照片里有没有路标，但除了白茫茫雪地上的这头惨遭屠杀的动物，照片中什么都没有。这封邮件是五分钟前发过来的。

母亲觉得这封邮件不是父亲发来的。里面的图片真可怕。不过，有时候荒野之中就是会发生可怕的事情。父亲说你一定要看到真实的动物，而不是迪士尼卡通片里的它们。这头麝牛很古怪，可没准这就是父亲在工作中需要的照片。

"狼会把麝牛咬死。"我告诉母亲，"冬天很难找到食物，所以，不管抓到什么，都会吃个精光。它们绝不会就这样放弃一头麝牛。这就是恐怖和奇怪的地方。这头麝牛不是被杀来吃的。还有一件有意思的事。至少我觉得有意思。这头麝牛看起来像是一头巨大的成年雄性麝牛，因为它的角又宽又大。"

雅思明看到露比控制着她在看到照片后体会到的恐惧，她要做她父亲的女儿，带着开放的心态对野生动物做出反应，而不愿意做个大惊小怪的城市女孩。

"狼要想杀死一头麝牛，就得整个狼群齐上阵。"露比继续说，"毕竟麝牛的个头太大了。狼群把麝牛群包围，尝试将其中一头逼得离开队伍。它们会选择最弱的一头，也就是小麝牛或是刚出生的麝牛。所以我觉得，父亲拍摄这张照片，是因为狼群杀死了一头成年麝牛，然后弃之不顾。"

雅思明能对露比说什么呢？最好让露比以为是狼群行为古怪，以免她想到照片背后有一个极度残暴的人。

如果阿基雅克就在外面的漆黑荒野中，那他一定在使用摩托雪橇或是狗拉雪橇；要想通过这片平原，根本别无选择。

她打开车窗，冷风把她的脖子都吹麻木了，她仔细聆听，却只听到了风声。摩托雪橇要离得多近，她才能听到声音，或是看得到灯光？狗拉雪橇则可能不发出一点声音，也看不见。

阿基雅克可能不是真名，因为不管是谁发来了这张照片，肯定都想掩藏身份。她想不出为什么有人想要威胁她。或许别人有威胁她的理由，只是她太累了，所以想不出来。她盼着自己的思维能清晰起来。如果她能将事情结合起来，或许一些重要的线索便会自动浮出水面，只可惜她的大脑乱糟糟的，就是无法将不同的事串联起来。她都超过二十四小时没睡觉了。

在出于本能保护露比之后，她的下一个本能反应就是必须报警，或许这是她的一个根深蒂固的信念。只不过那样他们就会知道她开走了阿迪布的卡车，一定会来抓她，或是过来保护她们，可不管是哪一种，她们都不能去找马修了。

在她们身后，蓝色车头灯在黑暗中静止不动，大小也没有变化。所以那个人肯定也停了下来。兴许司机就是那个自称为阿基雅克的人，不过这个猜测经不起推敲。没人可以在驾车在冰路上行驶的同时，杀死一头麝牛，拍照并发送电子邮件。

她之前告诉过自己，如果太危险了，她就会让阿迪布掉转车头，或是找返回费尔班克斯的卡车司机搭车。现在是否掉头回去，则取决于她自己了。她暂时不会这么做，可她感觉到，她必须做决定的时刻就要到了，而且她不得不顾及露比的安全。

她无法想象，如果她掉转车头回去了，对马修来说意味着什么。后果在她心里若隐若现，如同一个在阴影中的黑色形状。

她再次开动卡车。车头灯的灯光变得更加昏暗了，几乎难以穿透黑暗，如同一个盖子正向她们压下来。

我知道一定是父亲发来的电子邮件。只是警察大概会和母亲一样，认为"是一个叫阿基雅克的人发来的"。或许父亲也想早一点开始写我们的博客。

我喜欢想象父亲穿着他那件伊努皮克皮毛大衣，给我们发邮件。不过穿皮毛大衣的父亲转化成了穿超人衣服的父亲，眼睛被阳光照得眯缝起来。我只愿意回忆这种温暖明亮的片段。

我们一起爬凯恩戈姆山，母亲说我上一世肯定是只北美野山羊，父亲就说我还是只短毛野山羊，因为我穿着短裤和T恤衫，我这么穿，是因为我们走得太快了，我很热。吃早餐的时候，父亲说他想要我们练习发博客，这样到了圣诞节，我们就能一起写博客了。他给我的笔记本电脑安装了特殊的保护罩，还下载了一个软件，连接他的卫星终端；好像我是他的合作伙伴。他说，在阿拉斯加，我们必须爬到山上，才能收到卫星信号，所以练习一下这个也很有必要。

我们爬到凯恩戈姆山山顶，他教我如何将笔记本电脑连接到卫星终端。

"现在你来打开吧。"父亲说。

"好。"我说。父亲就说，说到科技这档子事，就必须卖弄学问；母亲说卖弄学问的人（pedant）这个词来源于古希腊语，意思是"陪伴孩子去学校的奴隶"，所以做个卖弄学问的人一点意思都没有，而我不应该对父亲要求太严格。他们两个都哈哈笑了。我看得出来他们很喜欢对方，只是有一点点像是好朋友为了同一件事而发笑；就好像我和吉米为了"龟"这个词哈哈笑一样。

"你们知道，有一组卫星名为星群吗？"母亲说。我说："我喜欢这个！"父亲却对卫星没兴趣。他说，只有"确实兑现了产品标牌上的承诺"，他才会高兴。

父亲为我们买了所有特制的极地工作手套，是人们在极寒情况下进行复杂工作时使用的。他说，连指手套要比分指手套更暖和，因为手指就好像十个小小的散热器，可戴连指手套没法比画手语。他希望我们戴着分指手套练习手语，就好像带妆彩排一样。我们可以戴着特制手套打手语，却无法戴着它们打字，只好摘掉。

他教我如何把照片上传到我们的博客，他也很为这事兴奋。可母亲不再笑了。她并不知道我们的博客，只是以为他在给我看他的卫星终端，谁叫她没和我们一起吃早餐呢。我读唇语知道了一点她说的话，她说了好几次"真正"这个词，比如"……真正的朋友……"，还有"我不希望我们的女儿只待在虚拟世界里，我要她成为真正世界里的一分子"。她又说了些关于孤独和孤僻的话，不过我没再读唇语。

我真担心父亲会告诉我，我们不能写博客了，好在他一直在教我该怎么做。卫星终端连接上之后，就会出现一个小小的卫星图标。在苏格兰，只需要一分钟就能连接上。父亲说欧洲上空有很多卫星，得在太空里安装信号灯，安排手持车辆暂停示意牌的女交通警察才行；在阿拉斯加上空，卫星却少得可怜，所以看到闪光的卫星标志，他一定会用美国手语大喊"必胜！"——用双拳击打一下胸部，然后高高举起来——就算我不在，我知道他也会使用手语表示"必胜"，因为他真的很喜欢这个手语，跟着，他就会输入母亲的邮箱地址，他的小盒子就把照片发送到太空，然后传给我们。

在苏格兰，我没弄明白卫星终端有多酷，但它一定算得上世界奇迹。因为在这片又黑又冷的广阔荒野里，没有房屋，没有电线，什么都没有，父亲的小盒子却能连接到太空，然后给我们发邮件。

这就好像一个软体动物已经五百零七岁了，曾与亨利八世生活在同一个时代。都铎王朝的软体动物！有些东西就是能叫你大吃一惊。

我们在一个停车区域停了下来，母亲要去清理车灯。她穿上极地服装，这衣服有很多层，她穿了半天才穿上，趁她穿衣服的工夫，我又给父亲发了一封电邮："**请告诉我们是你发的邮件！求你了！！！**"我按下"回复"图标，将邮件发到阿基雅克的邮箱。父亲不是个爱管闲事的人，他可能不会看他朋友的收件箱，他并没有收到我的其他邮件，要想收到，他必须登录他自己的邮箱，这很麻烦，他必须脱掉手套，在很长时间里只戴手套衬里，那样他可能会被冻伤，所以他不会这么做。要是他没了手指，还怎么和我说话呢。

我很肯定这张照片是父亲工作上用的，而不是用来放在我们的博客上的。不过为了以防万一，我还是会上传这张照片。在找到父亲之前，我不会发表任何内容，毕竟这是我们两个人的博客。

母亲为了父亲的这张照片很是心烦意乱。我真不该告诉她这张照片有多奇怪。可是，关于麝牛，我知道很多有意思的事。

"麝牛生了一对巨大的角，看起来十分凶猛。"我告诉她，"不过呀，事实并非如此，它们是温驯的食草动物。它们的毛发很长，看起来有点像根面包——"

"你能用嘴说话吗，露比？"

我正在用！我就是在用手语比画出我想说的话。

雅思明等着露比像往常一样转头不看她。即便如此，雅思明还是会一直这样要求她。露比能说话，有朝一日，别人一定能听到她女儿说话，她对此的决心从未有一丝一毫减弱。她绝不会被一封电子邮件吓倒。她一定会找到马修，他一定平安无事，露比一定会用她自己的声音说话，如果那个发邮件的人一直在黑暗中监视她们，那他只能见证她让这些事在未来一一成真。

她穿上所有的极地服装，戴上马修给她们买的极地工作分指手套。连指手套不够灵活，戴上抓不住刮刀。她走出驾驶室，立即关上车门，为露比保暖。

她深吸一口气，冰冷的空气直钻入她的肺，她感觉肺部一阵痉挛。她倒抽一口气，更多冷空气钻进她的肺里，她感觉要窒息了。

她拉下帽兜遮住嘴巴。她吸一口气，这次空气在帽兜和她的皮肤之间变暖，然后她把气吸进去，温暖的空气进入了她的肺。

她一面小心翼翼地呼吸着，一面用刮刀清理巨大的车尾灯；她呼出来的气积聚在面罩内，在她的皮肤上结成了冰。

寒冷就像一个猎人，而她是个浑身暖融融的猎物。车尾灯在她身后萧索的冬季大地上投下了一片红光。

她蹲伏下来，刮擦掉冰和泥土，同时寻找蓝色车头灯。可她看到的只有黑暗。

她甩脱了那个司机和邮件发送者是同一个人的念头，毕竟这压根就不可能。相反，她把蓝灯司机当成保护神，有他在后面，那个自称阿基雅克的人就不敢轻举妄动。

她的眉毛和睫毛都结冰了，好在严寒逼迫她保持清醒，让她的思维变得清晰起来。

如果那个人想要攻击她们，为什么还要费力先发一封邮件来吓唬她？

他的目的是恐吓。

他想要她掉头回去。

她的思维断断续续的，仿佛在零下低温中，思维过程就跟物理过程一样，必须以最节省的方式进行。

为什么有人要阻止她去找马修？他没有敌人，也没有不可告人的秘密。他是个野生动物摄影师，他做过的最坏的事就是吻了一个不是他妻子的女人。

或许发送恐吓邮件的人只是不想她去安纳图，而不是要阻止她去找马修，尽管她不太可能找到连警方都找不到的东西。

唯一说得通的理由就是马修掌握了关于安纳图的秘密，而这个人不希望她去救他，因为到时候不管那个秘密是什么，都将大白于天下。

刮刀掉到了地上，她把它捡起来。她之前没有把左手的手套系紧，所以冰都掉进了手套里面，像酸一样灼烧着她的皮肤。

马修发现了什么？

自从到达机场以来（他并没有去接她们），她就记住了所有人说过的话，抓住了所有有可能十分关键的话。这会儿，她一边清理红色尾灯上的冰雪和烂泥，一边回忆。

"所有水力压裂公司都知道安纳图在何处。他们有安纳图的烃源岩样本、3D地震数据、钻井资料。"

"安纳图就在数十万桶页岩油上方。"

"几个月前，我见过一个伊努皮克人，他就住在安纳图，不过他在索亚吉尔位于普拉德霍湾的常规油井打工。他说，要是他的家人不签字同意，他一定会被解雇。"

"索亚吉尔能源公司不会在这个地区进行开采业务了。这完全是出于对村民的尊重。"

"是呀。游客都来阿拉斯加享受阳光。"

他们在不同时间和地点说的话都串联在一起，组成了一个共同的主题。

如果是为了凶残地夺取土地而放火，如果是一次纵火，警方肯定会发现的。

现在她处在严寒之中，就连清理卡车车灯都是一件费力的事，她意识到，若要调查一件犯罪行为，真比登天都难。她在华氏零下十八度清理车灯，寒冷是那么具有掠夺性，那么无情。极地服装此时能保护她不至于挨冻，可位于数百英里外更北方的安纳图要冷得多。

还有那无法用语言描述的黑暗。警察们必须在人造灯光下工作，定位定光，选择照亮哪些东西，根本不知道在黑暗中漏掉了什么。他们认为一切只是人为失误造成的灾难，所以，要具备什么样的条件，才能吸引他们去调查真相？

她想到了阿基雅克。或许这个名字并不是别称，而是真名实姓。他可能希望那家水力压裂公司去钻井。餐馆里的那个男人说过有人要给他们十万美元。

天寒地冻，淤泥牢牢冻在车灯上，她必须掉转刮刀，用刀柄将泥土撬下来，她一直蹲伏着，膝盖生疼，左手痛得钻心。

她能否说服警方相信有人为了侵占土地而故意放火，她觉得马修知道内情，而且有人要将她吓走？

可是，一切都只是她的猜测，她没有一丁点证据。而且，很有可能警方会阻止她去找他，他们更不会听她的一面之词，代替她去找他。此时此刻，她处在严寒之中，就更为他担心了。即便他随身带着应急补给，她也不知道他能存活多久。

露比到外面来找她。雅思明吓了一跳，不过她看到露比穿戴完好，穿了全套极地防寒服，而且记得把帽兜拉下来遮住嘴巴，手套也系紧了。

驾驶室照射出来的灯光足以让她们看清楚手语。

"爸爸有没有说过石油公司想要在安纳图的土地上使用水力压裂进行开采？"她问。

露比点点头，雅思明吃了一惊。

"他们不愿意让他们这么干。"露比又说，"柯拉松把大伙组织起来。"露比借着驾驶室的灯光，用手指拼出了"柯拉松"这个单词。

雪花开始落下，在琥珀色的灯光下打着旋。

沉默的告白
The Quality of Silence

"他和你说过柯拉松？"雅思明问。

露比点了点头："爸爸说她超级聪明。"

我真不敢相信我和母亲竟然在寒冷的黑夜中聊起了天。这就好像我们是十几岁的孩子，在冷藏库最里面说话，只有一盏小小的长明灯发出黄色的光，而且库门是关着的。可我知道这是为什么，因为在外面的人会想到大事情。我觉得这对母亲来说是大事，柯拉松和她的双胞胎哥哥卡伊尤克是父亲在这里最好的朋友。最好的朋友能让你不再孤单。

在我们在冷藏库最里面说话的时候，我很想告诉她，我很难过，因为她并没有问过父亲关于他的朋友的事。他在家的时候，她从未真正问起任何关于安纳图、柯拉松和卡伊尤克的事，我知道，要是她问了，他一定会特别开心。

母亲打手语告诉我，她必须关掉车头灯，才能清理它们。车灯太亮了，要是开着清理，她以后就别想再看到其他东西了。她让我回驾驶室，不过我只是拿起她插在雪地里的手电，把它打开，好让她看清楚如何回到驾驶室，因为台阶上都是冰。

她关掉了车头灯，这样就再也看不到前面的路了，好像驾驶室的灯光照亮的我所站的这一小块地方就是整个世界。

我打着手电，方便她看清路，回到我这里。我没听她的话回驾驶室，她摇摇头，但是，我看得出来她在对我笑，即便她还戴着面罩。

我和她一起走到卡车前面，我一直举着手电，她俯下身，刮掉巨大车头灯上的污物。

把帽兜拉到嘴边真是太可怕了，我呼出来的气在帽兜里面结成了冰。父亲说伊努皮克风雪大衣有巨大的皮毛帽兜，能使冷空气先变暖，之后才吹到鼻子和嘴巴边上，如同一张温暖的气垫贴着脸孔，呼出的气就不会在皮肤上结成冰。不过他还说，要是在驾驶摩托雪橇的时候，冷风吹来的速度太快，就连伊努皮克风雪大衣也不好使了。我的风雪大衣则是从一家户外商店买来的。

真希望父亲和柯拉松、卡伊尤克待在一起。他说过，他先和卡伊尤克成了朋友，后来才认识了柯拉松，就好像见到了女版的卡伊尤克一样。父亲有时候希望他也有个双胞胎兄弟，问我是不是也这样期望。我说不，老实讲，对所有人来说，一个我就够了，他听了哈哈笑着说，绝对不是这样，不过，永远都不可能有两个我了。

柯拉松和卡伊尤克认识一个老奶奶，我估计她是他们的曾姨祖母，她在年轻时曾帮忙阻止政府在他们村子打鱼的地方测试核弹。政府的人说，他们村子应该很需要一个港口，而他们特别擅长核弹，可以给村子炸出一个北极熊形状的港口。他们的曾姨祖母就说了：

第一，他们不需要港口。

第二，他们宁愿要活生生的北极熊。

我和父亲都觉得她超酷。

母亲没有对此发表任何评论，只是一个劲地清理车灯，然后，她转身看着我，借着手电光，我能看到她的脸和手。

"爸爸还有没有说过别的？"母亲问我，"有没有说过石油公司的事？"

她拿过手电，好看着我的手。

"他说石油是远古海洋中的动植物死后变成的。"我说，"需要数十亿年才能形成，我们是强盗和流氓，是偷盗未来的窃贼。"

他很沮丧也很生气。"他们就在两英里开外钻井，两英里！然后用有毒化学品将岩石弄成碎片，开采出天然气或石油。对于在地下用了数十亿年才形成的天然气和石油，你知道我们用来做什么吗？"

"在阳光明媚、微风徐徐的日子里开动滚筒式烘干机？"我说，我知道石油和天然气就是用来做这些事的。父亲真的很不喜欢滚筒式烘干机。

"说得对。也可能用来在空荡的街道上让汽车加速。数十亿年呀……"他挥挥手，"在四十秒内就用光了。"

母亲为我打着手电，让我看清路，返回驾驶室。

雅思明一边走上驾驶室的台阶，一边再次寻找蓝色车头灯。依旧看不到任何踪迹。他肯定掉头了。

她钻进驾驶室，她们的衣服都被冻硬了，她们脱掉这些衣服，暖风吹到皮肤上，感觉很疼，衣服上的冰渐渐融化了。雅思明找到一条毛巾，毛巾是游泳时用的，上面布满了与此情此景很不协调的太阳图案，她用毛巾擦干了冰水。因为刚才清理车灯的缘故，她的手依旧僵硬笨拙，左手的皮肤看起来就跟烫伤了一样。多亏了露比帮忙，她才脱掉了夹克衫。她的面罩上结了一层冰，与皮肤粘连在一起，她硬生生将面罩撕了下来，弄得脸生疼。

加热器喷出暖风，灯光明亮，整个驾驶室感觉如同避难所一般。可疲惫再次随着温暖袭来。过一会儿，她一定要停车睡一小会儿，不过现在还不是时候。

她打开车载电台，检查之后发现对面没有汽车，跟着便将车子开上路，继续向北方前进。车头灯这会儿照得更远，也更亮了，在打着旋的飞雪中投射出一道四分之一英里长的光柱。

第 **11** 章

　　风越来越猛，飞雪漫天，如同在路上罩了一张雪纺面纱。雅思明来回扭动头，尽量缓解一下紧绷的脖子。她又看了看后视镜，依旧没发现有人跟在后面。

　　刚才，露比在严寒中打手电，却没有抱怨一句，她真的很为露比骄傲。很少有人知道露比是个相当勇敢的小姑娘，也不知道她有多聪明和幽默，而这则是因为她不能和他们说话。但是，有一天她一定能说话，那样所有人也可以理解她了。

　　她和马修为了下面这些事吵了不知道多少次：让露比打手语，还是让露比用嘴说话；要不要让露比用笔记本电脑以及上网。而在去年，他们则为了露比九月份到哪个学校去上学这个重要决定争吵不停。普通中学有先进的学习支持部门，只是马修对这种事嗤之以鼻。"她会成为特殊的学生。"他说，"你知道他们是怎样取笑对方的吗？你很'特殊'。"是的，雅思明当然知道这一点。不是取笑对方，是取笑露比。她点点头，他们作为父母没能保护好他们的孩子，因此都不敢看彼此的眼睛。雅思明认为中学一定会比小学好，他们和校长谈过，而校长也给了保证，可是，马修不会改变看法。

"她必须学习如何在真实世界里生存。"雅思明说。为什么他就不明白这一点呢？"如果她现在能学习，能经历艰难的部分，而且现在有我们陪着她，帮助她，那么——"

马修打断了她的话："现在这么做行不通。"

"或许不是现在，可是——"

"什么现实世界，全都是废话。这个世界包括无数个不同的地方，露比一定能找到她愿意融入的地方。"

跟着，露比走下楼来，打断了他们的谈话，可他们的争吵并没有结束，时不时还是会争论不休，不光没有得到任何结果，也没有一方向另一方妥协。如果是为了孩子争吵，根本达不成妥协，或者必须放弃你所认为的正确选择。

雅思明内心里渴望对露比好一点，不想继续要求她用嘴说话，随便她打手语，马上让她不再去搞得她很不开心的普通学校。但是，如果她这么做了，她就是个胆小鬼。她必须鼓起勇气，为十八岁、二十五岁乃至到了像她一样年龄的露比铺平道路，毕竟以后父母不能陪她一辈子，不能每天都像雅思明现在这样照顾她。她必须为露比做出正确的选择，哪怕露比恨她也在所不惜，她这么做，完全是出于爱。

她又看看后视镜。这次她们后面出现了蓝色车头灯。

她在清理车尾灯的时候并没有发现那个人。她将车开出避车处的时候也没看到他。她还肯定这人掉头回去了。但实际上他只是关掉了车灯，隐藏在黑暗中，准备再次跟踪她。

她想到了在机场见过的那个染了一头金发的男人——锡莱西亚·斯特奈特。他一直目光灼灼地与她对视，叫人感觉不安，不仅如此，他还跟着她走到走廊，抓住她的手臂。

她并不相信一个人只认识另一个人几分钟，就能形成如此强烈的迷恋。她记得他那头染出来的淡金色头发被汗打湿了，变成一绺一绺的，他还提出照看露比，想要她欠他的，虽然他假称"你不必感谢我"。有些表面上看起来很明智的男人说对她一见钟情，在她身边团团转，热情似火，可很快她就了解了他们是怎样的人。

问她是否有枪的那个人，是不是就是锡莱西亚·斯特奈特？她不大记得他在机场的声音了，所以不能肯定，不过很有可能就是同一个人。她知道她之前听过那个声音。

只是，她自从离开机场后就没见过锡莱西亚·斯特奈特了，他并不知道她上了达顿公路。

她又看了看蓝色车灯；它们一直在她后面，始终与她保持着一定的距离。

她拿起车载电台的对讲器。"向北里程标150。我后面向北开的那辆卡车的司机，能告诉我你是谁吗？"

没人回应。

科比温暖缓慢的声音自车载电台响起，打破了此刻的沉寂："勇敢的女士，刚才又是你在电台中说话了吗？"

"是你跟在我身后吗？"她问科比，真盼着就是他。

"我在里程标170。现在我前面没有人。"他说。

这么说，他在她北边二十英里处。

"刚刚听了最新的暴风雪预报。"科比说，"还有人听过吗？"

"是一场大雪。"有人说，"他妈的超级暴风雪。"

"他们说会刮飓风级别的大风。"科比说，"零下五十度。他们也说不好暴风雪什么时候下。估计在八小时后。"

"宾说了，阿提根山口有可能发生雪崩。"另一个卡车司机说，"昨天下的雪还没清理干净呢。"

"真他娘的见鬼了。"一个卡车司机说，其他卡车司机也跟着骂娘。

"就在三个星期之前，雪崩把一辆卡车埋在了下面。"科比向她解释他们骂街的原因。

"要是刮北风，只需要一小时就能堆起一道雪坡。"另一个司机说。

"现在没人从费尔班克斯或戴德霍斯出发了。"另一个声音说，"至少北方运输公司不发车了，我估摸其他公司也是如此。要是在暴风雪中失去一辆卡车，那代价也太昂贵了。"

"听明白了吗，勇敢的女士？"科比慢慢悠悠地说。

"是的。"

"还不知道你尊姓大名呢。"

"雅思明。"

她看到她身边的露比打开了"魔力声音"软件，听司机们的对话。

"你刚才说你在里程标150？"科比问。

"是。"

"明白。你距离费尔班克斯太远，不可能掉头回去了。最好的办法就是去距离你二十五英里的科尔德富特镇；虽然前面的路不好走，但不会比你走过的路更糟。在那里等到暴风雪过去。我会先到一步，为你准备好咖啡等着你。"

"你买咖啡准得排队。"另一个司机说，"回不了戴德霍斯或费尔班克斯的人都会到那里去等。"

她后面那个亮着蓝色车灯的司机是不是也在听他们的对话？她肯定他一定会这么做。阿迪布说所有卡车司机都会听车载电台。

"到时候见。"她说，"如果那里有汽车旅馆，我会住一晚。"

她关掉电台。

"我们不能停车。"露比说。"魔力声音"用一贯的机械冷漠的声音说出了露比的话，雅思明感觉到露比的身体在颤抖。

"我们不会停车的。"雅思明回答。她们有八小时去戴德霍斯，甚至更多一点，就在司机们在电台中说话的时候，她计算了她们的平均速度和剩下的路程，并预计她们可以做到。

"我们会一直开到父亲那里吗？"

153

"当然了。"

一到戴德霍斯,她就会央求出租飞机驾驶员送她们去找马修。零下五十度。飓风级别的大风。她一定得找到他才行。

她也很担心露比会遇到危险,可也许她有些过虑了,事实上并没有这么危险。蓝色车灯依旧在她们后面,但这并不意味着那个司机在跟踪他们。兴许有几十个卡车司机行驶在这条路上。他可能只是停下来休息一会儿,才把灯关了。也有可能是他也在擦车灯,所以跟她一样,把灯关了。谢天谢地,她们没有再收到邮件。或许那只是一封奇怪的垃圾邮件而已。疲倦会使她胡思乱想,而这片土地太容易使人害怕了。

她开着车,想到了她和马修的第一次相遇,不过并没有一见钟情。他后来告诉她,他在学校里见过她,但是,对于一个美得令人震撼的人,他持相当怀疑的态度。他说,也有可能这是达尔文式的自我保护,竞争太激烈了,他得确保他的长牙或是长角安全才行。

后来,他找她攀谈,了解她,爱上了她,他承认,他很担心他对她所产生的这些感情。可现实就是这样。他就是爱上了她,他被她俘获了,无药可救。她感觉他们志趣相投,甚至都对爱怀有恐惧。作为一个物理学家,她知道一个物体从一定高度垂直落下的运动学方程,可她陷入爱河却没有任何逻辑可言,也没有任何方程和图形可以计算出恋爱的结果。

迷恋关乎拥有,而自恋则对自恋之人有不利影响,她现在知道,热情就是爱,而爱到极致,就能让人在冬季穿越北极荒野,而此时此刻，这里就是爱将她引导到的地方。

黑暗中突然亮了起来。大风吹开了乌云，月光照亮了群山。在半明半暗之间，她看到这些山是如此高大，悬崖绝壁险峻陡峭，就位于路边不到三英尺的地方。她真希望四周一直是漆黑一片，这样她就看不到这片叫人望而生畏的地貌，此情此景，只会出现在哥特小说之中，没有一丝柔和，没有任何宜人之处，相形之下，她是那么渺小。

她抬头看着夜空，自从小时候开始，只要她觉得渺小和害怕，就会仰望夜空，已然形成了习惯。

她看到了三个月亮。她感觉现实在倾斜。

她意识到其中两个月亮是幻月。这样的天文现象十分少见，但异常美丽；这可是她第一次见到如斯美景。

她指着天空让露比看。

"有三个月亮呢！"露比用"魔力声音"说。

"它们叫月亮狗。"

"为什么会在这里出现？为什么我们在家时看不到？"

"它们并不是真的月亮。只是月光制造出来的幻影而已。"

"怎么制造出来的？快说说！"

她停下卡车："高高的云端有冰晶。月光照射到冰晶上，就制造出了月亮狗。学名叫幻月。"

她用手指拼出"幻月"这个单词。她忽然想到，她教过露比的唯一对她重要的事，就是尝试说话；让她更惊讶的是，她意识到幻月对露比来说很重要。

"幻月。"露比也用手指拼出这个单词。

跟着，乌云遮住了月亮和幻月，黑暗再次笼罩大地。她继续开车。

仪表盘上的夜光钟表显示现在是凌晨三点。这个时刻正是夜晚的黑色之心，雅思明心想，不过这个夜晚没有心，因为不会有日光来终结黑暗。又下雪了，只有落到车灯照射范围内的雪花才能看到，仿佛它们是突然在黑暗中形成的一样。她很累，感觉四肢沉甸甸的。驾驶室外的温度已经降至华氏零下二十二度。

露比轻轻拍了拍她的手臂。

又有邮件了。

她很想阻止露比，以免她看到照片，可露比已经向下滚动页面了。她看了看后视镜，只见蓝色车灯依旧在她们后面远远地跟着，然后，她停下车。

屏幕上出现了一只黑油油的死鸟，就连鸟喙和爪子都是黑的，羽毛闪动着金属光泽，可怕的眼睛向外凸出。雅思明觉得这太可怕了，不禁有些畏缩。

这个时候，学校组织参观伦敦塔的记忆闪现在她的脑海里，可怕的细节一一出现。乌鸦啄食着浸有血迹的饼干，将一整只兔子撕扯得四分五裂。其他女孩子都尖叫起来，只有雅思明虽然被吓破了胆，却默不作声。

西方文学经过了几个世纪的发展，却依然把乌鸦当作死亡的象征；它们是食腐鸟类，会吃掉战场上的尸体。

她端详那张照片，寻找线索，看是否能找出是谁拍摄的照片，此人在什么地方。照照片的人依旧是用手电照在这只死鸟上，不过灯光很昏暗，看不出它是如何被杀死的。她在死鸟周围的雪地上看不到任何血迹。也看不到任何地标。邮件主题是DSC_10021；照片下面有一串数字：69051605 150116989。

她看到她后面的蓝光司机也停了下来。她再也不可能用疲倦引致的幻想来解释那个人的所作所为了。

她现在有充足理由报警。有人不愿意她去安纳图找马修，那马修肯定还活着。可她有什么证据呢？只有一个可能叫也可能不叫阿基雅克的人，发来的一些死动物的可怕照片。警方一定不会理会这些邮件，就如同她第一次收到邮件时那样，视之为幻想或垃圾邮件。而且这条路是北阿拉斯加唯一的高速公路，她怎么才能证明，她身后的车灯确实存有恶意，而不是听起来好像她神经过敏，产生了妄想？然而，她和露比受到了威胁，她此时强烈感觉到了这一点。

除非她能想办法说服警方相信马修还活着，并派人去救他。此时此刻，距离她做出两难选择的时间越来越近了。她能体会到放弃马修的恐怖，一开始，这恐怖的感觉只是在她的脑海里萦绕不去，渐渐地，它变成了一个实体，就存于前方黑暗道路上的某个地方。

"你可以告诉警察，爸爸还活着啦！"露比用"魔力声音"说，"现在爸爸给我们发了两封电子邮件了。"

"露比——"

"爸爸很喜欢乌鸦。它们超酷。"

她没看出来那只乌鸦是死的吗？

"伊努皮克有一个关于乌鸦的故事，特别棒。"

雅思明又怕又累，再也忍受不了那个机械声音了。再也忍受不了露比没有尽力使用她自己的声音；再也忍受不了露比将迎来孤独的未来。

"可爱的小姑娘，求你了，用你自己的声音好不好？就试一下，好不好？"

露比扭过头，不再看她。

母亲还是认为照片不是父亲发来的。那么警察肯定也会这么想。然而我知道就是他。我正准备把乌鸦写进我们的博客里面呢，感觉起来有点像他正和我在一起。我觉得要是他知道我已经开始写了，一定会很开心，等到我们见面的时候，就能一起发表了。于是我把这张照片传到博客上，还把那些数字也传了上去，我觉得既然父亲把它们发过来，就说明它们很重要。

我们是在去苏格兰度假之前决定一起写博客的。离开苏格兰之后，父亲就要直接去阿拉斯加。

那天，我正坐在床上哭，波斯利直摇晃尾巴，只是它这招也不能逗我笑，我的眼泪还把它的皮毛弄湿了，后来，父亲走了进来。

"为了学校的事？"他坐在我身边问。

我点点头。

"开始上六年级了，感觉不好？"

"不好。"

"为了朋友还是敌人？"

父亲好就好在他知道，要是朋友卑鄙起来，可比卑鄙的敌人更具杀伤力。

"朋友。"我说，"是吉米。"

"他对你不好啦？"父亲问，他看起来一脸的震惊，谁叫吉米一直是我最好的朋友呢。

"也不是。"我说，"只是有一点点。"

"你为什么不和我说呢？"他说。我只是轻抚波斯利，抓着它的耳朵，它最喜欢人这样了。这时候，父亲说："出来总比进去好。"[1]这是他的一句玩笑话，他第一次说这话是在我食物中毒生病的时候，我觉得这话很恶心，也很有趣，自从那时候起，每次他觉得我心里不痛快了，就会说这句话，想逗我一笑。

我不再抚摩波斯利，虽然它一直把脑袋搭在我的笔记本电脑上，我告诉父亲，别人都取笑吉米，说我是他的女朋友，他再也不愿意别人看到我和他在一起。

"吉米想交女朋友吗？"父亲问。

"我看不想吧。我们从不聊这种事。"

---

① 这句话也可用于形容别人呕吐。——译者注。

"如果别人觉得他有女朋友，他是不是挺尴尬的？"

"可能吧。"

"依我看，他只是不想被人取笑而已。大多数人都不喜欢这样。"父亲说。我看得出来，他是在十分认真地思考这件事。"特别是与女朋友有关的事。随便哪个女朋友都一样。所以，这与你无关。"

我又开始抚摩波斯利，就算此事与我无关，不过吉米本来是我的朋友，现在却不是了。我对他有朋友之爱，可现在我再也不能爱他了，尽管我心里还是爱着他。我不知道怎么才能告诉他，你可以喜欢一个人，但不用做他们的男朋友或女朋友，谁叫我们从不聊这样的话题呢。

"你们才十岁。"父亲说，"现在就开始交男朋友或女朋友，不是有点太早吗？"

"是十岁半，而且很多人都有了。"我说。

"不好意思，我是跟不上潮流了。"

父亲好就好在他会等你再次开口。波斯利把尾巴摇得飞快，我还是不高兴。

"除了吉米，我没有别的朋友，爸爸。"

我说这句话时并没有看他，要知道，这可不是什么光彩的事。

"你知道要来阿拉斯加过圣诞节的事吗？"他说。

我点点头。正是我想去阿拉斯加和父亲待在一起，而不是要他回家来，不过那是很久很久以后的事了。

"我们用不着一直待在费尔班克斯，我们可以去探险。我和你一起，把我们看到的动物写进博客里。"

这个主意真是超酷，父亲大概看出来我也是这么想的。

"我们可以拍照片，上传到博客，我们还可以一起写。你可以转发到推特网。我们一定能上热门榜。"

自从我开始上推特网，父亲就知道这回事，所以他明白，说我们会上热门榜这话很傻，只有流行歌星、电影明星这样的人才能上热门，不过想到我们也可以，还是挺好玩的。

接下来，我们就开始设计我们的博客，父亲打开iPad，给我看了里面所有我们可以上传的动物和鸟的图片。后来在去苏格兰的时候，我们还一起练习来着。

现在，我知道那两封邮件就是他发来的。我就是知道。

我一闭上眼睛，父亲在苏格兰的样子就清晰地出现在我眼前：他的超人T恤衫，他的笑容，他没刮脸，脸上胡子拉碴的。然而，我看不到他在这里发邮件的情形。我想象得到他的伊努皮克风雪大衣上有毛茸茸的帽兜，可每当我想要看他的脸，却总是无法做到。这很难，因为他戴着护目镜。但事实并非如此。在巨大的帽兜里面，在护目镜下面，根本不是父亲的脸，而是一张可怕的脸。那张脸属于那个讨厌鬼，看了叫人毛骨悚然，他有着金色头发，头发分开的地方都花白了，双手跟水母一样。

母亲说，如果你太累了，可怕的念头就会悄悄钻进你的脑海，而你却无法将它们吓走。她是在我上学期间的晚上说这话的。我想她说得对。即便我想象不出父亲的脸，我也知道是他发来了那些照片。

我们后面有小小的蓝色灯光，像是在黑暗中跟踪我们。

外面的气温下降到了零下二十七度，雪更大了。雅思明真想睡会儿，只要几分钟就成，只要让她合合眼，放下所有的一切。要是这会儿遭到严刑拷问，她一定扛不住：两天两夜没有睡觉，再加上看不到光亮，她必定会说出一切。用一个明亮的灯泡做拷问刑具，似乎对她具有格外的吸引力。

"勇敢女士"，科比刚才这样呼叫她。已经很久都没人觉得她勇敢了。然而，她感觉到她的内心出现了变化；在她和科比、其他司机说话的时候，她听出了这个变化。那个声音，那个自我，并不陌生，对她而言十分熟悉。她认出那就是曾经的她——坚定、固执，甚至很勇敢，还有一点点疯狂。

她十分震惊地意识到，多年以来，她一直缺乏情趣，情绪阴郁，甚至连她自己都感觉到了。她周围的其他人都有着鲜明的个性，他们性格的界限都被深深地刻画出，唯独她不是这样。她有工作，需要做家务，还要爱露比，为露比付出无尽的关爱，只是，她要如何描述她自己呢？不知从什么时候，她不再知道她自己是谁。

她看到她自己在地球另一端的厨房里的样子，厨房里的那个女人和此刻的她相比简直判若两人。在阿拉斯加广袤的荒野之中，她看到了她们的家是多么闭塞，她自己是多么闭塞。她知道，她一直饱尝孤独之苦，并不是因为在母亲死后，一直笼罩着她的丧母之痛，或是因为她和马修之间的距离（不管是他们两个天各一方，还是心灵上的距离），而是因为她失去了自我。

正是在此时，在地球之巅这片单调的大地上，她能够开始了解她自己；这就好像地球另一端与她的生活的距离和差异，使得她能够看清楚她的故事。

她想告诉马修，她想和马修解释。

因为想你，所以我吻了她。

她用力踩油门。她一定要找到他。

第 **12** 章

　　蓝色车灯依旧在我们后面。母亲会从后视镜看那个车灯。她看了好几次。我很担心是那个讨厌鬼男人在跟踪我们，这全都是我的错。他在费尔班克斯的卡车停靠站看到了母亲，她却并不知道这回事。我应该告诉她一声，毕竟在费尔班克斯，不仅有阿奇兹先生和我们在一起，还有很多其他人，可现在只有我们两个。

　　那时候，他的脸距离我的脸很近，只隔着一面玻璃。

　　我打开"魔力声音"。

　　"我们后面有蓝色车灯。"我说。我看得出来，看到我也注意到了蓝色车灯，母亲有点惊讶。"你知道那人是谁吗？"我问。

　　我真希望她知道。或是她压根就不在意谁在我们后面。

　　她摇摇头，我看得出来她很担心，不过她正在极力掩饰她的担心。我一定得把实情告诉她。

"可能是那个讨厌鬼男人。"我说，我比画了那个恶心的手语——用手指插进鼻子里。好让她知道我是什么意思。

"我也觉得他那个人很可怕。"她说，"不过我们后面的人不是他。没什么可担心的，就是一个司机而已。"

她这么说只不过是为了安抚我。

"那时候我们和阿奇兹先生在卡车停靠站，"我说，"讨厌鬼男人也在。"

"他在卡车停靠站？"她说。

"是呀。"

"你觉得他看到我们离开了吗？"她问。

"嗯，他看到了。他还想跟你说话来着。不过我不想给你添麻烦。你因为爸爸的事已经够烦了。"

"你真好。"她说。

可好的人是她才对。她是希望我当时告诉她的。

"他就是个讨厌鬼。"母亲说，也比画了那个恶心的手语，来哄我高兴，"我们犯不着为讨厌鬼担心。现在去睡会儿吧。"

她真的希望我睡觉，于是，我闭上眼睛。我想着苏格兰，想着我们安全、温暖和快乐的生活。我能看到和蹦床一样韧性十足的圆丘形的草和大片大片的欧石楠，像是有人将紫色颜料泼了满地，我还想到了父亲和母亲的笑脸。

雅思明怀疑过锡莱西亚·斯特奈特，然而，随着她在这条危险的道路上行驶，认为他出于某种险恶的痴迷便跟踪她这个念头逐渐变得牵强附会起来。

然而，他兴许和那场大火有关。

如果马修掌握了安纳图大火的内幕，那么，想要阻止她去找他的人，一定是锡莱西亚·斯特奈特，而不是水力压裂公司；锡莱西亚·斯特奈特一定想要掩饰什么。

他立马就知道安纳图在什么地方。虽然他为此给出了合理解释，却依然值得怀疑。他将大火的起因归咎到水力压裂开采方法，却没有意识到这有多么荒唐——大火怎么能在寒风之中蔓延过数英里冰雪？此时，她孤身一人，越发觉得这个说法荒诞不经。

可锡莱西亚·斯特奈特这个人叫人不寒而栗，而非荒谬可笑。

"阿拉斯加一个小村子无人生还，总比灾难发生在人口密集的区域要强。如果只付出一个村庄尽毁这样的代价，就能永远阻止人们使用水力压裂这个方法，还是合算的。"

因为这件事，他显得很激动，这就是她厌恶此人的原因。或许正是他放的火，认为要想取得理想的结局，就算采取卑劣的手段也合情合理。只可惜事情并没有沿着他设想的那样发展。没人相信他的说法：是水力压裂油井引发大火，烧毁了村庄。如果他去找警察或媒体，他们一定会像机场的那些人一样嘲笑他。可也许他并没有预见到一点：警察在漆黑的环境中调查，有可能漏掉了纵火的线索，并不知道这是谋杀，也无从寻找背后的缘由。

他曾经在一家石油公司做主管，现在可能依旧与那些公司有联系；他可能搭了一辆卡车，甚至自己驾驶卡车。

她想起他提出照看露比——"我可以照顾这个孩子。我一定会为你照顾好她的。"他是不是想用这个法子把露比扣作人质？

露比在她身边睡着了。雅思明感觉到她的身体在有节奏地起伏着。

疲倦一波波向她袭来。她想到了那些英国的海边小镇，镇里建有伟岸的维多利亚时期的海塘，她希望她的防御能同样坚固，她不能睡觉，现在还不能。她真盼着能见到黎明，至少能知道黎明一定会到来，而不是像现在这样要一直在无尽的黑夜中开车。

这会儿蓝色车灯不见了，他肯定落下了很长一段距离，可她肯定他一直在跟踪她。

她开上一个陡峭的斜坡，她的右腿生疼，无法再以不自然的角度够到脚踏板。露比在睡梦中比画手语，手从她身上拂过。她全靠着一股精气神来维持清醒。

她看到斜坡顶端有一个光环，像是太阳升起了。她知道这不是真的，就好像在沙漠中见到了水，其实那只是海市蜃楼；那不过是她在疲倦和对光亮的原始渴望的驱使下，幻想出来的日出而已。她开到了小山顶端，她下方有一片建筑物，有橘红色的钠气灯，有泛光灯，还有闪烁的霓虹灯。科尔德富特镇到了。

她将车驶入科尔德富特镇，露比还在睡。这是个小镇，道路两侧建有低矮的建筑物。她缓缓地开车驶过这些建筑。蜜色的灯光透过窗户照射到雪地上。对陪伴与安全的渴望是那样实实在在，每一座亮着灯的建筑都对她具有吸引力。

镇里有一家加油站，充斥着明亮的灯光，可以看到卡车专用的加油泵，加油站边上是一个简单的大型卡车停车场。还有一家农庄式小餐馆和一家汽车旅馆，用的是与她车上拉载的相同的活动房屋。她住在世界上最大的大都市之一，但此前从未如此真切地感受到文明。

或许她可以把露比留在这里。或许她在这里很安全。可蓝灯司机也会来这里找她。她想象着他去小餐馆和汽车旅馆里找她，却发现了露比。

科比可以照顾露比，她对此十分肯定。这里也有其他正派的人可以保护她。然而，她需要问问科比，也需要确认其他人是否值得信任，而且，只要他们一看到她，就会阻止她再次上路。她肯定这一点。她可不能让露比在她走后自己去找科比，露比要怎么去找他呢？在这个鸟不拉屎的地方，谁会懂手语？她是那么脆弱。

雅思明向停车场驶去。这条双车道的公路上十分昏暗，街灯之间的道路上影影绰绰。停车场里大约停了十五辆卡车，还有一辆卡车在她前面开着。估计他们都是等暴风雪过去才会上路。

她绕过停车场，又向达顿公路驶去。在两盏路灯之间的阴暗空间里，她将车停在路边。一旦那个司机来了，她从这里就能看到。一旦他从她们身边开过，她们就可以偷溜走。但愿他会花很长时间去找她，这样她就能甩掉他很长一段距离了。

她关掉车灯，连驾驶室的灯也关了，只开着加热器。雪花不断地落在侧窗上，不发出一点声音，大量柔软的雪花堆积在她前面的巨大挡风玻璃上。在温暖的黑暗之中，她累得整张脸都松垮了下来。她将车窗打开一条缝，吹进来的寒风让她保持清醒。

八分钟后，蓝色车灯从道路另一边向停车场开了过去。她犯了一个大错，对面打过来的车灯照亮了她的驾驶室。她连忙俯下身，趴在露比身上，想要徒劳地隐藏起来。

就在他的车灯即将扫到雅思明的驾驶室的时候，那个司机把灯关掉了。他肯定是想把颜色与众不同的车灯隐藏起来。

她依旧趴在露比身上，在他开车在一英尺之外从她们身边开过的时候，她并没有看清楚他的样子；她只看到他开的是一辆油罐车。

她发动引擎，将车驶走，到了达顿公路上，她才打开车灯。她看了看后视镜，没有那辆油罐车的蓝色车灯，只有越来越暗淡的科尔德富特镇的灯光。

阿迪布告诉过她，科尔德富特镇的名字是淘金者起的，他们来到了这片遥远的北境，跟着失去了勇气，便打道回府了。她很明白为什么那些人会丧失勇气。从科尔德富特镇开车深入北方，感觉好像你正向反方向拉伸一条将你和安全连接在一起的绳索，再多拉一点，绳子就会断，而你将离开浅滩，进入深海。建造科尔德富特镇的人知道，这里是一个明智的人所能到达的最北之地。她感觉那越发昏暗的灯光正将她拉扯向温暖的避难所。可她继续向前开。科尔德富特镇的灯光越来越远，她转过一个弯，它们便彻底消失了。

　　她看了看后视镜，只见后面一片黑暗。她知道油罐车司机会一直在科尔德富特镇找她，等到他意识到她不在那里，才会再次来追她。她听了听电台里的对话，没有人提到她；所有听到她之前与科比对话的人，都以为她还在驶往科尔德富特镇的路上，或是已经到了，正等着暴风雪过去。

　　一辆卡车拐过弯向她们开了过来，车头灯灯光在落雪和黑暗中显得有些模糊，但在从她们身边开过的时候，依旧照亮了她们的驾驶室，跟着，卡车向科尔德富特镇疾驰而去，再次只剩下她们两个了。

　　清晨六点了，雅思明的身体和思想一直都是在昼夜节律下运转的，现在却感觉被困在了黑夜之中，仿佛坠入了时间的折痕之中。再也不会有人类居住地发出的灯光来制造人造日出了。

　　她从一个里程标边上驶过，她们距离戴德霍斯只有二百三十四英里了，而且一路上再也没有公共设施了。

　　她壮起胆子，将车开得飞快，在黑暗中驶过一英里又一英里，想象着那辆油罐车在黑暗中在她们后面追赶，距离越来越近。她身边的露比醒了过来。

　　"到早晨了吗？"露比问。

　　"是的。"

　　"我们快到父亲那儿了吗？"

　　"还有很长一段路。"

　　在这个没有黎明的一天，她继续开着车，时不时看一眼发光的计程表，看着里程数从个位数，变成十英里，又变成二十英里。鹅毛大雪纷纷落下，狂风呼啸，暴风雪开始了。缺乏睡眠，她感觉她的反应能力下降了，四肢的动作也变得缓慢起来。在刚刚驶过的十英里中，她的眼部肌肉失去了对焦的能力，计程表上的数字变得模糊起来。就在车头灯射出的灯柱周围，她觉得她看到黑暗中有什么东西在动，那东西有肌肉和脉搏。突然，那个东西液化了，一摊黑水包围了她们。

她看到前面几码远有一个避车处。她尽全力将车开了进去。她并不打算在寻找马修的路上停车，然而，她的身体再也不允许她驾车前行一步。她让露比在十五分钟后叫醒她。

她闭上眼睛。在静谧的黑暗中，她想起和马修第一次一起去海岸村庄克莱的情形，大海在他们身边时而轰然作响，时而寂静无声。他们在黑暗中脱掉衣服，她意识到她喜欢他的味道、他的声音、他的样子，还有他在说重要事情时的从容。

他说，他们竟然在一次与他们的专业都毫不相关的讲座上邂逅，真是太不可思议了。这样的概率是多少呢？她说在大约四十五亿年前，彗星撞击地球，它们带来了寒冰，冰化成了水。"你有证据吗？"他问。"让一颗卫星去撞击彗星，然后测量水量。"她答。"还有吗？""太空中就会出现十亿公升的水弹。"她告诉他。"彗星撞击，火山爆发，喷发出来的蒸汽变成了云，并且下了一场数千年不停的雨。人们一直在争论确切的水量，以及水是从什么地方来的。啊，瞧……"她指着大海。她说，一个带有水、可维持生命的星球存在的概率是数十亿分之一，概率太小了，根本无法想象。这完全是一个奇迹。在不同轨道上的它们在四十亿年后相遇，则算不上时间长得出奇了。

她还记得，他在她身边，身体是那么温暖，毯子下面是疙疙瘩瘩的海滩卵石，跟着，她感觉到她坠向了坚固的地心，并且爱上了马修。

第**13**章

露比在她身边睡着了。她打开驾驶室的灯，看到挡风玻璃上映衬出了她的脸。

她按动开关，想要打开卡车的车头灯，可没有灯光亮起来。外面的黑暗如同凝结了一般。昔日对被困在棺材里并被埋在土下的恐惧悄悄地钻进了她的心里。她的呼吸变得急促起来。她又按了几下开关。雨刷如同扫雪机一样，扫清了挡风玻璃上的雪。

借着车头灯的灯光，她看到了暴风雪，狂风卷着雪片，飞快地从她们前面的路上飞过。她看了看驾驶室里的钟表，她竟然睡了两小时。她立即检查了一下后视镜，却没有看到蓝色车灯。一根标牌柱显示，在她睡着的这段时间，下了一英尺深的雪。温度计显示外面的温度是零下三十五度。

她打开电台。卡车司机在聊天，有的在费尔班克斯和戴德霍斯的修车厂，有的在科尔德富特镇的停车场。除了她们，没人在公路上。

露比的笔记本电脑显示又有邮件了。是他在雅思明睡觉的时候发来的。

雅思明从照片中只能看到雪，不禁松了口气。这张照片里的手电光比之前照片里的弱了一些，手电光之外的白雪湮灭在黑暗中。虽然不情愿，她还是点击光标，放大图片，看到了黑暗的痕迹。有很多动物被半埋在雪地里，很难区分开它们的白色皮毛和白雪；只能看到它们皮毛上的黑线，就像它们失去生气的眼睛周围涂了眼影，黑色鼻尖暴露了它们的位置。一共有五只动物，可能还有其他的。她仔细看了看，想看看它们到底是怎么死的，却看不到血迹和伤口；也许是手电光太暗了。

他是在警告她，她们也可能会经受同样的遭遇——被埋在雪地里，无迹可寻？

邮件主题是DSC_10025；照片下面有一串数字：68945304 149992659。

她将笔记本电脑屏幕的亮度调到最大。在照片的右下角，她能看出一只因纽特犬，一部分挽具——可能是搭扣——在手电光下闪烁着微弱的光芒。这么说，不管这个人是谁，他坐的都是狗拉雪橇，隐没在黑暗中，悄无声息。他距离她们有多近？

灯亮了，露比醒了过来。就在她即将合上电脑的时候，露比看到了照片。

"是北极狼。"露比说。

我觉得父亲发这张照片，是为了说明偷猎者的罪行。只有人会把狼杀死。

它们有漂亮浓密的皮毛，偷猎者会剥掉它们的皮毛。

它们肯定被困在了暴风雪中，而且被埋在了雪下。或许有个雪堆倒塌在它们身上，甚至它们可能遇到了雪崩。

"我们必须告诉警察，爸爸还活着。"我说。现在我们有了三封他发来的电子邮件，母亲一定会意识到是父亲发来的。

可母亲什么都没说，我知道她还是不信我的话，那代表警察也不信，我不知道怎么才能让别人相信我。车头灯照亮了鹅毛大雪，如同不断变形的幽灵在道路上游荡。

雅思明再次发动车子。大雪飞快地吹向挡风玻璃；雨刷开到了最快速度。

忽然，她们的车头灯光消失了，她们在浓重的黑暗中行驶。她立即放缓车速，尽量不打滑，祈祷着她们还在公路上。跟着，厚厚的积雪从挡风玻璃上落下。在她睡着的工夫，车顶上积了很深的雪，然后像眼罩一样，掉在了挡风玻璃上。

她听到科比的声音从电台中响起，失去了平时的冷静："有人看到过那个疯狂的女人吗？"

很好，她现在不再是勇敢的女士，而变成了疯狂的女人；她觉得这评价相当中肯。

"我在这里。"她说。

"呀，雅思明。我真为你担心。"

"我刚才睡着了。"

"你在驾驶室里吗？我刚才检查过所有卡车了。"

她很想告诉他真相，然而，那个油罐车司机可能依旧在科尔德富特镇找她们，也有可能听到他们的对话。

"雅思明？"

现在他肯定已经发现她们并不在科尔德富特镇，并且已经来追她们了。就在她琢磨该怎么说的时候，科比已经猜到了真相。

"你没来？"他问。

她沉默以对。

"老天。三小时后就要下暴雪了。"

三小时。她不可能找到马修了；她甚至都到不了戴德霍斯。

"那么快？你肯定？"她说。

"暴雪到来的速度确实很快。赶快掉头回来吧。"

"我丈夫还在那里呢。我要不去，他必死无疑。"

"对此我真的很遗憾，女士。"另一个司机说，"可你到不了戴德霍斯，半路上也没有安全的地方让你停车。一旦你穿过山区，就算是到了北极平原的北坡，那里连棵能遮挡狂风的树都没有。暴风雪横扫当地，让人感觉就好像到了地狱里。那儿可是八万八千平方英里的不毛之地。你知道那里有多大吗？就跟犹他州一样大，甚至要更大。"

"你这个选择可不怎么样。"另一个声音说，"狂风会把你的车掀翻，大雪会把你埋在下面，你连一步也离不开卡车。你修不了刹车，如果发动机坏了，你待在驾驶室里就会被冻死。"

跟着，科比那缓慢而友好的声音传来："你来不及在暴雪降临前赶到戴德霍斯的，雅思明。就算现在是七月，而你的卡车装了涡轮发动机，你也做不到。你必须在科尔德富特镇等暴雪过去。你丈夫只能等着你。"

在这样的暴雪中，在毫无防寒措施的情况下，等着她？就连经验丰富的卡车司机，开着巨大的卡车，驾驶室里温暖舒适，都去寻找避难所了，他要在这样的恶劣环境下等着她？透过关闭的车窗，她依旧能听到呼呼的风声。

"你现在就掉转车头，听到没有？"科比说，"不过你首先得装上胎链。现在暴雪的速度很快，到时候路上一定会很滑。"

滑。只有小女孩穿着袜子走在抛光的木地板上才会说这样的话。为了科比的轻描淡写，她真有点爱上他了。

"你需要胎链，就算你想自杀，继续开车，也用得上它们。你知道怎么装吗？"

她明白，他打算先让她去装胎链，再说服她掉转车头。他是在一步步地劝说她，很有耐心，很和蔼。

"不知道。"

"好吧，胎链就放在卡车下面的轮胎旁边。你把胎链放在轮胎前面，然后碾压过去，再挂好挂钩。"

"明白了。"

"然后找个地方掉头。"

"谢谢你。"

她关掉电台，查看了一下后视镜。她后面没人。她停下卡车。露比早就打开了"魔力声音"，一直在听他们的对话。

"我们还是要去找爸爸。"露比说，"你之前告诉别人我们会在科尔德富特镇停车，可我们没停，所以我们会一直去找爸爸。"

露比是在声明，并不是在提问，她们绝不可能把他丢在北极暴风雪中不管不顾。雅思明对放弃他的恐惧一开始在心里盘旋不去，后来成为前方路上的一个实体，此时，就在她前方的黑暗中。

现在，她必须专心装上胎链，因为不管她如何选择，胎链都是必不可少的。

她穿上极地服装，这个时候，她仿佛依稀看到很多年前，她沿着阳光明媚、布满落叶的人行道，从熟食店向报摊走去；那辆破旧的汽车冲上人行道，马修将她推到一边。在呼啸的北极狂风之中，她依然能听到那辆汽车撞到灯柱后发出的铿锵声不断回荡；响亮的喇叭声急促而毫无意识地响起，而那个只有十六岁的司机则一头向前栽倒。

那天晚上，她和马修谈了很久，她知道了他们为什么能够结婚。并非因为他用身体为她挡住了汽车，而是因为他们谈到了那个男孩子——他是出于怎样的动机才会这么做，他有着怎样的家庭环境，受过怎样的教育，他有着怎样的绝望；因为马修运用了他的全部智慧去理解到底发生了什么事。

还因为他们那些富裕的邻居愤怒地向彼此发送电子邮件，说这个开车罪犯得到了报应，"谢天谢地，没有无辜的人受重伤"，而马修则只为了那个男孩子难过。因为转天他发现那位母亲在灯柱边，带着一束用玻璃纸包装的康乃馨，他从报摊买了胶带，和她一起将花粘在灯柱上。

"你就是亲吻我的王子。"她对他说，"你是我的晚安吻，合脚的鞋，玻璃鞋，和你在一起，自然界里就没有了真空，我心中也没有了空洞，我爱你。"

大雪犹如厚厚的网眼帘，从天空一直垂到地上，层层叠叠，无穷无尽。母亲穿上了她所有的极地防寒服，因为我们必须装上胎链。

"我可以帮忙。"我说。

她摇摇头。

"我还可以为你打手电。"我说，"要是太冷了，我就回来。"

"谢谢。"她说，"我不希望你到外面去，好吗？"

"好吧。"

"你保证？"

"好吧。"

母亲依旧看着我，等我承诺。

"好吧，我保证。"

她绝不会再让露比到外面去；儿童要比成人更容易患上低体温症。她在手套内衬外面套上极地工作手套，走到外面，尽可能快地关上车门。

这样的极寒叫人震撼。她本以为寒冷是白色的，就跟雪一样，或许是蓝色的，如同水龙头里流出的冷水，可此时的寒冷是在一个没有日光的地方孕育出的，所以是黑色的，没有光亮，没有任何色彩。

一声尖啸声忽然响起，跟着她才明白过来，这是狂风卷着刚刚落下的雪，飘过下面已被压实的雪时所发出的声音；白色如同幽灵一般，覆盖住公路和这片贫瘠的地带。

她打开阿迪布的手电，找到了胎链。她想摘掉钩子，但这样就没法拿住手电。于是她将手电插进雪地里，让手电光照着车底。天太冷了，胎链似乎和挂钩冻在了一起。很难抓住。试了三次之后，她才抓住了胎链，用尽全身力气，这才将它们拉了下来。

她又拿起手电，照着轮胎。接下来，她将胎链放在轮胎前边。

轮胎周围的雪变成了淡淡的蓝色。她身后的黑暗中出现了车灯。

他已经知道她们不在科尔德富特镇，并来追她们了。她和科比在电台上的对话证实了这一点。她看不出他距离她有多近。

她感觉到她后面的油罐车司机和那个发送暴力照片的人正越靠越近。

狂风刮着，发出越来越尖厉的呼啸声；那个男孩的惊恐的脸出现在黑暗中。他在他们赶过去之前就死了。

她的护目镜在极寒中蒙上了一层雾气。她摸索到了驾驶室的台阶，爬了上去，钻进里面，却找不着把手，没法把门拉上。

我戴上手套，身体越过母亲，伸手抓住车门，把它关上。我看不到护目镜下母亲的眼睛，那就是说，她根本看不到外面。我帮她摘掉护目镜，将镜片擦干净。她开得异常缓慢，只开出了一点距离，就停了下来。她戴上面罩和护目镜，又去了外面。我透过窗户看着她，以防她再需要我的帮助。

雅思明蹲伏在卡车边上，端详着油罐车的灯光。车灯并没有变大，显然他也停了下来。这就好像他在伺机而动。在黑暗中，大风从车周围吹过，尖啸声变成了低沉的呻吟。她刚才把手电插在雪地照着轮胎后并没有拿出来，这会儿，它都被雪埋住了。她用手在周围的雪地里摸索，但手套太厚了。她摘掉手套，只戴内衬，去找手电。两分钟之后，她终于找到了手电，随即戴上手套，并打开手电。借着手电光，她看到轮胎和胎链偏了几厘米。只能再来一次。她必须快点，只是根本就不可能快速完成。

在狂暴的风雪之中，她感觉时间与她渐行渐远。

她绝对不可能在暴雪来临之前赶到马修那里了。

低号的风声和身后的油罐车让她心中的恐惧越来越浓烈。

她抬头看看驾驶室，只见琥珀色的灯光照亮了露比在窗边的小脸。

她看向黑暗，看到了被肢解的麝牛、乌鸦和被埋在雪地里的狼，听到暴风雪的势头越来越猛烈。

一切都清楚明白了；她必须做出的选择突然变得清晰起来，就这样赫然摆在她面前。她必须掉头回去。没有其他选择了。马修肯定也希望她这么做，想都不用想，她就知道。露比的生命安全重于一切。

只有在确保露比安全的前提下，她才能考虑马修。

如果现在想着他，她根本无法套上胎链，回到驾驶室开车；她甚至都不能呼吸、眨眼或吞咽。

在接下来一小时冰冷黑暗的时间里，她又试了两次，却全都以失败告终，她只能重新再来。油罐车灯光一直是同样的大小；他一直停在那里，等待时机。

当她在雪地里找手电的时候，她感觉到了她和马修的戒指在极地零下低温中变得更冰冷了，她手指上柔软的皮肤冻结在戒指上，像是嘴唇冻结在冰冷的铁栏杆上。马修告诉过她真相，他在工作的时候，必须摘下戒指。

她想起在警察局握着他的戒指，在她的手指触摸下，他的戒指变暖了。

第**14**章

在过去的十五分钟里，气温下降了三度。雅思明终于弄好了胎链。她走上台阶，返回驾驶室。她看到车窗那边露比在颤抖，脸色苍白。她赶紧钻进驾驶室。

笔记本电脑打开了，来了一封新邮件。

照片里是一只死掉的北极狐，它有着略微有些圆的耳朵，一双眼睛大大的，白色的皮毛十分柔软。雅思明很想将它看作到处都能买到的毛绒玩具，毛茸茸的，人见人爱，而不是将它看成曾经有生命的生物，可这只狐狸孩子般的脆弱和轻柔之美让她联想到了露比，她不禁屏住了呼吸。那个人的手电只照亮了这头小兽的脸。它的嘴周围有血。

主题是DSC_10027，照片下的数字是68733615 149695998。

他在四分钟前发来了这封邮件。

露比吓坏了，现在可没时间安慰露比，她必须将露比送到安全的地点。她连忙开动车子，寻找适合的地点掉头。

我哭了，波斯利陪在我身边，这时候父亲进来了，我们聊到了学校和吉米，他说我们可以一起写博客。他给我看了他的iPad里那些漂亮动物的照片。有一张照片照的是一头北极狐幼崽。父亲说，每次他看到北极狐幼崽，看着它们那漂亮的脸，我就会清晰地出现在他的脑海中。就好像母亲看到橄榄石戒指就像看到我一样。

照片里的这只幼狐死了。

父亲绝不会给母亲发这样的照片。

照片不是他发来的。

我以为是父亲给我们发来了电子邮件，我以为他很安全，因为他有笔记本电脑，有卫星终端，他很好，所以能打字，能发邮件。

雪太大了，活像一支烈蚁军团。一个烈蚁雪花伤不了人，可上亿只烈蚁就是所向披靡，连人都能杀死。父亲可能什么都没带。没有笔记本电脑，没有毯子，甚至连把刀都没有。如果大雪攻击了他，他连个躲藏的地方都没有，该怎么办呢？

父亲这个词的手语是用手指比画出D的形状，这个形状会让我哭，可我强忍着不哭出来。打手语没有好处，因为母亲需要开车，看不到我打手语，于是我打开了"魔力声音"软件。

"爸爸得有刀才能盖冰屋。"我说，"他可能没有刀。"

"我想他带着求生装备了。"母亲说，"他肯定带着他需要的所有工具。"

我读了好几遍"魔力声音"上显示的她的话。我要是再次成为刚入学的小孩子就好了,这样我就会相信她,认为父亲很安全。

可我都上六年级了,到了九月份,我就要上中学了。

我看着窗外的烈蚁大雪,好像若是我盯着它们的时间够长,就能驱散它们似的。事实上,雪越来越大了。母亲又说了什么,"魔力声音"上的字多了:

"我们必须返回科尔德富特镇,等雪停了再动身。"

她不可能是认真的。

"我保证,只要雪一停,我们就出发,直接去找爸爸。"

"不行!我们绝不能丢下他不管!"

我很想大喊,只可惜"魔力声音"不会喊。

"他会死的!妈妈,求你了!"

这不是我的声音,只是愚蠢空洞的机器声音。

"到时候就只剩下我孤零零的一个人了!"

我打出了我的话让她看,好让她看出我的语气,然后把笔记本电脑举到她跟前。她正将车开进一片宽阔的路侧停车带,我知道她就是要在那里掉头,放弃父亲不管。

她停下卡车,但没有熄火,我能感觉到发动机在我身下颤动着。

"爸爸不会有事的。"她说,"他肯定能搭个掩体。"

我摇摇头,感觉很不舒服。

"这是第二种可能，露比。爸爸出去摄影了，并且随身带着求生装备。"

可她并不相信有第二种可能。她只是想要相信有而已。甚至是在机场她第一次提到第二种可能的时候，她也是这么想的。她并没有说出来，可我就是能感觉到。但我没有在意，因为很久以来，我都认为父亲随身带着重要的东西，比如卫星终端、朋友的笔记本电脑和刀子。

"我只是假装相信爸爸来这里拍摄动物。"母亲说，听到她的话，我真的很惊讶，"我在你和警察面前假装，甚至在我自己面前假装。然而，现在我看到了麝牛、北极狼、乌鸦和北极狐的照片，还看到了雷鸟的翅膀印，天知道这里还有多少动物。"

"还有水獭。"我说，"还有雪鸮、北美野兔，很多很多动物。"

"说得对。"母亲说，"爸爸来这里就是为了拍这些动物。我想在村子着火的时候，他外出拍摄了。所以他肯定带着求生装备和所有他用得着的东西。"

她对我笑笑，于是我知道她是真的相信了。

"他告诉过我，冰屋的形状很适合在暴风雪环境下使用。"我说，"冰屋是弧形的，风会从顶上吹过去。"

"的确如此，我之前都没想到。他的应急装备中肯定有工具可以用来盖冰屋，他在里面暖和又舒服。"

当她和马修两个人的戒指冻结在她的手指上，她认识并且爱着的马修就出现在了她的回忆中，他的正派和诚实给她带来了剧烈的冲击。他并没有在结婚戒指的问题上撒谎。他说来此拍摄动物，也是真话。

恐吓邮件和跟踪她们的油罐车司机的确吓到了她，却也让她更加确信他还活着，因为有人不愿意她去找他。

她要把露比送回科尔德富特镇，请科比照看，然后她一个人去找他。如果那里的人要阻止她离开，她一定会拼出一条路来。

她给卡车挂挡，检查了一下后视镜，准备掉转车头。然而，她们身后明亮的灯光照得她眼花缭乱，有那么一会儿，她什么都看不到了。油罐车就在她们正后方，像是要撞过来似的。她只好加速，驶出掉头地点，依旧向北方行驶。

她只需要开得远一些再掉头，前面肯定还有够宽的地方供她掉头。

就算她真的掉转了车头，也必须与他迎头擦身而过。他对她们而言很危险，充满了暴力，她现在很清楚这一点。他很可能逼着她们偏离公路，而这里是山区，路边就是陡峭的悬崖。

她飞快地抓住露比的手，握了握，然后拿起电台。

"科比，你在吗？"

"雅思明，很高兴听到你的声音。你现在在向科尔德富特镇开了吗？"

"我掉不了头。我本想掉头，可一辆油罐车想来撞我。"

"老天。"

187

"他跟了我很长时间了。你能帮我报警吗？"

"当然可以。你不要关闭电台，好吗？警察很快就会到这个频道。"

她看了看后视镜。油罐车将车头灯调为近光，并且停了下来。他肯定是听到了她的话。他并不希望警察发现他距离她这么近。

这意味着她也可以停下卡车，有那么一刻，不必开车的轻松感是如此强烈。

"对不起，妈妈。"露比说，"我不是故意的。"

雅思明知道露比被油罐车吓坏了，并且惊讶于露比竟然还有能力可以表现得这么体贴。她还知道露比确实是这么想的。

她记得她告诉过阿迪布，要是没有了父亲，露比一定会迷失，她说这话的时候，就连她自己也吓了一跳，现实冲击着她，仿佛这个认知来自别人，而不是一直以来她的心中所想。没有了父亲，她一定会迷失，没错。绝望。不知所措。遭遇所有这些可怕的事都不要紧，但忍受不了孤独。

一个男人的声音在电台中响起："埃弗雷森太太？我是副队长里夫。"

她记得她在费尔班克斯见过他。只要科比一提到她，电话一定会被接到副队长里夫那里。

"你在达顿公路上？"他问，声音显得很惊愕。

"是的。"

"你的孩子呢，埃弗雷森太太？"

"她在我身边。"

油罐车司机肯定在听。如果此人是锡莱西亚·斯特奈特，那他早就知道露比和她在一起，如果是别人，兴许并不知道此事。他会因此停止暴力行径吗？他很可能会利用她们的脆弱。

电台里一阵静默。她想象着听到的人一定极其厌恶她，她也极其厌恶她自己。什么样的母亲会将孩子置于如此险境？

"听说有人想撞你？"副队长里夫说。

"他要阻止我们掉头。他跟了我们好几百英里了，兴许从费尔班克斯开始就一直在跟踪我们。"

"你开的是阿奇兹的卡车吗？"另一个声音说，她觉得她听到过这个声音。

"是的。他——"

那个人打断了她的话："我在里程标181，正向南行驶。在大约二十英里前刚刚路过阿奇兹的卡车。这位女士后面一个人也没有。"

她很肯定之前她有没有枪的就是这个人。

"又开了二十分钟后，我看到另一辆卡车向北行驶。"那个人又说，"不过是辆卡车，而不是油罐车。正如我所说，她后面没人。"

"你在撒谎。"她说，"是你，对不对？油罐车就是你开的，还亮着蓝色的车头灯。你行驶的方向是北不是南，你就在我后面。"

"喂，别污蔑好人，女士。"

副队长里夫的声音再次响起："我们这么办吧，埃弗雷森太太。你找个安全的地方停车，我们派救援直升机去把你们接回来，好吗？”

他的声音很平静，不自觉地表现出了通情达理，像是在和一个快从壁架上掉下来的人说话。

“好吧。”

她很想把所有的事情都告诉他，恐吓邮件、可能存在的侵占土地事件，还有锡莱西亚·斯特奈特。可此时此刻，她是个不值得信任的人，她只是个疯狂的女人，失去了丈夫，偷了一辆卡车，让孩子陷入危险境地，还妄想有一辆油罐车在跟踪她。

然而，要是他们的直升机从达顿公路上方飞过，就能看到确实有一辆油罐车在她后面。转念一想，就会知道那个人在撒谎。到时候，他们就会相信她的话了。她就能说服他们相信马修还活着，他很可能知道一些关于安纳图的事，才有人想方设法不让她去找他。

在她们身后，蓝色车灯越来越大，他驶近了。前方的路段是双车道，笔直距离有数百米，不足以容纳一辆巨大的油罐车掉头，却足以让他超过她的车。要是他真的这么做了，他就会说他从来没在她后面过。

她又开动了车子，在呼啸的风雪中始终在他前面行驶。

在警方到来之前，她都必须在他前面。巨大的雨刷将厚厚的雪从挡风玻璃上刮掉，使她能看清楚前面的路。

她们来到山腰上一段狭窄陡峭的路段，这里没有空间让油罐车超车，于是她缓缓停下车。油罐车司机不得不在她们后面停下。她就要这么做，直到警察到来。她看到她们前面有两棵小云杉树，都被风吹弯了腰。

"都是我的错。"露比说,"都怪我睡着了。"

"与你无关。"

"如果我叫醒你,我们就能甩掉跟在后面的那个人,也能更靠近爸爸一点。"

"没有任何影响。"

露比摇摇头。

"我向你保证。真的没有任何影响。"

一直到这次可怕的旅程中,雅思明才意识到,露比对她有多宽宏大量,现在,露比将一切责任都揽到了她自己身上,可所有的一切都是雅思明的错。

电台里传来了副队长里夫的声音:"我联系过救援队了。很抱歉,直升机无法在这样的天气环境下飞行。"

雅思明立即开动了车子,她知道,油罐车司机也听到了,现在就会来追她们。

"就算他们能去接你们,也不稳妥。"副队长里夫又说,"我们不能冒险让你和你女儿在这样的风速下坐直升机。现在的风速是每小时五十英里,而且看起来风还会变大。飓风级别。"

"有辆油罐车一直在我们后面,车头灯是蓝色的。他想把我们撞出公路。"

"我们核查过了。没有运输公司派车到这里来。他们的司机都在戴德霍斯、费尔班克斯或科尔德富特镇等暴风雪过去。别人不会在这种天气状况下开车。"

"求你了，请你相信我。"

"只要有可能，我们就会去接你们。"

"你们派了直升机去安纳图寻找幸存者，"雅思明说，"当时也下了暴雪——"

"当时的风力没有现在这么强。虽然很危险，但算不上自杀。当时与现在的情况不一样。你在驾驶室里等暴风雪过去更安全。"

在她后面，蓝光一直在黑暗中保持着同样的大小，这表示他和她们保持着同样的步调。或许她可以试着甩脱他。这段路很陡，路况很危险，风很大，而且，雪也越来越大了。

在大雪中很难看清路，我们开得特别特别慢，我们后面的那个人也开得特别特别慢。好像他在慢慢地猎捕我们，慢归慢，他依然是在猎捕我们。

路边有个标志牌：生长在最北方的云杉树——请勿砍伐。标志牌旁边有棵枯死的树，树身都是白色的，覆盖着冰雪，像是用小小的骨头做成。最北边依然存活的树大概在很多英里之前呢。

雅思明透过后视镜看到油罐车的蓝光突然偏向一侧，然后又回到路中央。他肯定是打滑了。他可能并没有停车安装胎链。或许他会滑下该死的山腹，再也不能来追她了。又或者没这么一劳永逸，他只会停下来安装胎链，而且和她一样笨手笨脚，需要一小时才能搞定，那样的话，她们早就开出去很远了。

在漫天飞雪之间，她看到路标上写着里程标242。通过阿迪布的地图，她得知她们很快就要到阿提根山口了，那里是阿拉斯加最高的山口。山口那一边是沿海冻土带的北坡，无边无际，一直通往北冰洋。

车灯的灯光穿透了浓郁的黑暗和漫天的大雪，在她身后，油罐车的蓝色车灯一直亮着。她感觉在黑暗中跟踪她的，还有她的内疚，因为她把露比带入了危险，而内疚感背后是另一个较为安静的现实："只有我一个人孤军奋战了。"

第 **15** 章

　　狂风卷着雪片，呈水平方向向挡风玻璃吹来，她们的卡车在暴风雪中前行。雅思明看不到道路的两侧，只能依靠反光标牌反射出的一闪即逝的橙色光芒来引导。她感觉她们的巨大的卡车被越来越大的风吹得有些歪斜。

　　在与副队长里夫通过话之后，她就关掉了电台，没有再开；她不愿意听到那个油罐车司机的声音，尽管她渴望与科比聊一聊，她从未见过这个男人，很有可能永远也不会与他谋面。

　　能见度很低，她并不知道后面的油罐车距离她们有多远。她已经有半个钟头没见他的车头灯了。

　　开油罐车的男人就在我们后面，隐藏在黑暗和暴风雪之中，不过我们不知道他的具体位置。

母亲停下卡车。她让我拿过阿奇兹先生的那件亮橙色外套，它就在我这边门上的一个隔层里。这衣服和我在骑脚踏车时她让穿的那种衣服差不多。阿奇兹先生就是穿着这件衣服，在费尔班克斯整理他的卡车的。

她将车开到路边，就停在斜坡边上，然后打开车窗。卡车摇晃了一下，像是大风用手指穿过敞开的车窗，很多很多雪片吹了进来，飞快地落在母亲的腿上，好像要是窗户开的时间够长，她就会被雪覆盖，变成一个雪人。

母亲将亮橙色外套丢在窗户外面，衣服在狂风的吹动下，旋转着飘走了，跟着她又要我把阿奇兹先生的衣服从他的箱子里拿出来，我照做了，她也把这些衣服丢了出去。不过她并没有扔掉他的风雪大衣，因为极地风雪大衣特别贵，跟着，她立即关上窗户。我们一直在寻找蓝色车灯，却没有任何发现。

母亲倒车驶离山边，然后我们继续向前面的山顶开去。跟着她又重复了一遍这样的举动，弄得我有点恶心。她说，我们必须留下很深的车印，这样才不会被大雪覆盖。

作为母亲，她会改编神话，删除神经错乱的继母的情节；她只允许露比看儿童须有父母陪同才能观看的影片，而此时此刻，她则告诉露比，油罐车司机看到衣服和车印，会以为她们从路边摔了下去。可怕的是，这是她唯一能给露比的安慰。

"可他能看到车痕，就知道我们开走了。"露比说。

"不会的，那些痕迹很浅，很快就会被雪盖住。"

"可是，大风可能会把那件橙色衣服和其他衣服吹到山下去。"

"不要紧。"

如果是那样，那个人就会以为她们死了，这是件好事。不管她们会怎么样，她都知道，对她而言，这次旅程标志着露比的童年结束了。

这条路太陡峭了，有时候可以在一侧看到群山就跟巨马似的在你身边，扬起前腿直立起来，像是要用马蹄子踏在你身上。而另一侧则是一片漆黑，那更吓人，我们可能会从山边掉下去。

阿奇兹先生对我说过，阿提根山口高四分之一英里。他说这话的时候并不知道我们会开车通过这里，也不知道还下着暴雪，有个人在追我们。我觉得，要是他知道这一切，一定不会对我说这些。路边设有栅栏，母亲说这是为了不让车掉下去，而我只看到一个栅栏，并且觉得它不怎么结实。依我看，这东西可挡不住我们这样一辆拉着整栋房屋的卡车。

在车头灯的照耀下，有时候能看到一个小小的标志牌，上面的箭头时而指着左边，时而指着右边，母亲就按照指示转动方向盘，不然的话，我们就会冲到半空中，从高四分之一英里的山口摔下去。不知道要多久才能摔到底部。

卡车上落了很多雪，像是要让她们窒息一样。雅思明只能瞥几眼路边的反光标牌，心里却发慌，唯恐在她右边闪光的反光标牌应该是在左边，这样她就会冲出公路，撞翻栅栏，掉下悬崖。不确定哪里是地面，哪里是天空，哪边是左，哪边是右，不知道现在是白天还是黑夜，她的身体在黑夜中失去了方向感，大雪似乎钻进了她的脑海，所以有些时候，她再也不知道她拼命逃离的是谁或是什么。或许在黑暗中跟踪她们的蓝光只是一个幽灵，是失去马修的恐惧在追逐着她。但这不可能，因为正是她作为露比母亲的内疚和失败在偷偷接近她。她现在不能掉头，目前还不行，她必须先将露比安全地送过这座山。

真不知道母亲如何知道该往哪个方向开车的。要是换我来开车，我甚至都不知道路在哪里。在车灯照到立柱的时候，能看到橙色的光一闪，但那光太小了。我想飞行员晚上就是靠这些东西导航的，你知道，当他们从黑漆漆的天空中飞下来，只能以这些小灯作为引导物。当他们来到近处，这些灯就会变大，排成一条直线，可我们眼前的这些光一直都很小，而且是在山中蜿蜒排列的。

我的项链一震，卡车也震颤起来，这种震颤感蔓延到了我的骨头里，好像我和母亲是竖琴一样，我喜欢这样想，只是我知道，这声音可不是什么好事，因为母亲看起来受到了很大的惊吓。

一开始，雅思明以为爆炸了，不过，这个声音持续了很久，仿佛坚固的土地、岩石、覆盖寒冰的高山都变成了雷鸣。她听到雪崩在她们后面传来的轰隆声，却不知道与她们有多少距离，也不知道雪崩会不会越变越大，也波及她们。她尽可能把车开得飞快。跟着，那声音减弱，渐渐停了下来。这会儿唯一的声响就是狂风的呼啸声，仿佛随时都会再发生一次雪崩。

母亲说刚才发生雪崩了。她说有个好消息，还有一个不太好的消息。不太好的消息是雪崩挡住了我们后面的路，我们回不了科尔德富特镇，别人也不能从科尔德富特镇来救我们了。我倒是觉得这不是坏消息，毕竟我只想去找父亲。

"那好消息呢？"我问。

"我想油罐车这会儿在雪崩的另一边。"

"也许雪崩把他埋在了下面！"

我们都笑了起来。这条路很高，弯弯曲曲，能见度又低，但最让我们害怕的还是开油罐车的那个人，而现在他再也不能来追我们了。

我们没怎么说话，母亲需要集中全部精力开车。自从我知道邮件不是父亲发来的时候起，我们就没有说起发邮件的人。我觉得一定是油罐车司机发来的，不然的话，他们也是认识的。

母亲解开安全带，向前探着身体。她的脸距离挡风玻璃很近。她的手指紧紧抓着方向盘，像是她能将我们固定在路上。

此时的风已经达到了飓风级别，雪片噼里啪啦打在挡风玻璃上，宛如她在用卡车撞击暴风雪的核心。她很担心油罐车也在雪崩之前开了过来，这会儿就在她后面不远处。

她很想打开露比的笔记本电脑，发邮件求助，或是在电台上求助，不过她已经和警察通过话了，而且，只能等到暴雪停了，他们才能展开救援。

她真想在电台上和科比或其他司机说说话，却担心要是那个司机闯过了雪崩，也会听到她说话。她依旧抱着一个希望，虽然很渺茫，却很顽强：她的诱骗计划成功了，他以为她们从山上掉下去了。

她感觉驾驶室向前倾，这才意识到她们必定到了山顶，正在下坡。要是再发生雪崩，她可就不能加速躲开了，不然到时候她们会打滑，从边缘跌下去。

轮胎打滑了两次，有那么几米距离，她们在向前冲的时候车子失控了，她只得不停踩放刹车板，让卡车慢下来。她只能看到反光标牌，有时候她觉得是她想象出了橙色闪光；它们就像海妖塞壬，诱使她滚下数千英尺的绝壁，滑向虚无的深渊。

她能听到露比急促的呼吸声，知道露比很害怕，她无法安慰露比，只能专心致志地开车。

最后，她们终于来到了山脚下。

透过车头灯，她看到潮水般的大雪飞快地横扫北极冻土带。

她们后面是连绵的群山，形成一道七百英里宽的天然屏障，将阿拉斯加一分为二，不可能翻过去，也不可能绕过去。而在她们前面，再走一百七十英里，才能到达戴德霍斯和北冰洋。

她想起了那个司机的话："……那里连棵能遮挡狂风的树都没有。暴风雪横扫当地，让人感觉就好像到了地狱里。那儿可是八万八千平方英里的不毛之地……"

风太大了，就跟威震天一样厉害。雪也更大了，像是大雪组成了天花板，马上就要塌到我们头上。

我们开始颤动，估计是风吹得我们在动，母亲说不是风吹的。她说轮胎结冰了，不能正常运转，她必须得去把冰铲掉。她并没有说"不然的话那个人会追上我们"，可我知道，她就是这个意思。我们根本就不知道雪崩有没有阻止他。母亲丢阿奇兹先生衣服的计划兴许也没有奏效。

你知道罗马的户外斗兽场吗？他们让奴隶和狮子在那里角斗。这就好像我们正处在这样一个漆黑冰冷的斗兽场里，被放出来伤害我们的不是狮子，而是一个人，这个人平白无故杀死了一头麝牛、一只乌鸦、一匹狼和北极狐幼崽。

雅思明匆匆穿上极地防寒服，她花了很久才穿上，不由得十分气馁——先穿内层，然后穿中间层，最后是外层；她的手指飞快地拉着拉链，贴上魔术贴。在此期间，油罐车可能距离她们越来越近。外面的气温是零下四十二度，再加上凛冽的寒风，感觉就更冷了，她需要这些衣物的保护，不然就会患上低体温症，并被冻伤，那样就没人保护露比了。她在穿衣服的时候，被冻伤的手一动就疼得钻心，她还是很开心，因为会疼就意味着神经并未受损。她从阿迪布的工具箱里拿出一把锤子，放进风雪大衣的衣兜，用右手拿着手电。她真想戴上厚手套呀，只是那样她就抓不住锤子，于是，她只戴了手套衬里和极地工作手套。

她开着加热器，出了驾驶室。她让露比又穿了几件衣服，这样在她开门时，寒风吹进来，才不会冻着露比。

她爬到第一级台阶，这时狂风吹来，她猛地撞到了卡车一侧，撞到了脸，然后摔到地上。她躺在雪地里，浑身都疼，然后她转过身，面对攻击者——一定是那个油罐车司机。不过她并没有看到任何人。攻击她的是飓风。她从未在自然界中听过这样的声音，活像喷气发动机尖啸着，从这片冻土带上横扫而过。她的右手依旧紧紧握着手电筒，她自我保护的本能竟然是抓住光，而不是自救。谢天谢地，厚衣服起了缓冲作用，她才没严重摔伤。

雪太大了，雪花像是连接在一起，凝结成了固体。她用手和膝盖支撑起身体，趴在地上，一点点向卡车侧面移动。

她的眼睛灼痛不已，仿佛滚烫的灰烬飘到了她的眼睛里；眼睛下方的皮肤也是火辣辣地疼。刚才摔倒的时候，她的护目镜移位了。就连做眨眼这个动作都越发困难，她的睫毛就像冻结在了一起一样。

她感觉严寒将她包围了，寒冷就是一个用黑暗组成的掠夺者。

锤子正好在她的身体下方，硌得她生疼。她抽出锤子，滑到卡车下面，在这里可以稍稍躲一躲极地飓风。她的眼睛被冻住了，睫毛也被冻到了一起，她闭着眼睛，根本睁不开。她一次又一次使劲用大衣袖子摸脸，却不起作用。她现在拥有的唯一温暖的东西就是她自己的呼吸。她将帽兜拉到眼睛上方，这样她的眼睛和嘴巴就处在同一片微型区域里，渐渐地，她呼出来的气温暖了眼睑，最后眼睑终于解冻了，她又能看到东西了。她将护目镜戴到眼上，护目镜周围结了冰，无法紧紧地贴合在她的皮肤上。

她用手电照着轮胎，就跟她担心的一样，轮胎上结了厚厚的冰。她用锤子敲击冰层，却发现冰像金属一样硬，根本纹丝不动。她又用力敲了好几下，每一次她都要更用力地握住锤子。她想起了很多年前，她和马修无数次一起乘坐海岸巴士，到克莱去。第一站是海边的霍尔姆，然后是索恩汉姆、特科维尔、布兰科斯特、布兰科斯特斯泰斯。她每敲击一下寒冰，就回想一站。伯纳姆迪普戴尔、伯纳姆马基特、伯纳姆奥弗雷、霍尔汉姆、维尔斯、克莱。

当她第二十次敲击硬冰的时候，她再也想不起下一个海边小村庄是哪个了，也想不起它们的名字了，她连锤子都抓不住了。记忆衰退和抓握力减弱都是低体温症的初期症状。她必须回到驾驶室。

她不再用手电照轮胎，而是照向黑暗。天空、大地和风雪组合成了一个陌生的整体，看起来没有边际。她觉得悲伤就是这个样子，她母亲去世的时候，她的心里就是这样，只剩下无尽的孤独和阴郁。

而马修就在那里。

她扯着嗓子，对着黑暗大声呼喊他的名字。尽管她张开嘴巴，她的肺也奋力工作，让她喊出他的名字，风却将她的声音吹散了，她根本就不知道她到底有没有发出声音。这就如同她在她的周围创造出了一个空洞，她再也不知道她是不是依旧存在于这个地方。

她踏上台阶，走向驾驶室，飓风一次次吹向她，要将她吹走，她的双脚已经麻木。

车头灯一直开着，站在最高的台阶上，她能看到一块凸出的岩层，比卡车高一点，位于她们前方大约十米的地方，而公路则在这块岩层一侧延伸出去。她们可以躲到那块岩层下面，直到暴风雪停止。

她回过头，想看看是不是能看到油罐车，太黑了，雪又大，她什么都看不到，而且狂风呼啸，她也听不到他的声音。可他同样看不到、听不到她们。在这样的环境下，他们都不可能开车。他准和她们一样，等雪停下。

母亲回来了。她的脸红红的，护目镜周围的皮肤在流血，像是寒冷把她咬伤了。我摘掉她那双布满冰的手套，加热器开到了最大功率。

她又开动了车子，只用右手抓着方向盘，我想她的左手肯定疼得厉害。雪太大了，好像我们毫无遮掩地被困在了雪中。

卡车依旧震颤得厉害，甚至都把我从座位上颠了起来，安全带狠狠地勒入了我的肉里。

母亲停下车，我能看到雪地里有细小的缝隙。

"这个地方不错，我们可以在这里等到雪停。"母亲说。

岩石挡住了风，吹到我们卡车上的风不那么猛烈了，像是大风无法再用它的手击打我们。

母亲对我笑笑："就算油罐车司机翻过了山，我们在这里，他也发现不了我们。"

暴风雪、油罐车司机和发邮件的人一起困在又大又黑的斗兽场，都叫我很害怕，我也很为父亲担心。

我用手比画出D的形状。

母亲一把抱住我。她还穿着风雪大衣，袖子上结了一层冰。她脱掉大衣，以免冻得我发抖。

"他在冰屋里。"她说，"他一定不会有事的。伊努皮克人都经历了好几个世纪这样的暴雪了。"

我看得出来，她是真的相信了。冰屋比帐篷好多了，因为帐篷会被风吹垮。

雅思明知道，关于结婚戒指，关于冬天来这里拍摄野生动物，马修说的都是真话，他还告诉露比，他能造冰屋。现在，她相信他说的每一句话。相信马修就意味着他是安全的。

她很为他担心，仿佛恐惧在她心里变成了一个有生命的东西，可她不能允许她自己去想他，现在还不能。她当下的重中之重，也是她唯一切实可做的事，就是保护露比，让露比毫发无损地熬过这场暴风雪。

第 **16** 章

　　母亲翻出了我们箱子里的所有东西，我们穿上了我们所有的衣服。首先穿紧身的衣服，再将宽松的衣服套在外面。最难穿的就是袖子了，母亲帮我将一件又一件衣服的袖子拉上去，她无法照常使用左手，这只手被冻伤了。她帮我把阿奇兹先生的风雪大衣穿在所有衣服外面，这衣服有股柠檬肥皂味，阿奇兹先生的身上闻起来就是这个味，只是我不知道这一点，直到我闻到了柠檬肥皂的气味，才想起来。我想要母亲穿这件衣服，可她不同意。

　　车头灯关了，这下我们就看不到外面了。有时候感觉我们好像在动，其实是风在吹我们。母亲肯定是在注意聆听，她一直身体僵硬，像是在扮演雕像。

　　母亲说，等到警察开直升机来救我们，她一定会说服他们相信父亲还活着，并且让他们到安纳图去找他。她说，要是有必要，她就会劫持他们那架该死的直升机。我以前读唇语的时候，从未见过她说"该死的"这几个字，父亲倒是常说这个词，比如在堵车的时候。我喜欢她说这几个字时候的口型，她的嘴唇在说到末尾的时候会闭紧，好像她真的下定决心这么做了。

她把阿奇兹先生的睡袋裹在我身上，这上面也散发着柠檬味。她说我应该睡一觉，这样时间会过得快一点。在我小时候，她告诉我，睡觉就好像是时空旅行，你只是离开了一会儿，等你再回到地球，却是很久以后了。于是，我闭上了眼睛。

雅思明很高兴露比听不到猛烈的风声；她们上方平流层中的极地旋涡移动到地球上，就变成了飓风，可以将卡车吹得晃动起来，在冻土带上引起水平雪崩。

卡车里的温度计显示外面的气温是零下四十三度①，再加上寒风，就更冷了。车厢内的温度计显示里面的温度是五十度。她们穿上了尽可能多的衣服，不过她不知道，要是引擎不工作了，她们能存活多久。

她打开电台，希望能听到警方已经冒着飓风和暴雪，来救她们了，她很清楚，就连她自己都知道这是疯狂的行为。电台里传来的唯一声音便是困在戴德霍斯、科尔德富特镇和费尔班克斯的司机在抱怨不光耽误了时间，还耽误了他们赚钱。他们的声音多多少少给

---

① 文中提到的温度均为华氏温度。

了她一点安慰，于是，她没有将电台关闭。

露比在她身边睡着了。雅思明想起，当露比看到电子邮件里的北极狐幼崽，知道照片不是她父亲发来的，不仅脸色发白，就连身体都在颤抖。露比当时认为他并没有求生工具或掩体。

她还记得就在她找地方掉头的时候，露比说：

"不行！我们绝不能丢下他不管！"

然后，她看到前面有一个可以掉头的地方。

"他会死的！妈妈，求你了！"

就在她将车开向那个掉头地点的时候，露比把笔记本电脑举到她的面前。

"**到时候就只剩下我孤零零的一个人了！**"

还有那个时候，油罐车就在她后面，车头灯晃得她睁不开眼，她只能向前开，道路陡峭，狂风呼啸，路况非常危险，她不能去想露比说了什么，也看不到她在电脑上打了什么；她感觉到她作为母亲的挫败感在黑暗中一直追随着她。

她打开露比笔记本电脑上的最后一个文件。

这就是我的语言，妈妈。这就是我在说话。

这是我在大喊！

这就是我的声音。

这就是我。

马修能理解这些。露比因此更爱他。

她轻抚着露比的面罩，如同这样就可以抚平面罩下露比脸上的疲倦和焦虑。

她打开露比的博客。

aweekinalaskablog.com

大家好，我是露比·埃弗雷森，我爸爸马修·埃弗雷森是个野生动物摄影师，我们一起把我们在阿拉斯加的经历写在了这个博客里。

（你觉得这么说可以吗，爸爸？要是你能写点更好的替换这段话，我是不会有意见的。我会等到你来才把博客发出去。我先把麝牛的照片传上来。等到我们发表博客的时候，再把这段话删了！）

露比上传了那张被肢解的麝牛的照片，并且一丝不苟地复制了那串数字。

（这是你为工作拍的吗，爸爸？但愿是。要是别人在我们的博客上看到这照片，兴许会觉得很恶心。你拍摄这张照片，是因为这头麝牛的个头很大，而狼群很少杀死这么大的动物？它是不是病了，要不就是受伤了？我们会看到活的麝牛，对吧？这样我就能写麝牛，并且上传一张不一样的照片，你还能补充我遗漏的内容。)

　　露比绞尽脑汁将这张怪异的照片当作自然世界的一部分，当作是她父亲发来的，雅思明还记得她当时的表情。她当时就意识到露比不再相信她告诉她的话，露比创造出了她自己的证据，证明她父亲还活着。露比心甘情愿受骗，相信照片是她父亲发来的，而且，露比还精心地把那个人发来的东西写成了博客，为此，雅思明很生气，也很悲痛。

　　麝牛看起来真是个大块头，也很吓人，其实，它们是温和的食草动物，会用巨大的蹄子把冰踩碎饮水，在雪地里走并且不会陷进去。伊努皮克人把麝牛叫"雅明马克"，意思是"大胡子"。

　　雅思明还记得露比给她讲过麝牛的事，可她打断了露比，让露比开口讲话，而且一心只想露比用嘴说话。露比肯定感觉到她没兴趣了——她有没有试图掩饰来着？她看了看露比写的内容，如果她允许露比说，那她早就能听到它们了。

　　麝牛是勇敢的物种。狼群会猎杀麝牛，而且总是杀死最小的麝牛（几乎总是这样）。因此，当它们看到狼群，所有成年麝牛就会围成一圈，将刚出生的牛宝宝和小牛围在中间。它们把屁股冲着圈子里面，牛角冲外，表现出一副凶巴巴的样子。在大约一百年前，人们猎捕麝牛，麝牛就将它们的宝宝围在圈子里，然后一动不动，猎人就开枪把它们打死。一头麝牛受伤了，它们就围住受伤的同伴，以此来保护它。猎人认为它们很愚蠢，但其实它们很勇敢。

雅思明被露比对麝牛的描写感动了，她的这些知识也叫雅思明惊讶。她点击博客的下一页。

露比将死乌鸦的照片上传了，也认真地复制了那串数字。

（你和我说过很多关于乌鸦的知识，那我就根据我知道的，写了下来，以后你可以补充。）

乌鸦是体形最大的鸣禽，能唱很多种不同的歌曲。它们受惊的时候唱歌，和彼此说话的时候也唱歌。乌鸦叫起来呱呱呱，声音很沙哑，一般情况下，它们都很喜欢唱歌。

乌鸦在选择伴侣之后，就会一辈子不离不弃。它们是忠诚的鸟儿。有时候，它们能在一起生活三十年之久。

乌鸦在飞翔的时候会翻筋斗或是滚桶。有时候，它们会衔着树枝或羽毛飞行，并将这些东西交给它们的同伴，像是在空中玩传球。

雅思明仿佛能听到马修给露比讲乌鸦的习性，而露比很喜欢听；她能感觉到他们之间的融融暖意。

乌鸦宝宝长大以后，会和父母一起生活一年。有时候会出现第三只乌鸦，就好比教父乌鸦，帮助乌鸦父母找食物喂养小乌鸦，帮助教养它们。乌鸦是超酷的模仿者，就喜欢开玩笑；它们能模仿其他动物，甚至还能模仿人。

乌鸦一整个冬天都住在阿拉斯加。要是有覆盖着白雪的小山，它们可喜欢从山上滑下来了，如同在滑雪橇，它们轮流着，一次滑下来一只。它们不光和同类玩，也和走兽们玩，甚至还能和狼呀、熊呀这些猛兽玩。是不是很不可思议？

是呀，很不可思议，雅思明心想。她又看看那张照片，这次她看到的不是西方文学中的邪恶之鸟，也不是伦敦塔中充满象征意义的笼鸟，她看到的乌鸦会唱歌，喜欢滑雪，并且一生只忠于一个伴侣。难怪露比这么喜欢乌鸦，难怪马修这么喜欢乌鸦。她已经明白这里确实有很多野生动物供马修拍摄，现在，她还弄明白了，他为什么想要拍摄这些动物。

露比之前想给她讲一个关于乌鸦的伊努皮克传说。她却偏要让露比使用她自己的声音。然后，露比没有用嘴说，她就以为根本没有什么传说。

她点击下一页博客。

一张照片呈现在屏幕上，里面的死狼的大部分身体都被埋在雪地里。她又看了看右下角闪闪发光的索具，以及一条因纽特犬。

露比没有给她讲过狼的事。连一件事都没讲过。露比甚至没有尝试这么做。

她是不是经常在不自觉的情况下逼得露比沉默下来？

（爸爸，你为什么要拍这张照片？是因为这些可怜的狼被困在了雪地里？我还以为阿拉斯加的动物都很厉害，不会被陷在雪地里呢。我想这些照片不是用来放在博客上的，而是你工作中要用到的。等我们见面的时候，你一定要给我讲明白呀。

我还是很想写我们的博客，因为在我写的时候，就好像你陪在我身边。

我们会见到狼，是不是？活生生的狼，有着厚厚的白色皮毛？那样我就可以把我和你看到的狼写下来了。）

雅思明听到有人在电台上说到她的名字。

"雅思明，但愿你在听电台。"

她在十五分钟前打开了电台，就是想听听人声。现在她把音量调大。说话的是科比。

"如果你之前就听到我说了十几次了，那我很抱歉我重复了这么多次。要是有任何人受够了我说的话，要在电台上打断我，那就到科尔德富特镇来找我理论好了。"

这就好像狂怒的暴雪拥有平静的嗓音。

"很好，这么说你把孩子带在身边了。"科比又说，他肯定为此而鄙视她，然而，他的声音很和蔼，"我们需要照顾好她，是不是？

你们两个一定要做好保暖工作，这样你们才能平安挺过这场暴雪。宾找来了在科尔德富特镇的伙伴们，我们一起写了一张备忘单，列明了最佳防冻方法。"

她心想，等到这一切都结束了，她一定很喜欢在备忘单上列明如何在北极冰冻带的极地暴雪中求生这个创意。有了科比和她说话，她相信这一切会有结束的那一刻。

"首先，你们要穿上现有的所有衣物。要是你有三顶帽子，就把它们都戴上，明白了吗？把睡袋、毛巾，反正是类似的东西，都披在身上。"

她感觉他给了她一张镀金贴纸，还很想吹嘘他就是这么做的。

"你大概是把特别暖和的加热器开到最大了吧？我们需要确保你的排气装置不会排出一氧化碳。"

雅思明知道，困在车里的人有时候是一氧化碳中毒死的，因为大雪堵住了排气管。好在卡车的排气管非常高，她觉得这算不上安全隐患。

"你能看到排气管里出来的是什么吗？"科比问，"要是你看得见，是不是觉得很有意思，就跟稠密的波涛一样？这就表示排气管受损了。"

受损表示排气管会出故障，而不是堵塞。天黑雪又大，根本不可能看清楚排出来的是什么。就算她看得清，大风也会立即将排出来的气体吹散。

"我猜你那里风声很大，不过你是不是能听到车底发出了什么声音？像是很响的隆隆声？出现了裂口，就会出现隆隆声。"

雅思明并没有注意到怪声，其他需要她关注的事情太多了，她可能漏掉了。她之前看到轮胎上结了冰，就跟铁一样硬，极具破坏性；排气系统很可能会被冻裂。而且，如果裂口出现在驾驶室下方的那段排气管上，就会泄漏一氧化碳。

离开科尔德富特镇后，她睡着了，当时散热器一直开着，不过从那时候开始，电池的消耗量很大。

她给露比盖好睡袋，关掉引擎，散热器和灯光立即熄灭了。

科比的声音依旧在黑暗中响起。

"我们假设你遇到了最糟糕的情况，车子已经受损了。那么在打开引擎的时候，就把窗户打开一条缝，两边都要打开，保持空气流通，这样才不至于中毒。布兰迪说最好每小时开十分钟发动机，所以我想每半小时开五分钟没问题。"

她看了看露比笔记本电脑上的时钟，屏幕是背光的，电脑的电量很充足。再过半个小时才能打开引擎。

"阿迪布肯定在驾驶室里放了一个工具箱。"科比继续慢条斯理地说，声音很平静，"要是他的驾驶室和我的一样，那最可能放在中间的隔层里。他的工具箱里肯定有刀。你用刀割破座套，取出里面的保温材料。然后把保温材料垫在你的衣服里，也要放在你的头上。"

雅思明在隔层里找了找，找到了一把斯坦利木工刀、厚胶布、螺丝刀和一把小碎冰锤。她拿出木工刀。

"不知道你有没有听到警方给你的信息？"科比又说，"他们告诉你，千万不能从驾驶室里出来。雪停了就另当别论了。不管任何原因都要待在里面。不要挂断，其他人正在告诉我我漏掉了什么。"

她想象那些司机围坐在科尔德富特镇小餐馆的一张桌边，面前摆着热咖啡，跺着脚保暖，她觉得就算在室内，也很冷。他们并不知道她是不是还活着，甚至是不是在听，即便如此，他们还是在尝试提供帮助，她真的感动极了。

"好的，听好了，雅思明。我下面要说的非常重要。你必须保持清醒，因为你要记得关掉加热器。要是你已经开始觉得冷了，就尽可能动动胳膊和腿，保持血液循环。我知道驾驶室很窄小，但还是要尽可能运动。"

她用木工刀切开了坐垫，里面有棉絮。要是她割开的口子够长，就能把棉絮都拉出来，裹在露比身上，为她额外多添一层保护。

"加布说，等到你能安全出去的时候，就在收音机天线上系点彩色的东西。不过我估计直升机一眼就能看到你们，毕竟整条路上就只有你们，用不着太担心这个。"接下来是一阵停顿，雅思明真担心他不再说话了。

"我知道你不能在电台上出声。"科比继续说，"你觉得有个疯子在跟踪你。我无法肯定，不过假设真有这样一个疯子，而且你觉得确实有，所以我也相信，你不能回答，不能透露一点点消息，对不对？我隔一段时间就会接通电台，尽我的绵薄之力，直到这场暴风雪停下。明白吗？很好。"

她真希望能说句谢谢。

外面的气温降到了零下四十五度，里面是五十度。她不知道驾驶室内气温的下降速度有多快。等到变冷了，她就得叫醒露比，让她动起来，维持血液循环。

在黑暗的驾驶室中，露比紧挨着她睡得正香，她继续看露比的博客。

我知道很多人都怕狼，他们以为所有的狼都跟《小红帽》里的狼一个样，认为狼是恶毒的动物，只会杀戮；也可能是因为狼会发出可怕的叫声。其实，狼不是这样的，北极狼尤为如此。它们非常美丽，有厚厚的白色皮毛，专门用来抵御严寒。而且北极狼的个头不大。我觉得，人们最不喜欢狼的地方，就是它们总是成群结队，包围动物。比如一群麝牛，它们会把小麝牛驱赶出麝牛群，并将之杀死。只是狼比麝牛的个子小多了，只能成群结队狩猎。它们总得吃东西，不然就会饿死。它们没有多少体能去追捕动物，在阿拉斯加，保暖可是一件时刻都需要做的事，所以，它们只会抓需要消耗最少体能就能捕获的猎物。

我们也吃羔羊肉，对不对？没人愿意吃很老的羊肉。不过依我看，狼不介意麝牛吃起来味道如何。

雅思明能想象到马修看了露比这篇絮絮叨叨的博客一定会笑，并且很喜欢。她和狼倒有着相似之处，都是将所有体力用来求生。

她一直以为当露比坐在电脑前，会很孤独，脱离真实的世界，进入了虚拟空间，周围都是陌生人，可她并没意识到，网络世界也可能这样舒适宜人。

她的思绪回到了苏格兰，当时，她气露比写博客，却不理解这是露比和马修两个人的博客，是他们交流和亲近的地方。他们有很多这样的地方，博客只是其中之一。她本可以——本应该——也找到这样的地方，与露比交流。

博客还有一页。她觉得，当露比看到死北极狐幼崽可爱的脸上布满了血迹，她终于弄清楚了，这些照片不是她父亲发来的，因此不再写了。

驾驶室里的温度降得很快。她摘掉右手手套，摸了摸露比的脸，在露比生病的时候，她这么做了无数次。露比的额头是温热的，她决定让露比再睡一会儿。跟着，她看起了最后一页。

（爸爸，我今天看到了超酷的东西！我希望这也算是阿拉斯加的奇异景象之一，但愿这没问题。我没拍照，不过等到我们和你会合了，我们可以一起拍一张。）

我看到了三个月亮！

我对天发誓我真看到了！

有一个月亮是真正的，其余两个月亮位于这个月亮的两侧，叫作月亮狗。妈妈给我讲了它的由来。这种天文现象的正式名称是幻月。是月光从冰晶反射回来形成的。真是美极了。看起来好像三个月亮在分享天空。

此时驾驶室里的温度是二十八度，外面是零下四十六度。还要再过十五分钟，她才能打开加热器。

她在露比的电脑上打开一个新文件，通篇只打了一个符号"."。

这会儿，都能看到我们呼出来的气了。阿奇兹先生的柠檬香味不见了，所有味道都没有了，寒冷驱散了气味。

大风猛吹我们的卡车，感觉好像我们是一艘战舰，正顶着暴风雨行驶在大海上。

母亲是军士长，说我们必须穿上所有东西——"全部，露比。"就这样，我们甚至拿出毛巾，放在帽子里，多加一层保暖物，等到这东西变暖了，我的头发就会传出一股牙膏味。学校允许我放假，前提是我必须交作业，我现在却在撕书，用书页来保暖。不过这可是最好的借口了——"我只能把我的作业撕了，不然我就会得低体温症！"

我把阿奇兹先生的地图折好，非常小心地放在我的衣服里面，那上面有安纳图，父亲就在安纳图，我们不愿意把它扯烂。

母亲查看了温度计，里面华氏二十一度，外面零下四十八度。我们开着驾驶室里的小灯和"魔力声音"软件。我和母亲戴上了父亲为我们准备的特殊手套，这样我们依旧可以打手语。要是我们不能说话，我肯定会很害怕的。

母亲说，她觉得我们正好处在风眼上。我看向挡风玻璃的外面，想看看是不是有邪恶的眼睛在盯着我们，就好像《指环王》里的魔王索伦，却只看到映在车窗上的我们的脸，不过看起来一点也不像我们的脸，因为我们戴着护目镜和面罩，还戴了很多帽子。

这会儿，我们在跺脚，挥动手臂，母亲说我们必须保持警惕。她说我们的任务就是让对方保持清醒。所以，我们要给对方讲一件有趣的事。我先来，只是我不晓得该给母亲讲什么。我想她肯定看出我的心思了。

"你能给我讲讲海冰上那个伊努皮克猎人的故事吗？"她问。

我老早以前就想给她讲了，那时候我们和阿奇兹先生在一起，这是个欢乐的故事，我觉得她听了一定会高兴起来。可她觉得没意思。

"你真想听？"我问。

"这是当然。"她说，我看得出来，她在面罩下露出一个灿烂的妈妈式笑容。

"好吧。一个猎人被困在一块海冰里，他很孤独，只能靠一个呼吸孔过活。"我说，"这块冰特别厚，看起来就像陆地的一部分。"

她冲我一颔首，示意我继续讲，好像她真的兴致盎然。

"他只能一动不动地坐着。就这么过了无数个小时。大风越来越猛烈，我想就跟现在一样吧。在风的吹动下，冰和陆地分离，漂进了大海里。一开始，那个猎人根本不知道他所在的这块冰脱离了陆地。他不知道，在他和岸边之间，是深不见底的大海。可怜的猎人就在冰里，渐渐向大海深处漂去。爸爸说，有时候猎人淹死了或是冻死了，他们的家人却一直抱着希望。"

父亲就是这么说的——抱着希望。希望是很温暖的东西，应该抱在身边才对。

"露比？你说他们的家人抱着希望？"

她担心我的精神不够集中，可我只是在琢磨"希望"这回事。

"是的。这个猎人是伊思素鲁克，"我用手指拼出这个单词，"意思是'坚强有耐力的猎人'。他坐在冰里，一直漂到了西伯利亚。转年冬天，他穿越冰冻的大海，回到了家人的身边。"

母亲冲我笑笑，我能看到护目镜下她泪光闪闪，我想眼泪刺痛了她的眼睛，她的眼睛更红了。

"这是个很棒的故事，露比。"

我也这么觉得，不过真希望是父亲讲给她听，他可比我讲得好多了。

我们抬起穿着巨大靴子的脚猛踩，袜子穿了好几双，弄得靴子很紧，我们还假装是在白金汉宫门前游行，有游客给我们拍照，我想象着白金汉宫门前都是雪，戴着黑熊皮帽的士兵不再游行，而是停下来打雪仗。我原地跑，挥舞着手臂，假装在丢雪球。母亲说我做得很好。她做起这个动作来比我难多了，只能弯着腰假装游行和打雪仗。

阿奇兹先生的温度计显示里面十七度，外面零下四十九度。

现在，我跳了起来，母亲也在跳，不过她只能蹲着跳，我们挥动胳膊，像是我们认识的人得了冠军，我们在为他们欢呼。我们假装是波斯利在狗狗比赛里得了奖，不过波斯利只会冲到人面前，晃尾巴，盼着别人抚摩它。我们的手臂总是碰到一起，没法大幅度挥动手臂。

母亲说我现在是一个在飞机场里举着旗子、告诉飞机该停到哪里的人，而我碰到了一架大型喷气式客机，飞行员是个近视，这样一来，我手臂的动作必须很大才行。

"你告诉阿奇兹先生你喜欢音乐？"她说，然后用手指拼出了"勃拉姆斯"这个单词。

我真不知道她竟然听到了我和阿奇兹先生说的话。

"听他的交响曲，能看到一艘战舰在暴风雨中前行。"我说，母亲笑了。我想母亲肯定也感觉我们置身于这首乐曲之中了。

"你还有什么喜欢的音乐？"母亲问。

不过，现在轮到她给我讲一件有意思的事情了。

"快说呀，露比，我很想知道。"

"我还喜欢流行音乐。"我说，"最喜欢披头士乐队，他们的歌中蕴含了很多画面。"

"《黄色潜水艇》？"母亲问，"我最喜欢这首歌了。"

"是呀，还有《章鱼花园》。我最喜欢的是《露西在缀满钻石的天空》。我也很喜欢蕾哈娜关于钻石和星辰的歌。"

现在打手语很费力，好像我的手刚刚结束了长跑。再也不能从挡风玻璃上看到我们的脸了。就连玻璃里面都结了旋涡形状的冰，有些地方的冰比其他地方厚很多。

"露比，我们在说音乐吗？"

"有时候我很喜欢跳舞。"我说,"只要音乐足够响。"

我用美国手语比画出"跳舞"这个词,用左手表示舞池,用右手的两根手指比画出跳舞的样子。

我看着母亲,我能从她护目镜下的眼睛看出,她听到这个很开心,要是我能早点告诉她就好了。

"要是不铺地毯,我就能从地面上感觉到音乐,还能感觉到音乐贯穿我的全身。我能模仿其他人的舞步,如果他们能比画手语,那就太好了。"

吉米说我跳起舞来真是绝妙,是很棒的酱料。("绝妙"是我们在那个星期常说的词,我们觉得这个词就像是穿着紫色喇叭裤的嬉皮士。)

"你们在什么地方跳舞?"母亲问。她其实很想让我在学校里跳芭蕾,不过我不喜欢芭蕾舞。

"在吉米家。"我说,"他妈妈老是冲他大呼小叫,让他把音乐关小点,他从来不听。"

她说音乐声简直"震耳欲聋",我和吉米觉得这个词真滑稽。

"吉米是个不错的小伙子。"母亲说,"我有个主意,我们来跳舞吧!"

只要一呼吸,就刺痛不已,像是吸进了烈蚁,它们用尖锐的钳子刺你。我觉得要是不戴手套就摸门把手,皮肤一定会粘在上面。

"我来唱歌。"母亲说,"蕾哈娜的歌。"

我对她做了个鬼脸,不过我戴着面罩,她兴许看不到。但是,她知道了，我看得出，她被我逗笑了。

"那我唱约翰·列侬的吧，不唱蕾哈娜的。"她说，护目镜后她的眼睛依旧笑眯眯的。

她拉下面罩，让我读唇语，所以我知道她在唱《露西在缀满钻石的天空》，她在唱的同时还打手语。父亲说过，歌声美妙动听，就算听不懂歌词也不要紧。我觉得手语也是如此，手语本身就很美丽。

唱歌和打手语都是基于相同的字母。

母亲一边唱一边打手语，她说到了柑橘树和橘子酱色的天空。想想这些倒是不错，就用不着老是惦记寒冷和害怕了。

母亲一说话就会呼出一小团白气，看到词语附着哈气真有意思，像是能看得出词语由呼吸组成。我很想知道是不是每个词都有它们自己的特殊形状。语言治疗师给我讲过呼吸的声音，现在我能看到呼吸了。要是我们住在这么冷的地方，我就能学会读懂空气中词汇的形状。

这会儿，母亲开始唱蕾哈娜的《钻石》了。在她用手语比画出"流星"的时候，我们都很想笑。我从没对任何人讲过这件事：就在上个学期，母亲给我讲了性知识，毕竟我明年就要上中学了，必须知道大人的那些事。她告诉我，"星星"的手语很像"阴道"的手语，所以，在比画"星星"的时候，一定得非常仔细才行。跟着，我们一块笑了很久，她说把阴道叫星星很不错。当她在唱蕾哈娜的歌时比画出"星星"的手语，我们一块哈哈笑了起来，只是一笑就很疼，烈蚁一个劲地在身体里面刺我。

母亲说根本就没有流星这回事。所谓流星，其实就是小块尘埃和石块坠落到地球大气层后燃烧；我觉得如果是这样，这首歌就更好了，这真的很刺激，还不必担心阴道和流星了。

我们现在可算不上跳舞，只能说是尽可能地移动身体，假装是在跳舞。过了一会儿，她不再唱歌和打手语，护目镜下她的眼睛里也不再充盈着笑意，笑纹也不见了。

"你和吉米闹别扭了？"母亲说。

他们经常唱一首歌：

吉米和露比，

坐在大树底，

亲亲，亲亲。

他们说，这首歌很押韵。

学校操场上根本没有树。就算有，我也是和吉米一起爬上去，或是在树底下扎营。

这首歌根本是在乱说。

"露比？"母亲说。

雅思明等露比打手语回答她，可露比没有。马修说过，吉米和露比不像从前那样亲密无间了，为了这件事，她很担心露比，不过转念一想，又觉得这件事会激励她去交新朋友。

露比在她身边一动不动。通过露比那僵硬的身体，雅思明能感觉到她心中强烈的孤独。

"好啦，露比，我们接着跳舞吧！"

她真不该提到吉米。她必须让露比动起来。要是她们能正常地走路、跑步、跳来跳去就好了，但她们只能待在这个又小又冷的驾驶室里，等暴雪减弱。她的面罩依旧拉下，方便露比看到她的嘴唇，看到露比的手指在比画手语，她愿意做任何事，帮助露比集中注意力，保持清醒。

温度计显示此时驾驶室内的温度是十度，外面是零下五十度。还要再等八分钟，才能打开发动机，可她不确定露比是否能等这么久。

呼吸变得特别特别难，我的肺里都是蚂蚁，没有空间存放空气了。有一个怪物，它是用寒冷做成的，就跟人行道边缘一样硬，它在黑暗中向我们扑过来，它穿透了挡风玻璃、车门和车窗，唯一能对抗它的武器就是热气，可我们现在没有热气。我拉着母亲的手，想用跳舞这个法子把它赶走，可我跳不动了，我的腿不能动弹了。怪物逐渐向我逼近，露出了獠牙，一排排的尖牙就跟剪刀一样锋利，它要把我咬成碎片，我打手语告诉母亲"救救我！"，她毫不犹豫地打开了发动机。

加热器开了三分钟，母亲打开灯，我的笔记本电脑在充电。车窗打开了，不过只打开了一条缝。挡风玻璃上的冰依旧很厚，呈现出旋涡形，一呼吸就呼出一团气，不过呼吸不那么刺痛了，那个怪物离开了一点点，却还在黑暗中盯着我们。母亲打开了我的博客，我希望她关上。

"还能开多久？"我问母亲。

"两分钟。"

我强忍着，不去为了再次关掉加热器而害怕。

"你的博客写得很棒，露比。刚才你睡觉的时候我看过了。"

我摇摇头，我气坏了，我怎么这么傻，竟然以为那些邮件是父亲发来的。

"我写了点东西给你。不是博客，只是些很有意思的内容。"

我看着笔记本电脑上的博客，然后看到了她打的"."。这个点占了整整一页。

"这是什么呀？"

"等会儿告诉你。这就是我要给你讲的有意思的事。"

只剩下一分钟了，怪物在我们周围徘徊，它用爪子抓挠挡风玻璃，伺机破窗而入，母亲肯定知道了，因为她紧紧握住了我的手。然后她抽回手，打手语给我看："这场暴风雪一定会过去的。我们一定不会有事。"我努力像她一样勇敢。

"现在我必须关掉发动机了。对不起。"

开了发动机后，驾驶室里的温度升高到了二十八度。驾驶室之前并没有变得极冷，只是现在温度又要骤然下跌。雅思明担心这次温度会下降得更严重。

"你引导一架飞机停好了，现在我给你讲一件有意思的事。"

"关于那个句号[1]？"露比打起手语来非常慢。

"是的。"

露比站起来，雅思明发现她很难保持平衡。她还没暖和过来。雅思明必须尽快再次开动引擎，然而，她必须将它关闭尽可能长的时间。

"如果你把那一页打印出来，"母亲说，"那么空白的地方表示太空，而句号就好像地球。"

我看着那个"．"，想到我、父亲和母亲住在"．"里，真是太合适了。

"这也不准确。"母亲说，"句号应该位于一本全是空白页的书里。不光是一本书，而是数千个图书馆里成千上万本书。"

我看着那个"．"，我们真是太渺小了。像是我们根本不存在似的。

母亲笑了。"你知道最不可思议的是什么吗？"她问，我摇摇头，"那就是竟然有一个句号！竟然有一个叫作地球的神奇星球，那里有水，有大气，可以让生命存活。而且，我们就在地球上。这样的概率是多少，露比？"

---

[1] 英文中句号是一个实心点"．"。

我很想对她笑笑。我太累了，没法移动嘴唇做出笑的动作。

"要一直挥动手臂呀。"母亲说，但我的手臂一点也动不了。我的大型空中客车要撞上它边上的飞机了。

"给我讲讲你参观聋哑学校的感受吧。"她说。

她知道，说到这个话题，必定可以让我清醒过来。但是，我更希望她再给我讲讲我们的句号星球。现在轮到我给她讲有意思的故事了。

"我真的很想听听。"她说。

雅思明还记得那天露比和马修回到家，露比说，"就是个学校而已，妈妈。"看到露比不喜欢去那里，她松了口气。

可这个学校很大。而她所谓的普通学校很孤独，叫人筋疲力尽，往往还很残酷，更不讨人喜欢。

露比在打手语，她的动作很沉重，雅思明看不懂她在表达什么。

我想告诉母亲，我不是"那个聋哑女孩"，我是露比。就在我想打手语时，我的手指却不听使唤了。我很想告诉她，在聋哑学校，你可以擅长做鬼脸，数学成绩很烂，休息时间做有趣的游戏，说弥天大谎，这很有意思，所以没人会介意，大家一开始就能明白你的笑话，理解你，开始认识你这个人。就算他们一开始没有这样，慢慢地也会这么做。最棒的就是要是有人误解你了，你还可以改变他们的观点。那里的女孩子或许也不喜欢水獭，更喜欢小马和小猫，但我能给她们讲讲，为什么水獭超酷。

我的思绪就好像一只小兔子，嗖嗖地沿着跑道跑来跑去。我的手指就像灰狗，想要捕捉到我的思想，将它们转化成文字。但我的手指太慢了，我没法对母亲打手语。

我能感觉到那只小兔越跑越慢，最后躺在地上不动了。睡眠勒住了我的脖子，我知道我应该听妈妈的，保持警惕，但睡着了是那么暖和。我感觉头沉沉的，好像我是个点头娃娃，好像我只剩下了头，身体的其余部分都是用橡胶做成的。

母亲在拍我，她一边打手语一边说："露比，你一定得保持清醒！"

它就在我后面。我的腿太沉了，根本动弹不了。我跑不动。怪物用爪子抓我的脸、手臂和大腿，还用尖利的牙齿将我啃咬成了碎片。

露比的意识开始模糊。雅思明摸索到开关，启动了发动机。一氧化碳中毒或许是很危险，可要是雅思明不能让露比暖和过来，露比就会死于低体温症。驾驶室内的温度降到了华氏四度。外面是零下五十五度。露比昏了过去。

加热器开了十分钟了。此时，驾驶室里的温度是零下三度。雅思明摘掉露比的面罩，就见露比的脸色跟纸一样白。她把嘴贴在露比的脸上，呼出温暖的气到露比冰冷的皮肤上。她真希望她能大喊，声波冲击露比的耳膜，耳膜距离露比那失去意识的大脑那么近，一定能将露比唤醒。可她只能触摸露比。她无法将露比唤醒了。

她怎么能这样对露比呢？她不再记得她都做了什么，才一步步让露比在她身边昏迷不醒。再也记不起她的理由。可她不能把体力都用来怨恨自己，现在还不能。她一定要把露比从鬼门关拉回来。

她知道她要做什么，却不肯定她是怎么知道的，她觉得她的记忆功能失灵了。虽然有违直觉，可她还是脱掉衣服，她的手指很笨拙，只要一动，就疼得钻心。加热器释放出的暖风驱散了她身体的麻木感，寒冷正要活活剥掉她的皮。她也脱下露比的衣服，将她放在睡袋里，但没有摘掉她的面罩和帽子。跟着，她也钻进睡袋，和露比躺在一起。露比显得那么小，那么轻，仿佛低体温症夺走了她的体重。

雅思明抱住露比，只觉得她在剧烈地颤抖着。她感觉她自己的身体越来越冷，只盼着她身体的热量能转移到露比身上。

她之前觉得寒冷就是一个由黑暗组成的掠夺者，仿佛寒冷有了生命。现在她感觉寒冷是那么巨大，那么残酷，是不具人格的东西，冰冷的黑暗会将你吸进去。她感觉冰冷的黑暗填满了她身体上的所有空隙，冰冷变成骨髓，钻进了她的骨头，接下来，意识渐渐离她远去，飘进了极地的黑暗之中。

第 **17** 章

露比不再发抖了。雅思明感觉到了原始的恐惧。又过了一会儿，她听到了露比的呼吸声，均匀而稳定，并且感觉到露比身上变暖了。温度计显示驾驶室的气温升到了五十三度；外面是零下十五度。

雅思明睡了将近两小时，发动机和加热器一直开着。驾驶室下面的排气系统没出故障，没有一氧化碳泄漏，真是太走运了。挡风玻璃里面的冰都化了，冰水形成了一个个小水洼。

母亲把我叫醒，一直对着我笑，我很开心，可我不明白为什么开心。

暴风雪停了！再也不冷了。冰怪融化了，变成仪表盘上的一摊水，我给母亲倒一杯气泡丰富的香槟，拉开纸带喷射器，我感觉浑身上下都充满了活力，好像每个细胞都洋溢着生命力，都在欢呼，我把爆竹丢到窗外的雪中。

驾驶室一点也不摇晃了。各种气味又回来了，我的头发有股牙膏味！母亲打手语告诉我警察很快就会来了。我说："你会让他们用他们那该死的直升机去接爸爸吧？"母亲说那是当然！还说不要说脏话，让我赶紧把衣服穿好。我没穿衣服，本来该觉得奇怪来着，可我并不觉得奇怪。

她说我是个勇敢的女孩子。

最开始来到这个地方的时候，能见度只有几米；现在车头灯照亮了一片无边无际的雪原，这片雪域一直延伸出灯光照亮的范围，在黑暗中向着北冰洋延伸。她现在知道，有很多动物和鸟类生活在这片寒冷漆黑的区域，知道有它们在，这片贫瘠严酷的土地便让人感觉多了一丝柔情，有了一点充满生命迹象的温暖。

"要是很难劫持警察的直升机去找爸爸，该怎么办呢？"露比问。

"我看根本不需要劫持直升机。我们翻山越岭，击败了雪崩，在冻土带的极地暴风雪中活了下来，已经赢得了他们的尊重。他们现在一定会相信我们的。"

露比哈哈笑了起来："不错。"

警察也会相信她所说的，确实有辆油罐车在跟踪她们，毕竟没人会因为一个幻觉，就冒着极地暴风雪，翻越阿提根山口。

"可要是他们以为我们跌到山下了，怎么办？"露比说。

"你是说我们把阿奇兹先生的衣服丢到窗外，并且弄出了很深的轮胎痕迹？大雪肯定覆盖了我们的车痕和衣服。警察很快就能找到我们了。"

有那么一会儿，我们都没说话，只是感觉着幸福和温暖，然后，母亲冲我打手语："你为什么不喜欢用嘴说话？"

我真担心她是在责备我，怪我和往常一样，没能用嘴说话。可她并没有。我看得出她不是在责怪我。她只是很想知道原因而已。

"当我打手语或是打字，我看到的词与和我说话的人看到的是一样的。"我告诉母亲，"就跟现在一样。我看到我的手，你看到我的手，我们一起看到那些词。如果我用嘴说，就只有听我说话的人能听到我的话，我自己却听不到。"

我不再说，我是个失败者，就算是这样，我还是要对她实话实说。"只要我用嘴巴发出声音，我就很害怕。"

母亲并没有拥抱我，这很好，我不希望她拥抱我。她很认真地看着我，像是她想要了解更多。

"那就好像我再也不存在了。"我说，"当我用嘴说话的时候，我就消失了。"

母亲点点头。我看得出她弄懂了我的意思。

雅思明还记得她在暴雪中呼喊马修。她的嘴和舌头做出了正确的形状，她的肺也排出了气，她呼喊出他的名字，却被飓风级别的风吹散了，她不知道她到底有没有发出声音。她因此感觉不知所措，毫无保护，宛若她在自己周围创造出了一个空洞。

不管露比的肺部呼出多少空气，不管她的舌头、嘴唇和上腭做出多么完美的动作，有多协调，她都听不到她自己的声音，听不到她周围的世界发出的声音。自从三岁起，露比就要求每个房间里都摆上镜子。雅思明现在才知道，露比需要在每个地方确认自己的确存在。

她们穿上极地服装，走出驾驶室。虽说这会儿不像下暴雪时那么寒冷，可气温仍是华氏零下十三度，天还是那么黑。

我们走出驾驶室，浑身僵硬，好像我们是两个一直装在小盒子里的娃娃。我打赌，父亲也在做我们在做的事，毕竟冰屋并不大，他也要伸伸胳膊踢踢腿，迈大步走一走。我向四下看看，想看看有没有动物。太黑了，什么都看不到。我不愿意看得太仔细，就怕可能看到那个杀死动物的人，不过他已经很久没给我们发邮件了，母亲说她觉得他放弃了。反正无论如何警察很快就来了。

母亲轻轻拍拍我的肩膀。借着驾驶室的光线，她用手一指，示意我抬头向上看。

真是超酷，很棒的酱料，美极了！！我们上方有无数星星，不管你向哪里看，都能看到，整个天空都在闪闪发亮。在家里看星星与在这里看完全不一样，这里黑得伸手不见五指。四周都是黑暗一片。触目所及都是黑、黑、黑。可在浩渺的天空中，却有很多钻石、激光亮点和数千个阳光光斑。就跟丝绒上的小亮点和穿透玻璃的光线一样，星星显得既魔幻又真实！

母亲把脑袋向后仰，望着天空，我能看得出她在想什么：

真是超酷，很棒的酱料，美极了！！

雅思明从未见过如此美丽、清澈和完美的天空；没有一点点人造灯光污染，空气清新无比。在下暴雪的时候，她一直坚信马修很安全。仰望这非凡的夜空，更加坚定了她的信念。他一定还活着，警察一定会找到他，他们一家一定可以团聚。

她在天空中寻找北极星。她从十三岁开始观察星空，一开始用双筒望远镜，后来改用单筒望远镜，还会到天文台去，从那时候开始，为了认清星星，她首先要找出北极星，这颗从不变化位置的星星标示出了正北方。她觉得她和几个世纪以前的水手和探险家很像，他们当时只能依靠这颗星来辨别方向。

她看到北极星就在她上方的天空里。她正站在地球之巅。

我们在天空里寻找警察的直升机，这时候母亲指给我看北斗七星，教我如何根据北斗七星找位于正北方的北极星。

"那就是北极星吗？"我问。

"是呀。露比，我们现在在地球的最高处。"她说，"整个世界都围绕着我们旋转。"

我笑了起来，她说："这是真的！想象一下一条隐形的线从太空向下延伸到我们所站的地方，之后向地球内部伸展，到了底再出来，而那里就是南极。地球就围着这条线旋转，其实就是在围着我们旋转。"

我真喜欢听母亲说这些。

她依旧在看着天空，突然，她的表情严肃起来。

"我能用用你的笔记本电脑吗？"

她走进车里，我也跟了进去，我要告诉她一些她可能不知道的事情。父亲告诉过我，鸟儿在迁徙时就依靠北极星辨别方向，才能在黑暗中找到回家的路。鸟宝宝在夜空中学习怎么看星星。我发誓这是真的！我觉得她和父亲可以就超酷的北极星交流交流思想。

她打开笔记本电脑，看着那张相片，里面那头可怜的麝牛被肢解了，这会儿，她移动页面，看着底部的那串数字：68950119149994621。

"我一开始以为这串数字与主题里的数字有关，就是DSC后面接的那些数字，不过显然不是。"她说，"我猜DSC是相机文件夹的名字，这些较长的数字则别有含义。"

她肯定看到我有点糊涂了，所以非常小心地比画手语。

"我们将地球分为不同的部分，就跟剥了皮的蜜橘一样。"她说，"不同部分之间的线名叫经线。这些线除了在北极相交于一点——与我们现在所在的地方非常近——还在南极相交，也就是隐形的线在另一端钻出的地方。"

她打开那张可怜的狼的照片。我能看出，她真的急于找出结果，却还是耐心用手语向我解释。

"还有一些隐形的圈横向绕在地球上，就好像把呼啦圈套在了地球上，它们名叫纬线。其中一个特别重要的呼啦圈就是北极圈。它的纬度是66.56，后面还有两个数字，如果我记得不错的话，应该是25。南极圈的纬度也是这个，不过要加个S，表示南极。"

她指了指狼照片下面的数字：68945304 149992659。

"第一组数字里的小数点表示纬度——在北极圈偏北一点点。"

我还是没弄明白，不过这并不重要，这就好像她用手语在对她自己说话。父亲有时候倒是这么做过，可我从未见过母亲这样。

她写下68.945304这串数字。

"现在我们来处理第二组数字，加上一个负号，我很肯定它表示本初子午线西方的经度。"

她写下149.992659，我真搞不懂她是什么意思。跟着，她打开每一封电子邮件，将那些数字都写在阿奇兹先生那张地图的背面；她说，我的任务就是注意警察的直升机是不是来了。

雅思明一直觉得，经纬度除了是创新实用的工具，也是人类在宣称地球归他们所有。相比专横血腥的国家界限，她更喜欢这些用来标记地球的隐形线。这些平分线包罗天地万物，具有数学上的逻辑性和科学上的准确性，让整个世界在她眼里变得更稳定。有一点她也很喜欢：标记地球的古老方式正每天都应用在单调的现代生活中，那就是人们在开车时使用GPS，却不知道经纬度坐标在为他们保驾护航，而这些坐标则是通过对太空卫星信号进行三角测量获取的。

　　或许正是因为她一直将经纬度和安全、秩序联系在一起，才没意识到这些数字代表着什么。它们和那些恐怖照片被放在一起，掩盖了它们的真正意思，她那颗通常都具有科学意识的大脑才没有注意到。也许只是这些可怕的照片吸引了她的全部注意力，她又怕又累，失去了冷静和清醒的思维，这才没认出它们。

　　她努力压下心中的焦虑感，用露比的电脑打开谷歌地图。通过这串数字，可以精确地找到那个男人的位置，误差不超过几英尺。很快，就能确定他在黑暗中的具体位置，到时候，他就变成实实在在的存在了。

　　她在搜索框中键入被肢解的麝牛照片下面的数字，并添加了两个小数点和一个负号：68.950119，−149.994621。

　　屏幕上出现了一个地球，跟着地球旋转，露出北半球，显现出俄罗斯、加拿大和阿拉斯加，跟着，只有阿拉斯加出现在画面中，图像扫过阿拉斯加，然后停止。

　　这里肯定就是他杀死麝牛、拍摄照片的地方。

　　她设置一个图钉状的图记，标记出麝牛的位置，然后点击光标，查找更多信息。

　　她在地图上找到了安纳图。

　　她利用标尺工具，测量了遭屠杀的麝牛和安纳图之间的距离。八英里。

　　他为什么要给她发送位置？肯定是无意间发过来的。照她估计，肯定是他的卫星终端带有内置GPS功能，自动为照片添加了位置标签，而他并不知道。

她将乌鸦照片下面的数字输入搜索框：69.051605，−150.116989。

乌鸦就在安纳图。马修见过这个人吗？

她不肯定这个人是否能在这两封电子邮件发送的时间间隔内走完八英里，可在这么偏远的地方发送电子邮件，肯定会有失灵的时候。

她输入狼照片下方的数字：68.945304，−149.992659。

她又设置了一个图钉状的图记，进行测量。狼与麝牛之间相距还不到半英里。

她输入她收到的最后一封邮件里的数字，也就是北极狐幼崽照片下面的数字：68.733615，−149.695998。

这次，他从狼的位置移动了十八英里，远离了安纳图。

她打开她的邮箱。一小时前，在她们睡觉的时候，又来了一封邮件。

这张照片最可怕了。是水獭一家，水獭妈妈、水獭爸爸，还有三个水獭宝宝。水獭非常害羞，可要是没人看着，它们就会玩游戏，成年水獭也是如此，不光玩捉迷藏，你追我赶，还会玩各种各样的游戏。它们游起泳来姿态优雅，能搭建超酷的大坝，只留下一个开口进出，保证它们的安全。然而，它们并不安全。

母亲让我将这张照片的坐标输入谷歌地图。我猜她是想要我把注意力从可怜的水獭那里转移开，可就算我不看照片，依旧能清楚地看到它们。

雅思明离开驾驶室。她站在最高一级台阶上，看天空中是否有直升机飞来，但除了星光，她没有看到其他光亮。她侧耳聆听，却什么都没听到，就连风声都没有；这片万里无垠的地域竟然鸦雀无声。

她觉得她听到了呼吸声和脚步声。这当然是她想象出来吓唬自己的。

露比砰砰敲着驾驶室的窗户。

又来邮件了。

一张星空的照片填满了背光屏幕，星光穿透了黑暗，正是她们上方的这片天空。雅思明吓了一大跳，感觉脆弱无比，仿佛她赤身裸体地站在他面前。他怎么知道发给她这个？这就好像他知道她的隐秘想法。

露比已经将水獭的坐标输入了谷歌地图。他从发送狐狸幼崽照片的地点移动了九点五英里，依旧在远离安纳图。

她输入了星空照片的坐标：69.602132，−147.680371。

星空照片在距离水獭六点五英里处拍摄而成。他距离安纳图又远了一些。

他肯定是在逃离。

她觉得星空照片是最后一次恐吓，只不过照片并没有威胁到

沉默的告白
The Quality of Silence

她，却向她提供了他的位置。她可以将他的确切位置通知警方。

她拉出电台。

却连接不上。

她又尝试了好几次，还是连不上。她感觉恐惧将她包围了。

"现在我们这么办。"她对露比说，"我希望你用电子邮件联系警方，告诉他们我们需要他们尽快来救我们。告诉他们，我们的电台连接不上了。你能做到吗？"

露比点点头。

"好姑娘。我现在去把轮胎上的冰弄掉。我可不想把阿奇兹先生的卡车丢在这里。我要把车子准备好，让他们把它开回去。"

但愿露比不知道她在撒谎，不知道她必须尽快让她们两个离开这里。她系紧手套，从阿迪布的工具箱里拿出碎冰锤，到了外面。

她站在最高一级台阶上，再次聆听，想听听有没有脚步声和呼吸声，却依旧什么都没听到。强飓风将雪吹到了路上，吹过冰冻带，并没有像她害怕的那样，堆积在卡车周围。

她拿着阿迪布的手电，爬到卡车下面。她固定好手电，拿出碎冰锤。她强忍着左手传来的剧痛，用这只手支撑身体，再用右手铲冰。

父亲和母亲从来不让我用谷歌网搜索，如果我们需要上网做作业，老师就会给我们一个网址，让我们上这个网站，所以，我从前从未做过这个。我在输入框中输入"阿拉斯加警方"几个字，出来了很多条信息，我不知道哪一条是我要找的。我觉得我找到了一个对我们有帮助的网站，只可惜那只是个求职网站。我又输入"费尔班克斯警方"，除了戴德霍斯，我只知道这一个镇子，而且我也不知道戴德霍斯是不是设有警察局。找到了一个网站！上面有电话号码，我们没有电话。我找呀，找呀，网站上肯定有电子邮件地址的，只是我翻遍了都没找到，我真不知道该怎么做了。

我的手镯一震，与此同时，网络连接断了。

母亲向我跑过来，她三两下就走上台阶，钻进驾驶室。她看着我，她的整张脸像是在笑，可她显得那么担心。她让我系上安全带，我还没系好，她就开动了车子。我的手镯只在有特别大的声音时才会颤动。

母亲急促地呼吸着，虽然她穿了这么多层衣服，我还是看得出来。她肯定将冰都弄掉了，所以卡车才不震动了。

我知道她在开车时打不了手语，于是我打开"魔力声音"。"魔力声音"不需要联网。

"你联系警察了吗？"她问我。

"对不起。"我说。

她只是目视前方开着车。过了一会儿，她肯定看出我很难过了，她的脸色缓和了下来，说："不要紧的。警察肯定在路上了。"

雅思明刚刚铲掉最硬的冰，就听到一声枪声划破了冰冷的沉寂，子弹击中卡车上的什么东西，发出一声爆裂声。她立即看到卫星接收器被打坏了。她向露比跑去，却看到手电光离开她沿着路照去方向移动，手电光一闪，正好照在油罐车的金属车身上。这么久以来，他并没有被困在雪崩的另一边，而是在等待暴风雪过去。跟着，他在黑暗中偷偷摸摸向她们潜了过来，弄断了电台的天线，用枪打坏了卫星接收器。

他可能要用更厉害的手段对付她们，但首先要确保她们不能用电台或卫星求救。

她此时把车开得飞快，两次突然转向，躲开路上的雪堆。

"巨大的声音是怎么回事？"露比问。

她不知道该怎么对她说。

"妈妈？"

"有人破坏了卫星接收器。"她说，"我想不管这个人是谁，都不愿我们联络上别人。可警察不应该这么迟还不来呀。"

警察肯定很容易就能发现她们。这里没有树，连灌木丛也没有；更何况卡车上还有那么大一栋活动房屋。看到她们能有多难？

电台用不了了。没有卫星连接。最近的人家在一百多英里开外。

我真应该发邮件给学校里的人，比如吉米，因为我早就记住了他的电邮地址。我确实想到这么做来着，可我觉得英国现在是夜里，他要到第二天早晨才能收到邮件，那就太迟了。只是我根本不知道家里现在是不是晚上，我甚至都不知道这里现在是不是晚上。

我感觉到处都是黑夜，如同黑夜将白天吞没了。

我看着窗外，希望能再次看到雷鸟翅膀的痕迹，但是，触目所及只有雪和黑暗。

我突然意识到我本该做什么却没有做，想到这个，我真恨我自己。

"我应该发推特信息就对了。"我对母亲说。

"说真的，你现在什么都做不了。"

她大概觉得这是个愚蠢的主意。不过，这个主意并不蠢，只是太迟了。

在父亲来阿拉斯加之前，他说要确保我的推特好友里没有混进来恶魔，就好像《山羊三兄弟》里讲的一样，要是那样，我就变成其中一只山羊了。

他说："你的好友会疯狂转发你的推特信息。这就好像你有了六百只三褶铃鸟的雏鸟。"

他说，只有雏鸟会发出啾啾的声音，而三褶铃鸟的叫声特别大，它们的雏鸟要是啾啾叫起来，那可真叫一个吵。

"不过，"父亲说，"有人说，华丽琴鸟的叫声更大。"

我哈哈笑了起来，我觉得要是名字里带有"华丽"两个字，真是超酷。

跟着他说："我叫你'华丽露比'怎么样？"

这就有点尴尬了。

他又说："看到没有？你的好友遍布世界各地呀。美国、澳大利亚、日本、加拿大，整个欧洲，世界各地。"

所以，必定有某个地方现在是白天，必定有个人还醒着，能看到我发推特信息求救，他们肯定是大人，知道该怎么做。

只可惜，现在太迟了。

母亲握握我的手。"不要紧。"她说，"我说真的。"

我可不这么认为。

"他掉头了。"母亲说，"我们后面没有灯光。已经好长时间都没有灯光了。"

我扭头看了看，她说得对。我们后面一片漆黑。我仔细看了很久，但没有发现。

"他很清楚，警察的直升机正在找我们，而且他不愿意被警察发现。"母亲说，"他逃跑了。给我们发邮件的人也跑了。"

我比画了一个表示惊叹的手语，逗得母亲哈哈笑了起来。

我们又开了好几个钟头，我一直在看后面，却没有看到任何人。

露比拍拍她的手臂。在道路一边，有一根立柱矗立在雪中，顶端的标志牌掉了，露出了断裂的木茬。破损的指示牌边上是一个弯道。

如果不是露比从乘客座的窗户看到，并且提示雅思明，她很可能就错过了。她想起她查看阿迪布的地图，盼着有条河路，这样她们就能从那里直接开到安纳图了。她看到阿拉纳克河距离这条高速公路很近。她们现在就来到了那个位置。阿迪布说，只有建造了接驳道路，才能在河路上行驶。这里必定就是那条接驳道路。她猜索亚吉尔能源公司已经开始建设基础设施了。

安纳图就在三十五英里开外。如果这条河路安全，她就能开车去找马修，而且用不了两小时就能和他在一起了。警方的直升机依旧可以找到她们，毕竟她们距离达顿公路很近，卡车又是个大家伙。她可以引导警察去找他。

她开车驶离达顿公路，驶上了这条简陋的接驳道路。

第18章

在一个丁字形交叉口处，这条接驳道路在与河路相交处戛然而止。北边是安纳图。那个方向结冰的河道上没有任何标记或痕迹显示曾有车辆在上面行驶过。河道弯弯曲曲地向前延伸出三十来米，后面便看不到了。在相反的方向，河道的冰上有反光标牌，显然被当成了一条路来使用。雅思明猜测，杀死动物发邮件的那个人肯定利用这条路从安纳图跑了出来。

驾车沿一条没有标记、未经测试的河路去找马修太危险了。她必须掉头回去。她开始操控卡车。这辆车又大又笨，需要很宽的转弯半径才能把车掉过头来。

她只能使用三点掉头法。先将车子向右转到设有反光标牌的河路上，然后倒退着驶向通往安纳图的冰封河道上，最后再将卡车驶上接驳公路。

她向右开到有反光标牌的河路上，这个过程很顺利，跟着，她开始倒车。就在后轮开上前往安纳图的冰河时，卡车猛地一震，她担心河冰很薄，很不结实。她连忙向前开，把车子开到带有反光标牌的河路上。这下她可没法把车倒进接驳道路上了，地方太窄，她无法掉头。她们只好在这里等救援了。

她打开车窗，关掉发动机，认真聆听是否有直升机的声音，可只听到了冰的爆裂声。虽然她们在有反光标志的区域内，但是卡车太重了，河冰恐怕支撑不住。这条河路承受不住这么重的卡车。她不知道如何才能把货卸下去，减轻重量。她甚至都不敢尝试，毕竟她对如何处理胎链毫无经验，就算她知道该怎么做（事实上她不知道），也没有信心在极寒气温下快速完成。她只能慢慢地将卡车开到下一段河冰上。

警察的直升机依然能很容易就发现她们；她们距离达顿公路不远，河路上也没有遮挡物。

想象一条巨大的河。再想象天黑咕隆咚，河上结了冰。我们就在冰上开车！母亲说冰很厚，我们不会掉进河里，还说其他人在我们之前就在河路上开过车，因为这里有反光标志，也就是那些杆子。一想到青蛙就在我们下面，我就觉得很有意思，它们就待在河底最温暖的地方。还有很多很多鱼，不过我对鱼类了解不多。

"我们来给对方多讲点有意思的事情，好不好？"母亲说，可能她也有点害怕了。

"好呀。"

"你先来好不好？"

"好吧。还记得吗，你问过我关于聋哑学校的事？"

母亲点点头。现在我的手指能活动自如了，所以我能告诉她我的想法。

"那里的一个女孩子告诉我，有时候聋人社会给你起一个手语名字。"

"聋人社"这个词听起来有点刺耳，不过安娜（就是聋哑学校的那个可爱女孩子）说它很酷。我说是超酷吗？她说，没错，就是超酷！

"什么样的名字？"母亲问。

"安娜很爱笑，她的手语名字就是吉格尔，意思是咯咯笑。安娜的爸爸在酒吧里被一个朋友说的笑话逗得哈哈笑——安娜说她的家人都很喜欢笑——她爸爸笑的时候，把啤酒洒在了衣服前襟上，他的手语名字就是基布，意思是滴水。"

"基布？真的吗？"

"真的。只不过很多人的名字都挺没意思。"

"那你叫什么手语名字？"

"我不能选名字。是名字选我。"

我觉得母亲看起来有点伤心。

"我依然是露比。"我告诉她，"不过我也有另一个名字。我是我，但又不仅仅是我。"

有那么一会儿，母亲没说话，我真担心她觉得这事不怎么样，毕竟是她和父亲为我起了露比这个名字。

"我觉得这事很棒。"母亲说。

我想也是，只要不是基布就可以。

"你想听哪方面有意思的事？"她问。

"关于太空的。"

"好吧。知道吗？太空里是静谧无声的，就算是恒星爆炸，也不会发出一丁点声音。"

"所以，在太空里，大家都和我一样，听不到声音。"

"是的。我喜欢想象太空里有多安静。在好几百亿光年的空间里，一点声音也没有。"

我也喜欢。

雅思明想着安静的太空。在她做编织的那节哲学课上，讲师讲了一些问题，比如："如果一棵树倒了，并且没人看到，那么，这件事真的发生了吗？"解决这些问题，就要稍稍用到（但不是很多）捆束理论和主观唯心主义。对于雅思明来说，在露比被诊断为聋人之后，那个问题就变成了"如果一棵树倒了，只有露比在场，那棵树有没有发出声响"。她觉得，如果大树倒地发出的声波没有撞击耳膜，转化成神经冲动后进入大脑，那么，它们就只是森林空气中的一次震颤，是布满青苔的地面上方的一次轻柔震动，是附近一棵树在摇晃，是一片叶子在片刻之后扫过她女儿的脸。

"轮到你了。"她对露比说。

"好吧。你知道吗,伊努皮克人把身势语当成他们日常语言的一部分。好像这是很普通的事。"

"我不知道。这可真不错。"

"父亲把我的事告诉了村里的每一个人,有一个老奶奶还要教我一些他们的身势语。"

她还没告诉露比,村里的人全都在大火中丧生了;她不知道该如何启齿。

"爸爸说,如果特别冷,大风又不停地吹,就得用围巾遮住脸,这样就很难用嘴说话去回答别人的问题了,所以,如果扬起眉毛,就表示'是',如果快速地眯起眼,就代表'我不知道'。不过他们也有复杂的身势语。"

她一定得快点让露比知道真相。

"他们有很多很棒的词语。有一个词的意思是'渴望食物的客人'。爸爸说这个词非常有用。停车!马上停车!"

母亲把卡车停下,我从驾驶室一下子跳到冰上。是水獭一家。

水獭宝宝和水獭父母在冰上蜷缩成一团。样子和照片里的不一样。我能看到它们的皮毛是潮湿的,眼睛睁着,还能看到它们的胡须。我摸摸一只水獭,有点像是在抚摩它,然后,我看到它失去了一条腿。

突然,冰上出现了各种颜色,粉色、绿色、蓝色,我抬起头,天空中跳动着光，我恨它们。这就好像蹩脚的迪士尼电影。可如果这是一部蹩脚的电影，那么水獭一家就不会死。冰上还有一条因纽特犬，也死了。这条狗肯定是那个人养的，因为因纽特犬没有野生的。光依然在舞动，仿佛一切都很完美，像是电影《睡美人》结局中的舞会，仙女把她的舞裙变成了蓝色、粉色、蓝色、粉色，我希望光消失，再次恢复黑暗。

泪水顺着露比没有任何防护物的脸向下流。遇到了这么多危险，这还是雅思明第一次看到露比哭。

"怎么会有人干出这样的事？"露比用手语呐喊着，"为什么？"

雅思明搂住露比，她无法用手做出回答。她看到露比的泪水在脸颊上结了冰。她们上方的天空里出现了明亮的绿光和粉色光芒，光芒照耀着整个天空。她听到冰的爆裂声比刚才更大了。

她催促露比赶快回到驾驶室，就在卡车一侧，冰出现了一道很深的裂缝。她们距离那道裂缝只有一英尺左右。卡车另一边有一个圆圆的小孔，小小的裂缝呈辐射状从小孔延伸出去。看起来像是子弹或钻子弄出了这个小洞。她不知道是不是毁坏标志牌的人也破坏了河冰，毁坏了这条路。她竟然把车开到了裂缝和小洞之间。

她们回到驾驶室。

水獭照片的地点距离他最后的位置只有六点五英里。

她开始开车，一点点向前开，刚刚好将车子移到下一段河冰上。如果她开得足够慢，警察很容易就能在她们到达他附近之前找到她们。

她们周围的极光闪烁着，绚丽辉煌，叫人叹为观止。

"很美，是不是？"

露比没有回答。

如果你觉得一个东西美得可怕，那就不美了，是不是？

"阿拉斯加的北极光是闻名遐迩的景观。"母亲说，"人们为了一睹这一奇观，从世界各地来到这里。"

我才不想听她讲什么北极光，它可能只是个错觉。她八成会说，北极光并不是真的存在，而是由别的东西引起的，就跟幻月一样。

"在地球上空，"母亲说，"正进行着一场战争。"

露比扭过头看着她。雅思明很了解露比需要在宇宙中找到有意思的东西，分散她对冰上那些死动物的注意力；此时此刻，露比见识到了善与恶；小小的童年世界对她而言已经结束了。

"太阳在向我们吹太阳风。太阳风以每小时数百万英里的速度向我们吹来。有时候，它会引起日冕物质喷发，喷发出一百亿吨等离子体，相当于成千上万艘的战舰，宽度可以达到三千万英里。日冕物质喷发表示太阳风以超声速向我们吹来。"

露比点点头。雅思明看到她这会儿也在看北极光。

"地球有磁力保护罩。就好像一个隐形的气泡，名叫磁气圈。

当太阳风吹到这层防护层上，就出现了我们看到的景象。那些光说明磁力保护罩在保护我们的地球。"

露比看着天空，雅思明想到地心的金属在地球转动时制造出一个磁场，这个磁场移动了数千英里，进入太空，并保护着她们。

她们周围的黑暗第一次因为色彩而变得鲜活起来。

邮件照片中的那些动物和鸟虽然可怕，却让她相信马修所说的都是真的，通过露比的博客，她有些了解了为什么他愿意留在阿拉斯加，而当她看到这里无与伦比的美丽夜空，当她看到北极星，知道她处在地球之轴上，当她看到北极光在她上方的苍穹中进行一场宇宙大战，她就完全明白了马修对于这个地方的热情。她也会为了这些在冬季到地球另一边来，现在，她对他的信任加深了。

跟着，北极光消失了，黑暗再次笼罩住她们。

她在后视镜中看到了两个小小的蓝色月亮。她还以为那只是光学反应，毕竟这光不可能是真实的。他不可能来追她们。

只是，蓝色车头灯就在她们后面，非常清楚。

为什么他要冒着被发现的危险，这么靠近她们？他肯定听到了电台，听到警察说会在暴雪结束后来救她和露比。哎呀，此人之前连接了电台，还与警察说过话。她记得他的谎话，那个陌生人的声音很耳熟，说他正向南行驶，而不是向北；还说他在二十英里前和她迎面而行，她后面没有车子。他甚至还给出了精确的虚假位置：里程标181。当时，她并没有细想为什么他能给出这么准确的信息。现在却感觉很不对劲。她真担心此刻细究起来会发现可怕的结果，却别无选择，只能继续思考这个问题。

他给出了他的位置里程标181。这似乎并不特别重要，只是一个更大谎言中的一个虚假细节而已。他还说他在二十英里前与她的车擦身而过。现在就来做做数学题——警察肯定已经这么做了——她位于他北边二十英里处，也就是里程标201。

她把车停下一会儿，飞快地看了一眼阿迪布的地图。里程标201在她们所处位置以南至少四十英里处。他没有瞎编他自己的位置，却编造了她们的位置。

可是，她已经通知警方她们的位置了，对吧？他们肯定问了她的位置？不不，他们没问，他们以为有了那个油罐车司机提供的有用信息，便掌握了她们的位置。而且，她当时心事重重，太害怕了，没能清晰地思考。

她还记得，就在他向警察说谎的时候，卡车被飓风吹得摇摇晃晃，狂啸的暴雪撞击在挡风玻璃上，一小时后，暴风雪达到最猛烈的程度。警方肯定以为她在那种环境下顶多能开出去十英里。他们肯定想不到，她们竟然翻过了阿提根山口。

警方此时肯定是在布鲁克斯山脉以南寻找她和露比。没有人会到北边的冻土带来搜索。

油罐车司机又来跟踪我们了。可警察很快就会来救我们，他们一定会发现他，把他关起来，不过在那之前，母亲会让他们先带我们去救父亲。

天空中出现了极光，随后消失了，只剩下一个影子，像是又添了一层黑暗，感觉更黑了。

河路越来越窄，我觉得这有点像成长。就算很害怕，很想掉头回去，却不能这么做。甚至都不能再做一年级小孩。

外面更冷了。阿奇兹先生的温度计显示外面的气温是零下十八度。

雅思明必须带露比远离那个油罐车司机。可她开得越快，就越靠近发邮件的那个人。

她和露比都没系安全带。如果卡车真的陷入了冰里，她不知道她们能有多长时间逃生。阿迪布告诉过她，一旦落入水中，还没淹死，就会先死于低体温症。

前有强敌，后有追兵，下面还有危险的河水，她抬头看着星星，它们却再也不能抚慰她，让她鼓起勇气。她只是感觉自己是那么懦弱。她缺乏勇气，就表示露比要面对危险。

自从费尔班克斯的警察告诉她马修死了，她就不敢停下来，而是奋勇直前，不理会任何人，拿露比的安危冒险，一路过来去找他。她太害怕了，所以不敢站定，看看那些事实。不仅仅是马修需要她去救他，她也急需他，并且胆小得不敢去面对没有他的生活。

下暴雪的时候，她认为马修安全地待在冰屋里。可有什么证明呢？她所有的，不过是一个信念，并且没有任何证据来支持这个信念。而信念，只是由爱、希望和相信组成。

当她收到那些恐怖照片的时候，她选择相信正是因为马修还活着，这个人才不愿意她去找他。此时此刻，她却不知道这样的想法是基于何种逻辑。

母亲让我穿上所有极地防寒服。她一边开车一边穿户外服装，我得帮她才行。我戴上面罩和护目镜，母亲没戴，不然她就看不清路，无法驾驶了。

卡车突然停了下来。雅思明用力踩下油门，车子却没有移动分毫。她感觉有什么东西在向后拉她们，她连忙向窗外看，只听吱嘎一声，驾驶室开始歪斜。车上的活动房屋凿穿了冰，正在下沉。

我按照母亲说的，拿起了手电，我还要拿笔记本电脑。我将电脑塞进风雪大衣，跳到下面的冰上。母亲把装有食物的袋子扔到冰上，她自己也爬了下来，手里拿着照明弹和阿奇兹先生的睡袋。

活动房屋翻下了车子，砸出一个大冰窟窿；我们装食物的袋子陷进了水里，现在房屋也陷了下去，一点点地，像是在做慢动作。我的手镯颤了一下，这么说，卡车在陷入水里的时候肯定发出了很大的响声。车头灯抬了起来，如同探照灯一样。过了一会儿，它们也陷入了水里。

周围的冰开始破裂，我和母亲飞快地跑了起来，时不时要从冰缝上跳过去。此时，一切都变成了蓝色。

我连忙回头看，只见是油罐车的灯光将周围的东西都照成了蓝色。这条河必定很深，活动房屋和驾驶室沉下去后，连一点影子都看不到了。

随着油罐车的车头灯越来越远，蓝光逐渐变浅，他肯定是在倒车。我估计他害怕冰的裂口变大，他的车也会沉入水里，到时候一定会出现一个巨大的冰窟窿，就连他也要沉入河里。

母亲抓住我的手，我们在冰上跑呀跑呀，远离油罐车。我岔气了，母亲肯定知道了，就拉着我的手走了一会儿，接下来，我们就跑一会儿，走一会儿。

就在她们从下沉的驾驶室跳下来的时候，雅思明听到了一声枪声，露比并不知道油罐车司机向她们开枪了。她带着露比飞快地逃离吱嘎响的碎冰。在她感觉她们跑了半英里的时候，她停了下来。她们肯定已经跑出子弹射程范围了，周围的冰也很结实。

她跪在冰上，尝试打开阿迪布的紧急照明弹，露比为她打着手电，让她能看得见。她戴着厚厚的手套，根本撕不掉薄薄的包装纸，于是她摘下手套，只戴内衬。她没有火柴，却发现包装盒的盖子可以用来擦燃照明弹的一端。她擦了六下，这才点燃了照明弹。照明弹飞入空中，爆发出深红色的光芒，后面还跟着一个光尾巴。她匆忙戴上手套。

她和露比看着夜空中爆发出红色的光芒，和星光混合在一起。也许警察扩大了搜索范围，会发现照明弹，或者其他飞机恢复飞行了，并且发现了照明弹。光亮熄灭了，她们上方再次只剩下星光闪烁。

她估摸发邮件的人距离她们只有大约半英里了，而且一定会看到照明弹的光亮。可她必须求救。没有了遮风挡雪的地方，也没有御寒的东西，露比撑不了多久。她们还有露比的电脑，但没有卫星接收终端，它对她们根本一点用处也没有。

露比蹲伏在冰上，摘掉手套，打开电脑。她带着丝绸手套衬里，开始打字：

要不要我给你讲一讲那个关于乌鸦的故事？伊努皮克人相信这个故事是真的。

我很想听听这个故事。为什么你不试着戴爸爸给我们的特制手套打字呢？

我戴手套没法打字。手套衬里还能将就，妈妈。要是我觉得手指冷了，我就戴上手套。
在天地之初，乌鸦拍击着翅膀，创造出了这个世界。后面有很长一段是讲麻雀的，不过这段不怎么精彩，我就不讲了。

好。

乌鸦喜欢它创造出来的人和动物，并且想要多多了解他们。有一天，乌鸦划着一艘小艇出门了，它看到一头鲸鱼，当这头鲸鱼打哈欠的时候，它划着小艇进入了鲸鱼的肚子。

鲸鱼闭上嘴巴，四周变得一片漆黑。乌鸦一直划呀划呀，最后划到了鲸鱼的肋骨边上，这些高大的肋骨在它周围耸立着。父亲说，这些白色肋骨就和象牙柱子一样。中间有一个美丽的女孩子在跳舞。

我现在要戴手套了。

露比戴上手套，她们绕着大圈圈走路，还不停地摇晃手臂。雅思明打开阿迪布的手电，看看她们走到了什么地方，随即便关上手电。必须省着用才行。她真该想到带来能生火的东西，那样就既可以照明，也可以取暖。她用一只手拉住露比，让她慢点。她们必须维持血液循环，但不能出汗，汗水会蒸发，丧失身体热量，使她们更快患上低体温症。她担心她和露比从碎冰那里逃跑的时候会出汗，所以才会跑一段，走一会儿。

她一直仰望天空，盼着能看到飞机或直升机的小小的移动的光，盼着他们能看到照明弹，可她什么都没看到。

露比又蹲伏在冰上，戴着手套衬里敲打键盘。

警察为什么还没来？

　　我肯定他们很快就来了。肯定有人看到了我们的照明弹。乌鸦的故事很美。你能打手语给我讲讲剩下的部分吗？

　　那样的话，就必须打手电，你才能看到我的手，可电池很快就会没电了。

　　乌鸦看到跳舞女孩的手和脚上都连着线。那些线的另一头连接在鲸鱼的心脏上。

　　乌鸦爱上了这个女孩，它摘掉它的喙，变成人去接近女孩子。

　　乌鸦想要把这个美丽又很酷的女孩带出鲸鱼的肚子，并娶她为妻。这个女孩说她不能离开鲸鱼，因为她是鲸鱼的心和灵魂。

　　我的手指太冷了。

　　露比不再打字，并在衬里外面戴上手套。她合上笔记本电脑，让光亮消失。

　　雅思明在黑暗中听着露比的声音。

　　"美丽的女孩在鲸鱼肚子里跳舞。乌鸦看到，如果她跳得很快，鲸鱼就会游得很快，当她的动作慢下来，鲸鱼就会游得很慢。"

　　在雅思明听来，露比的声音很轻，却清晰而动听。在露比说话的时候，她也听到了露比的勇气。

　　"乌鸦忘记了那个女孩不能离开鲸鱼，它抱起她，带着她飞到了外面。"

　　我真不喜欢这样：用嘴巴做出形状，用舌头、牙齿和嘴唇做出非常细小的动作，盼着发出正确的声音，也就是像别人一样说话。天这么黑，只能这样说话。母亲紧紧拉着我的手，用嘴说话只有这一个好处，我们可以在说话的同时手拉手。不过，我听不到母亲对我说了什么，或者她就是为了这个才拉我的手。

　　我一直用"魔力声音"软件和语音识别软件练习来着，我说话，然后看软件中显示了什么，继续练习。我还听语言治疗师的话，用镜子练习，并把一只手放在喉咙上，感觉震颤，把手放在嘴巴前面，感觉嘴巴出来的气。有时候软件显示的字都是乱码，可有时候会好一点。这是一件很好玩很私人的事，我在想做的时候就这么做，没有别人在场听我犯错误。或是听到我说得很好。我希望用嘴说话是一件我可以选择的事。我希望母亲能听得懂这个故事背后的含义。

　　"就在乌鸦带着美丽女孩飞上天空的时候，所有线都断了。"我用嘴说道，"而大海中的鲸鱼则游得越来越慢。"

　　雅思明一直以为她多年以来都在等待这一刻，不过，露比自从学习手语以来，就在使用她自己的声音，只是雅思明从未听到过而已。

　　"鲸鱼死了，乌鸦怀里的女孩子越变越小，最后消失不见了。"

露比说，"这时候，乌鸦才知道，任何生命都有心和灵魂。"

露比讲完了，对雅思明而言，周围的沉寂是那么响亮，以至于让她感到深深的震撼。

她仔细听着，不过大雪吸收了所有声响。她望向黑暗，就见黑暗吸走了所有光亮和色彩。她们不能继续向前，发邮件的人就在她们前面。她们不能掉头走回去，那样就有可能进入油罐车司机的子弹射程。她和露比被困在了这片恐怖的区域里，而过了这片区域，则是无法跨越的布鲁克斯山脉和北冰洋：真是一个危险接着另一个危险。

只要她还在寻找，她就能相信马修还活着，她就可以超越现实。可现在现实就硬生生出现在她面前，仿佛它们从副队长里夫的办公室起一直在追赶着她，而在这片寒冷荒野中，它们包围了她。

关于婚戒，关于动物，马修说的都是实话，这是事实，因此，关于柯拉松的事，他说的肯定也是真话，只可惜，这并不代表他还活着。

她爱他，这也不代表他还活着。

她再也不能向他靠近，她也逃不开她的恐惧。

这片连棵树都没有的冻土带是如此寒冷与沉滞，她感觉她自己的血液也因此不会流动了；在一片沉寂的大环境中，她也沉寂了。

上方的星星距离她数万光年，无法触及。

在黑暗和死寂中，她终于不得不面对现实。

周一下午，在她和露比还在伦敦的时候，他就死了。

　　痛苦之下，她尖叫起来，叫声划破了沉寂，露比当然会从她的皮肤上感觉到这可怕的叫声。

　　她竟然听到有人在黑暗中呼喊她的名字。

　　她知道这不可能是真的。

　　跟着，她又听到了一声呼唤。

第 **19** 章

母亲跑了起来，她抓着我的手，我不得不飞快地跑，才能跟上她，脚下都是冰，特别滑，她还要扶着我。她用另一只手打着阿奇兹先生的手电筒，在我们奔跑的时候，手电光来回晃动着。

有一道光冲我们照射过来。我真怕是那个杀死动物的人。很快，那道光就变大了，他肯定也在跑，他越来越近了。

有人用手电照我的脸，我什么都看不到。他将我拉到他身边，用手臂紧紧搂住我，我感觉到他的皮毛帽兜里的温暖气垫，我看到了他的脸。我一头扎进他怀里，好像我能钻进他的身体里一样。

父亲紧紧地拥抱着我，看着母亲。

"你们怎么来了？"他对她说，"你们怎么可能到这里来？"

雅思明必须触摸到他，才能相信他真的还活着。他拉着露比的手，向她走过来，她拉下面罩，很想要他的皮肤碰触到她的。她把脸贴在他的脸上，亲吻他，感觉他的温暖，品尝着他的呼吸、嘴唇，闻着他身体的气味，她希望这味道和气味能无比强烈，这样她的每一根神经才会相信她真的找到了他。

她觉得这片笼罩在黑暗中的寒冷地带就是她的地狱，每一步都充满了危险，这就好像一个契约，只要她能克服恐惧，拿她所有的一切来冒险，她就能把他从死神那里带回来。他亲吻她，她用手臂搂住他，紧紧依偎着他，仿佛他会突然消失。

马修看着她的脸，看到了她为来到他身边而付出的代价——她的皮肤红肿出血，累得长出了黑眼圈；她竟然如此勇敢，简直不可思议。他摘掉手套，抚摩她的脸颊，这才允许他自己相信她真的来到了他身边，他能够再次拥抱她了。

他感觉到露比又向他们两个靠近了一点点。他必须让她们两个暖和起来。

父亲和母亲注视着彼此，好像对方是魔法变出来的幻象，但比幻象好很多；好像对方的脸是一个美丽的奇迹，是很棒的酱料。

幸福就好像我身体里的一个巨大气球。如果我到外面去，一切就会迸发出明亮的色彩；这个气球绝不可能留在黑暗中，受严寒之苦。可我不愿意到外面去，我只想留在这里，和父亲、母亲在一起。

父亲的冰屋是你能想象到的最温暖舒适的地方。我、父亲和母亲都在里面，还有一盏卡利克，既能照明，又能取暖。入口是一条很长的通道，一张驯鹿皮被当作吊门，顶部有一个小孔，用来排出卡利克释放的烟雾。

母亲希望我钻进她从阿奇兹先生驾驶室拿来的睡袋。其实，我已经很暖和了，可她说"以防万一"。这里这么宽敞，足够我们伸展腿脚。父亲说他建这栋冰屋也是为了因纽特犬，这样他就能照看它们了，不过我觉得它们肯定在外面凉快呢。就算天寒地冻，因纽特犬也会觉得热。父亲说，他的补给在昨天就用光了，卡利克顶多只能再燃烧几个小时，我想这就是母亲说"以防万一"的原因。在外面，我们的冰屋旁边有一团篝火，可父亲说火再过一个来小时就会灭了。他说这些话的时候真的很担心，可我一点也不担心。我再也不担心了。

父亲留着大胡子，刚才都结了冰，这会儿用卡利克一烤，胡子上的冰都化了。他说他看到了我们的红色照明弹，就跑过来想看看是谁放的，却没想到是我们，跟着，他听到了母亲的声音。

父亲不知道我们是怎么到这里来的，母亲一直在颤抖，不停地流眼泪，所以我就告诉他，我们先是搭了一辆卡车，后来阿奇兹先生病了，母亲就自己开。"穿越了北阿拉斯加？"父亲问，好像他没法相信这是真的。我说是呀，我能看出他很为她骄傲，真是超级妈妈！

"你们赶上了暴风雪？"他问我，我点点头。

"你们肯定吓坏了。"他说。

"我觉得很冷。"

"我想也是。"

"我和妈妈还跳舞保暖来着。"

我把油罐车司机的事也告诉了他，我还说我们再也不需要担心这个人了，在我们的卡车沉入冰河的时候，他就不再追我们了。

在我给他讲事情经过的时候，他拉起了母亲的手，我想他是想确认她平安，真的在这里。

"是你给我们发的邮件吗？"我问父亲。

"是的。可我真没想到……"他的手指不再动，像是他不知道该说什么，"我还以为你们很安全，不是在费尔班克斯，就是飞回了伦敦。我做梦也想不到……"

他没有用手指比画手语，他的样子显得那么疲倦，那么痛苦。我从没见他这样过。气球太大了。他的嘴唇都干裂出血了。

"所有人都死了吗？"母亲问他。

"是的。"

他说整个村子的人都死了，包括他所有的朋友，包括那个要教我伊努皮克身势语的老奶奶。所有人。只有父亲活了下来。

"柯拉松呢？"母亲问，她显得那么悲伤。

他点点头，他们用眼神交流着，我想这是一种别人都理解不了的语言。

他的手缓缓地动了动，像是词语会叫他刺痛一样。

"还有她的双胞胎哥哥卡伊尤克，无人幸免。我本来也应该在那里的。"

他又说了什么，可跟着他不再开口，我的手镯在颤动。外面有灯光亮起，冰屋的雪墙变成了淡淡的金色。父亲和母亲戴上护目镜，快步走了出去，我挣扎着从睡袋里出来，也跟了出去。

我立即就被吹倒了，像是一阵旋风把我脚下的空气都吸走了，灯光太亮了，有点像看着太阳时的感觉，一阵巨大的声响传来，弄得我的牙齿直打战。

耀目的灯光熄灭了，咔咔的声音停止了。我被灯光晃得什么都看不到，于是，我眨巴了几下眼，随即黑暗再次降临。母亲打开手电，我看到雪地上有一架直升机，看起来就像一只巨大的黑色蜻蜓，翅膀渐渐地变慢，最后停止不动。直升机侧面写着"阿拉斯加州警"几个大字。一个人走了出来，他的脸上戴着黑色橡胶面罩和护目镜，看起来也挺像只昆虫。他的袖子上有个徽章，上面也写着"阿拉斯加州警"。他转身关上机门，他肯定很用力地关门，因为我的手镯又颤了一下。这会儿，他向我们走了过来。

格雷林队长看着雪地里的一家三口：父亲、母亲和一个小女孩，在零下二十多度的荒野之中。他真有种如释重负的感觉。

"噢，谢天谢地，谢天谢地。你们都还好吗？你的小女儿，她还好吗？"

"是的。"雅思明·埃弗雷森说。

他半跪在雪地里，和小女孩面对面，她却后退两步，躲开了他。他拉下面罩。"对不起，面罩怪吓人的。"

然而，她依旧没有靠近他，他感觉他的过失太大了。就因为他工作不力，她和她母亲才冒险进入了北极荒野。他没能保护她们。难怪这个小女孩不愿意与他有任何接触，他很欣赏她的精神。

他一把抓住马修·埃弗雷森的手臂，与其说这是握手，倒不如说是拥抱。

"如果你以为一个人已经死了，你该怎么向他道歉才好？"

格雷林队长的年纪比雅思明想象的要大，他的脸很帅气，却显得很憔悴。他和他们一起，猫腰穿过通道入口，走进冰屋。

"你看到那辆油罐车了吗？"她问。

"是的。司机就在直升机里。事实证明那家伙并不擅长倒车。"

"你知道他是谁吗？"

"他现在什么都不肯说，我一定会让他老实交代。"

他顿了顿，雅思明看到他的脸上露出了愧疚的表情。

"自从我知道你们上了达顿公路，我就一直在搜索。"他说，"暴风雪太大了，我控制不住直升机。风力一减弱到可以飞行的级别，我就恢复了搜索。我搜索了达顿公路在阿提根山口以南路段的每一英里，却毫无发现。于是我开始向北飞。"

她猜他相信了油罐车司机给的位置，到冻土带上来找她们，只不过是最后的努力而已，这么做的动机则是出于希望，而不是基于现实的期望。

"暴风雪停了，能见度好了很多。"他又说，"然后我看到了你们的照明弹，于是跟了过来。我发现了那辆油罐车。后来就找到了你们。风太大了，又结了冰，一个螺旋桨叶坏了。我飞来没问题，但飞回去就不安全了。我已经用无线电求助了，他们很快就会来接咱们。"

"他们多久能到这里？"马修问。

"一小时，也许稍长一点。就算是坐直升机，来一趟也不容易。"

格雷林队长看到雅思明·埃弗雷森冲小女孩打手语，这才意识到她是个聋哑人。这个孩子的脆弱让他深深地震撼了。

"你生我的气了，是吗？"他对孩子说，"我也很生我自己的气。"

雅思明将他的话翻译成手语，可小女孩并没有缓和下来。

"我真该相信你母亲。"他对她说，"都是我的错，你们才会走上这么一遭，遇到这么多磨难。应该由我来找你父亲的。"

雅思明翻译了，这次小女孩点点头，她不再拒他于千里之外。她对她母亲说了什么。

"你知道阿迪布·阿奇兹怎么样了吗？"雅思明问。

他笑着点点头，比画出"OK"这个手势，这是他知道的唯一一个手语。

"我找过你。"他对马修说，"我驾驶直升机飞遍了安纳图周边的整片区域。天知道我找了多少次，找了一遍，再找一遍。"

"那是什么时候的事？"马修问。

"从周一下午一直到深夜。"

"当时我在三十多英里之外。"马修说。

父亲一边用嘴和那个州警说话，一边给我比画手语。要是他同时与我、外加不懂手语的人在一起，他就会这样；这么做挺难的，毕竟手语的语法完全不同，还要用到表情。父亲看起来很累很累。

"我一共离开安纳图两次。"他说，"第一次是上周三。那起码是一周之前了吧？"

格雷林队长点点头，我不知道今天是星期几，感觉好像我们开车度过了一个漫长的夜晚，因为夜晚吞没了白天。

雅思明有一肚子问题要问马修，可她知道她先要听听他在这几天的经历，听一听细节，正如他需要听听她在这几天的经历一样；在这几天里，他们全都告别了昔日的自己，拥有了全新的自我。

"你说你上周三离开了安纳图？"格雷林队长说。

第**20**章

　　那天早晨，马修一早就醒了，他在行军床上度过了一个无眠的夜，而前面还有一段旅途在等待他。柯拉松在她的卧室里睡觉，她的双胞胎哥哥卡伊尤克已经起来照料他的因纽特犬了。马修听到狗狗的叫声划破了清晨的沉寂，还听到卡伊尤克在喂狗时发出的声音。他和卡伊尤克一直长谈到了深夜，马修猜他压根就没上过床。

　　马修在长衬衫风雪大衣外面套上兜帽外套衬衫，走到外面，不由得有些失去方向感，每天早晨看到月亮和星星依然挂在天空里，他都会有这种感觉。被冷风一吹，他彻底没有了睡意。

　　耳畔传来加热器的嗡嗡声，他穿过集中在一起的木屋和小屋，向狗屋走去。从这里可以看到两座倾斜的木屋，它们的地基建造在永久冻土上，而在过去的几年里，这片冻土开始融化了。

　　卡伊尤克已经为他给狗套好了索具，让狗狗们排成一排，每只狗身上都连接着一条独立的拉绳。这次是马修第二次独自带狗外出，而且外出时间比以往都要长。卡伊尤克为他做了最后的指导，说是要确保人指挥狗，并要确定狗狗始终都明白这一点。跟着他给了马修一盏用石头雕刻出来的新月形状的灯，是他自己的卡利克。"看来你要入乡随俗了……"他对马修说，并对他笑笑。跟着，两个男人拥抱在一起，马修感觉到他们的友谊是那么坚实。他没有叫醒其他人道别便上了路，看起来根本没有这个必要。

他看着雅思明和露比，她们就在冰屋里，与他这么近，随即看看格雷林队长。他并不肯定他沉默了多久，不过他觉得只有一会儿，他感觉回忆就如同梦境一样展现，却无法客观地持续。

"我离开村子的时间很早，大概只有六点。"他说，"几乎所有人都在睡觉。我们前一天晚上为阿基雅克开了一个派对，欢迎他回家。"

"阿基雅克·艾克亚？"格雷林问。

"是的。"

"我们的记录显示他在普拉德霍湾的一个油井工作。"格雷林队长说。

"他没告诉主管就离开了。"

"阿基雅克想在索亚吉尔能源公司解雇他之前离开，不想让那帮浑蛋称心如意。"

"阿基雅克看到我的笔记本电脑坏了，就在派对上把他的电脑给了我。他说那时候索亚吉尔能源公司想要收买他，就送了他这台电脑，现在他们开始威胁他，他再也不想与他们有任何瓜葛，更不想要他们的礼物。"

马修收下了那台苹果笔记本电脑，电脑没有保护壳，他很担心到了外面的极寒天气里，电脑会出故障。他抱着乐观态度，将尺寸并不合适的旧壳子罩在这台电脑上，并将它放进路上用的背包里。

"你用的是摩托雪橇吗？"格雷林队长问，雅思明猜他现在对他确认的那些事实都产生了怀疑。

"不是，是狗拉雪橇。"

卡伊尤克的狗是参加比赛用的，而且，和村子里的其他人一样，他也认为马修有点疯狂，竟然不用摩托雪橇去探险，即便如此，他还是让马修带走了他的狗。马修编了些理由，比如他希望能找到雪鸮，不想把它们吓跑，大家都很大方，并没有指出，八条因纽特犬很可能和摩托雪橇一样，也会把雪鸮吓跑。

就在他离开村子的时候，他看到卡伊尤克和阿基雅克在一起，看起来还有些醉醺醺的，依旧为了派对而心情愉快，他们两个都挥手向他道别。他听到加热器的轰隆声，而孩子们在雪地里玩耍的声音更响亮。

一连四小时，马修都专心致志地引导狗狗前进，确保他自己稳稳坐在雪橇上，不会摔下来。两条领头狗中的一条是母狗，很聪明，名叫普其克，他觉得这条狗完全是迁就他，才让他领导它的狗狗团队。

来到安纳图的时候，他穿的是从专业网店买来的户外服装；现在他穿的是连帽外套式衬衫和长衬衫，内衬驯鹿皮毛，脚下穿的是衬有裘毛的长筒靴而不是雪地靴。没人取笑他越来越像个土著。

月亮和星星依旧在他上方，昨天晚上他上床睡觉的时候，它们也是这个样子，在这里的有些时候，他觉得像是生活在一个没有尽头的时刻；在这个极北之地，时间无限延伸。他想到了半透明的北极蛾，它们要在幼虫毛虫状态度过十四个冬天，才会完全成熟，而在这之后，它们只能存活几天；对于北极蛾来说，在夏季，每过一小时肯定就像过了一年。

他的头灯只能照出他前面的白雪和狗狗背上的皮毛；唯一的声响便是雪橇移动的声音和狗狗专心拉雪橇时的呼吸声。就算他这么走上一千年，看到的也是同样的风景，穿同样的衣服，走同样的路线。这个想法能让他看透凡事，特别是看清他自己，而这是必不可少的，因为他知道，很久以来，他都把他自己变成了他生活中的明星球员，这不仅软弱，以自我为中心，还与这个世界格格不入。在北极这片冻土带上，根本不可能自我感觉良好，只会感觉到自己与不受时间和距离限制的东西产生了联系。

他附和着狗狗和雪橇的自然节奏，感觉思路清晰了起来，能自在地想一想关于柯拉松的事情。他觉得，他和她的确关系亲密，可他对她的双胞胎哥哥卡伊尤克也怀有同样的亲近感和爱，所以，他对她的感情不是爱情，而是一种深刻的友谊将他和他们兄妹二人联系在一起；或许，他想要他们将对彼此的爱也投入一部分到他身上，只是那份爱是排他的，是只属于他们两个的特权。柯拉松回吻了他，他觉得她这是出于友谊，仿佛她感觉到了他的需要，尝试暂时来满足他的需要。她并没有想要更多，他希望就算她真的想要更多，他也不会再进一步。一个吻已经构成了背叛。

正是为此，他才独自出来，他出来这一趟，真正的原因是为了拿出点男人的样子，承认他背叛了他的妻子。

他眺望这片饱受寒冷之苦的广袤冻土带，感觉到了冰冻的沉静，觉得在这里更容易冷静地面对自身的大问题。头顶上的天空浩瀚无边，布满了星星。

从他吻了柯拉松到现在，已经过了四天；而两天前，他与雅思明通过电话。在他周围的冬日沉寂中，鲜明的并不是那个电话；他反而想起了波涛声和脚下的卵石，海水涌进他的运动鞋。他通过她的望远镜，看到了海边的夜空，她还给他看了星系。可事实上，他看的是她，而不是星星——她是个美丽的女孩，从来不因为美丽的容貌而倨傲，似乎还很讨厌那份美貌，反而要求人们注意她的智慧；她编织织物，是个环保游击队员，还喜欢仰望星辰；天资聪颖、热情、幽默、脆弱；她集各种惊人的不可能于一身。

他一直深爱着她。现在，他身在阿拉斯加的冻土带上，对她的爱与那天晚上她在克莱海滩上躺在他臂弯中时一样强烈。可他觉得他爱的那个女孩消失了，如同她曾经给他讲过的那些消失的星星，依旧可以看到它们的光芒，并非因为我们生活在那些星星的未来，而是因为我们看到的是它们的过去。

"因为想你，所以我吻了她。"

他感觉他太懦弱了，所以没控制住他与柯拉松之间的亲昵行为，他还知道，没人能够填补雅思明在他心里留下的空洞。

雅思明变成现在这个样子，他是有责任的，而为了露比，他一定要保证他们一家人在一起，而不是他独自离开。不论他认为阿拉斯加有多迷人，有多特别，他都必须回到她们身边。他这次出门三天，然后他就回安纳图打包物品，回家去。

他原本计划在这里再待八个星期，拍摄没有迁徙、留在严寒之中的鸟和走兽。他带来了摄影机、卫星接收终端和阿基雅克的笔记本电脑，方便将照片用电子邮件发送给他的制作公司，不过他把这些东西都放在背包里了，现在他没心思干这些事。

他喂了狗，支起了帐篷，然后，按照卡伊尤克教他的那样，使用北极棉做灯芯，点燃了卡利克灯。这盏灯竟然能释放出这么多的热量，他吓了一跳，唯恐灯会把帐篷引着，赶紧把它吹灭。

他凝视着外面的荒野，只觉得这片土地是那么粗犷与巨大，他知道，在皑皑白雪之下，冻土带上分布着很多小小的植物，这里的生态系统十分脆弱，很容易遭到破坏，并且不可能修复。在俄罗斯北极地区的冻土带上，至今依然留有"二战"时期的车辆留下的轮胎印。

在这里想到伦敦，只觉得那个城市是如此狂乱，街道和房屋显得那样疯狂与刺耳，充满了时时都需要注意的东西；没人能站立于如此苍穹之下。在阿拉斯加，人们显然更特征鲜明。只可惜近来安纳图变得越发吵闹和不适宜居住了，大家都在争论该如何阻止索亚吉尔能源公司用水力压裂法在他们的土地上进行开采。柯拉松正和别人一起领导村民反对这家公司。她有时候会用他的卫星终端连接互联网；等他回英国的时候，他会把那台卫星终端送给她。

没有透镜将他和这片土地分开，他能看得更清晰，感觉到它对他的吸引更强烈了。这片土地没有受到人类的污染，具有它自己的身份，拥有灵魂，是一个切实的存在，他现在能明白伊努皮克人为什么相信万物有灵了。

一天清晨，他发现一片雪地睁开了眼睛，看着他，那双眼睛显得那么明亮。只是在那片雪移动的时候，他才看清楚，那根本不是雪，而是一只长着白色羽毛的雷鸟，就待在距离他一英尺远的地方。

到了夏天，他会再回到这里，看一看长着浅黄褐色羽毛的雷鸟，棕色皮毛的野兔，灰褐色的狐狸，长有斑纹的狼；现在，它们身上的羽毛和皮毛都是白色的，仿佛它们就是用雪做成的。在他停留的最后一个晚上，他看到了一只雪鸮在飞，白色翅膀张开的幅度足有五英尺；看起来这只鸟好像是从天空中分离出来的一样。

这片土地纯净纯粹，万里无垠，充满了孤寂的意味，细微处与整体协调统一。在他看来，这个地方更像是一首有生命的诗歌，而不仅仅是一个地方。

在他停留的最后一个晚上，天空万里无云，一轮满月挂在空中，将乳白色的蓝光投到雪原之上。他记得雅思明告诉过他，到达地球的月光主要是来自太阳的反射光，外加一些星光和地球光。她还对他说过，月光并不真的是蓝色的，这主要是浦尔金耶效应的缘故，是人类眼睛中的瑕疵制造出了这样的效果。他倒是觉得人们所知道的东西经由带有瑕疵的人眼过滤，有时候会变得更加美丽。

他看着卡利克灯下的雅思明，觉得他过去深爱的那个女孩回到了他身边，看到他眼前的这个女人疲倦而不凡，为了对他的爱，竟然变得无比勇敢。他用手捧起了她的脸。

格雷林队长看着马修冲雅思明打手语。看到他们对彼此明显而深刻的爱，他不由得震撼了。他在安纳图烧焦的废墟中找到了马修的婚戒，还以为戒指所象征的那段婚姻已经名存实亡。他觉得他们之间的亲密既感人又让人痛苦。在他儿子去世的一年后，他和他妻子平静而绝望地分手了。他看到那个小女孩松开了她父亲的手，给他们留一些亲密时光，可他必须了解马修后来的经历。

"后来呢？"他问马修。

马修扭头看着他："周五早晨下了冰暴。我等到冰暴结束了，才赶回安纳图。"

被雨水淋到的所有东西都结了冰，狗狗的索具，牵引绳，他的帐篷，通通结了冰。他凿掉冰，踏上归途，渴望见到朋友们，盼着能在吃晚饭的时候和他们聊聊天，开开玩笑。他将通知他们，他要回英国了，不过他很肯定，大多数人都为了他在冬天来到这里这事惊讶万分，现在他回去所引起的惊讶相比之下就不值一提了。他很想给卡伊尤克讲讲因纽特犬的事，还要吹嘘几句他把狗狗管理得有多好。

　　在他出发之前，虽然有点尴尬，他和柯拉松还是退回到了好朋友这种轻松的关系。她送给他一把骨刀，让他在疯狂雪橇之旅中使用，不是古董，而是新做的。就和她一样，她如是说。他必须承认，他没用过那把刀。还会承认他用了帐篷和北极睡袋。他不是身具荒野求生技能的伊努皮克猎人。他估摸她一定会为此笑话他的。

　　"我中午回到了安纳图。"马修说。

　　就在他靠近村子的时候，一条因纽特犬发起狂来，要脱缰，他费了好大劲才安抚下这条狗。

　　"没有一点光，四周静悄悄的。我觉得那会儿肯定是半夜了，而我的表一定是坏了。"

　　星星在他上方闪烁，天色漆黑，不过不管白天黑夜，这里都是如此。这里的时间就好像冰雪覆盖、没有一棵树的冻土带，没有明显的标志可以用来指引方向。

　　不过现在不可能是中午，不然的话，一定会有灯光，说话声、开关门的声音、做饭的声音会从屋内传到冰冷的室外。

　　他仔细听了听，什么动静都没有。这里从不曾如此安静。就算是在午夜，柴油加热器也会发出嗡嗡声和隆隆声。要是加热器关闭了，大家很快就会知道，就会有人出来重新启动。十一月末的气温下降得很快，人们不可能注意不到。

在他的手电光下，安纳图闪烁着光辉。冰暴也袭击了安纳图，整个村子结了一层完整的冰，每一栋房屋和小屋都好像笼罩在玻璃之下。地上的雪反着光。但肯定会有人在冰上走，打开门或打开窗，那样冰就会碎掉。眼前的村子像是被施了妖术，或是受到了诅咒。

他打开他遇到的第一座小屋被冰封住的门，这是他朋友希迪一家的房子。屋内冷飕飕的，小屋内弥漫着排泄物味和淡淡的大蒜味。他用手电照了照小屋。

只见希迪躺在厨房的地上，抱着他十二岁的儿子，他儿子身上还裹着一条毯子。希迪的手都发紫了，像是在墨水中浸过一样。那个孩子的脸被挡在毯子后面。他妻子就在几英尺以外的地方，抱着他们的第二个孩子，那个孩子也被裹在毯子里，看不到脸。马修觉得是两个孩子先死了，然后这对父母用毯子裹住他们，随后他们也死了。就在此时，一个声音划破了沉寂，他吓了一大跳，连忙转过身。小屋内有一只大鸟，肯定是跟着他进来的，这只鸟动作狂乱，只能看到一团漆黑的模糊影子，然后，它从他身边飞到了外面。

他从一个小屋跑到另一个小屋，闻到了相同的气味。没有人生还。只有卡伊尤克和阿基雅克下落不明。他们两个都很健壮，年纪也轻，不管这里发生了什么，他都希望他们逃掉了。可他在距离村子大约五十米的地方找到了他们。他们肯定是想去求救。

柯拉松在邻家老人的小屋里，他觉得她应该是去照顾他的。和其他人一样，她的手也是青紫色的，地上有排泄物。

　　他紧张到了极点，不由得发足狂奔起来，他身体紧绷，思绪转得飞快。跟着，他的手电光照到白雪地上有一只黑色的死鸟，是刚才飞进屋的那只乌鸦。他突然安静下来。他急切地想要帮助他们，可他们都死了。他什么也不能为他们做，他无法为他们做任何事了。他曾感觉这里的时间延伸成了一个无边无际的漫长时刻，这种感觉同样适用于死亡和悔恨。

　　他返回希迪的小屋，小心翼翼地将毯子重新盖在希迪儿子的脸上。他看到小屋墙上挂着一张驯鹿皮，是那个男孩子的骄傲战利品；那是安胡盖恩，意思是年轻猎人的第一个猎物。

　　那个男孩子和希迪一起在九月份射杀了那头驯鹿，他还偷偷告诉马修，他在杀掉驯鹿的时候哭了，感觉他自己像个怪物。后来，他和他父亲一起割断了那头野兽的气管，释放了它的灵魂。他们一起宰杀了驯鹿，他母亲把鹿肉切成块，冰冻起来，这样在春天到来之前的漫长冬天里，他们就能取出鹿肉炖着吃，油脂则用来放在卡利克里当灯油，鹿皮用来铺床或做衣服。因为这是他的安胡盖恩，他们就把鹿皮挂在墙上展示；到了夏天，他就可以彻夜外出狩猎了，到时候，他会带着这张鹿皮，在冰屋中使用。他父亲说，有一天他一定会成为一名伊思素鲁克，意思是坚强有耐力的猎人。那个男孩子说，他们释放了那头驯鹿的灵魂，并且没有浪费它身体上的任何一个部分，所以，他很为自己的第一次狩猎骄傲。

　　马修从墙上取下那块鹿皮，抱在怀里，不禁流下了眼泪。

第 21 章

冰屋里寂静无声，马修还记得卡伊尤克养的狗的吠叫声，它们对着漆黑的夜空号叫着，星星全都躲到云后；狗狗的声音哀恸无比。

雅思明紧紧握着他的手，好像她和他一起走进了那些小屋。他并没有打手语把这些细节告诉露比，他不愿意让她的脑海里出现那些画面，不愿意让她知道他是如何失去了他的朋友们。

"他们没有任何办法去求救。"他说，"我带走了卫星终端。可我甚至连用都没用。"

"这不是你的错。"雅思明说，"马修，听我说，求你了。这真的不是你的错。你根本不知道。"

格雷林队长的脸垮了下来，马修讲述的事情太可怕了。

"你觉得他们死的时候痛苦吗？"他问，这个州警的问题充满了仁慈，马修有些吃惊。

"是的，不过我当时并不知道。"

"你是上周五发现他们都死了？"他问。

"是。"

"警方认为所有人都是被火烧死的。"雅思明告诉他。

"我不知道还有这回事。"

"安纳图着了一场大火。"格雷林队长说，"把一切都烧成了灰烬。外人根本不可能知道他们之前就死了。"

"有人放火烧了村子？"马修吃惊地问。

"也可能是个意外。"格雷林说，好像他愿意相信这个说法，"也许在他们死的时候，有加热器或炉灶还开着，这些东西着了火，引起了大范围的火势和爆炸。"

雅思明记得正是格雷林队长带领救援队去了安纳图，现场的状况一定惨不忍睹。她很理解为什么他不愿意相信有人蓄意放火；那样好像有人杀了他们两次。

"我还以为警方会发现他们。"马修说，"也许几天内不会发现，但我肯定他们的尸体迟早会被发现。"

村民们有朋友和亲戚住在安纳图以外的地方，那个村庄虽然偏僻，却并非与世隔绝。人们会坐出租飞机到村里来，村民也用同样的方式到外面去。他认为一定会有人发现他们，并报警。

雅思明扭头看着格雷林队长："如果你们能在起火前发现他们，就能知道马修还活着。你就会看到，死者中并没有一个西方人的尸体。"

格雷林点点头。他沉默了一会儿，像是在让他自己镇定下来。

"我们一定能找到起火的原因。"他对马修说，"但我很想知道，在起火之前，安纳图到底发生了什么。我想你能帮我。"

父亲脱掉他那双特制靴子，他的脚在流血，几个脚趾都变成了黑色，像是有人把鞋油挤在了他的脚趾上。

我告诉父亲，我也想知道发生了什么事，所以我会读唇语看他说了什么，我不愿意他打手语了，毕竟他看起来是那么疲倦。我说，要是有太可怕的事情，我就不看。我将我的睡袋盖在他的脚上，想让他暖和一点，在我这么做的时候，他对我笑笑，这下，他又变成了从前的父亲。

"在一栋房子外面，我又看到了那只死乌鸦。"父亲一边用嘴说，一边打手语，虽然我说过他用不着这么做。

他给他们讲过死乌鸦的事了吗？还是他的记忆太深刻了，所以他以为他讲过了？

开始下雪了，白色的雪花落在那只黑色的死鸟身上。

"我拍了照片。"

他并非想要留下证据或是做记录，他只是觉得那只死乌鸦是伊努皮克村民的墓志铭，表达了一些他永远都无法表达出的东西。

"接下来，我第二次离开了村子。"

他计划到小机场去；他觉得在未来几天里肯定会有飞机起飞。他依旧带着第一次出去时带的帐篷和补给品，以及系在雪橇上的因纽特犬。卡伊尤克让他带了双倍补给品，以防遇到暴风雪。他可以靠这些物品支撑到飞机起飞的时候。

狗狗们不愿意离开。他用尽了他的全部权威和力气，才让它们挪动了脚步。领头狗普其克似乎明白它们必须离开，其他狗狗终于也跟着它远离了村庄。

在他离开安纳图之后，雪越下越大。村子在他身后湮灭在大雪和黑暗之中，他感觉他抛弃了他们。狗狗拉着雪橇向前狂奔，暴雪越来越密，到了最后，他再也分不清前后左右；他处在白色的一维空间里，在其中，他可以穿过天空，也可以走过大地。

在走到距离安纳图大约八英里的地方，雪小了，三维世界再次显现出来。他的头灯照到有两个黑色的东西躺在雪地里。

他走到近处，一股熟悉的气味扑面而来，就跟村里小屋中的气味一模一样，即便是在寒风中，那种腐烂的气味依然很浓烈。是一群死掉的麝牛，较小的麝牛几乎被全部埋在刚下的雪下面。一头大麝牛的部分尸体被吃掉了，而且是在死后被吃掉的，雪地里没有血。

这个时候，有什么东西在手电光下一闪。不远处的雪地里有个洞，他看到下面有活水，水面反射了手电光。这段河道结冰了，然后积了雪。这群麝牛肯定是用蹄子踩碎了最薄的冰，喝了河里的水。

他看着洞里，冰下水流湍急。一条长十八英寸的蛇鳕被一块碎冰困住了，一半鱼鳃溶解了。

他不愿意相信摆在眼前的证据；不愿意去想这片脆弱且纯粹的土地，这首他昨天还生活在其中的白色诗歌，竟然被毒素污染了。

他也不愿意承认，由于同样的气味，麝牛与村民必定因为同样的原因而死。这样一个细节太诡异了，本不该与美好的人或动物们有关。

在半英里之外，他发现了一群死狼，大都被积雪掩埋了。他觉得它们肯定吃了那头成年麝牛，或是也喝了河里的水。

村民们每两天从这条河里取一次水，存在储水罐里，最强壮的男女承担打水这一任务。在马修第一次离开村子的时候，阿基雅克和卡伊尤克就要去河里打水。阿基雅克用不着承担这项工作，毕竟他是突然回到了村里，可他为人慷慨，愿意帮朋友的忙。

但是，村民们一向先把水烧开才喝。

雪还在下，轻轻地覆盖住了这些可怜的动物。

在冰屋之中，马修告诉他们，他拍下了死麝牛和死狼，并用卫星终端确定了具体的方位。卫星终端只连接了一会儿就断了，来不及连接到他的笔记本电脑，不过他还是得到了经纬度。他用铅笔把经纬度记在笔记本上。他的圆珠笔冻住了。

"你用的是十进制坐标。"雅思明说。

"坐标很快就会消失，不然我来不及记录。我想以后再添上小

沉默的告白
The Quality of Silence

数点会比较容易。"

雅思明想象着，人站在华氏零下二十度的低温中，身体和思想都冻麻木了，还要拿着照相机、卫星终端和铅笔。她能理解为什么他只写下最简略的数字。他一定是戴着手套内衬记录的，他绝不会冒失去手指的危险，除非他再也不想和露比说话了。

"我没有向东去小机场，而是一直沿河向西南走，在河岸边看到了很多死动物和死鸟。我向河上游走，寻找污染源。"

雅思明明白，马修觉得他有责任为村民记录下所发生的一切，找到真相，但他本可以去小机场，等待出租飞机，而别人，比如警察，会去调查真相。她没有问出这个问题，可他还是感觉到了。

"大雪掩盖了一切，麝牛和狼群几乎都被埋在了雪下。眼瞅着又要下暴雪了，那些动物一定会被掩埋，什么都看不到；到时候就无迹可寻了。"

她点点头，觉得他肯定希望警方发现村民，然后来找他。他并不知道村子里着火了，而正是因为那场火，他们都以为他死了。他做梦也想不到会独自被困这么久。

卡伊尤克的因纽特犬是他与安纳图之间联系仅有的活证明。他在呼号的风中呼喊它们每一个的名字，卡伊尤克曾这样训练过它们。最前面的是普其克，这个名字的意思是聪明；它旁边的是尤米亚力克，意思是国王；还有卡由卡力克，意思是首领，纽图卢克，意思是坚实的雪；再是司库，这个名字表示冰，库库，意思是巧克力；在最后的是奎尼科，表示雪花，还有帕米尤奇拉弗克，卡伊尤克说这个名字表示摇尾巴，马修并不知道卡伊尤克是不是拿这个来取笑他。

"领头狗普其克在河边找到了一块腐肉，我还没来得及阻止，它就吃掉了那块肉。"

他守在普其克身边，亲眼看着它断气，他从事摄影这么久第一次希望他有枪。他的朋友们都被害死了。

普其克死了，要管住其他狗狗就难了，他只好尽全力压制住它们。他唯一的光源是一把发条手电，他把手电用到快没电了，才会再次上发条，因为他只能戴着手套衬里，才能拧动发条。

有时候他以为他走岔了，不在河上了，随后他就能看到河边附近有漆黑的东西，由此知道他又找到了中毒的动物和鸟。他拍摄照片，获取坐标，记录下来。然后继续穿越漆黑、伤痕累累的土地，寻找毒源。

"爸爸，你的朋友们是不是也遇到了同样的事情？"露比问，"他们也中毒了？他们是中毒死的，不是烧死的？"

马修点了点头，真希望露比不用知道这么残忍的故事，却还是打手语告诉了她，因为她提出要知道事情的真相。他和雅思明一致认为，绝不能利用她失聪这件事，对她有所隐瞒，尽管有时候这么做是为了保护她。

"到了第二天晚上，我的普里默斯便携炉没有燃料了。"他说，"风特别大，卡利克点不着。我带着狗的食物，却没有办法融掉雪，弄水给它们喝。”

在接下来的两天，只要风小了，他就点燃卡利克，为他和狗融雪取水。

“到了周日晚上，我走出了二十五英里。我把因纽特犬用绳子拴在帐篷外面。它们都很饿。我只给它们一半食物，希望能多撑几天。第二天早晨，两只狗不见了。”

“哪两条？”露比问。

在他第一次和卡伊尤克乘雪橇出去之后，他就告诉过她所有狗狗的名字。

“是帕米尤奇拉弗克和纽图卢克。我找到了纽图卢克，它旁边有一只中毒的北极野兔，它也中毒了。”

那只狗看起来是躺在坚实的地面上的，可在马修走过去找它的时候，地面突然塌了。

“爸爸，出了什么事？”

“它在很薄的河冰上，它掉了下去。水太冷了，它被冻死了。”

“可是它有特别厚的皮毛呀，爸爸。你告诉过我的。你说，就算天很冷，因纽特犬也会觉得热。”

“它中毒了，很快就被冻死了。”

他和那条狗陷进去的那段河道相对较浅，水流却很湍急。马修并没有尝试去救那条狗，而是任由它被急流冲走，不管是淹死，还是死于低体温症，都比中毒而死要少几分残忍。

“那帕米尤奇拉弗克呢？”露比打手语问道，她比画了快速摇尾巴的手势。

"我并没有找到它。我想它肯定也掉进水里了。水流真的很急，巴格。"

"是的。"

"我们又走了四英里。"

他的脚和外层裤子都因为踩进河冰里而湿透了。他穿了三层裤子，和伊努皮克猎人一样，可寒意穿透了这些衣物。他感觉寒冷包围了他的脚和小腿，如同经历了电击。他的双腿渐渐发软，双脚已经麻木，很难在雪橇上保持平衡。他一直在风中呼喊狗狗们的名字，可渐渐地，他开始不记得它们叫什么了。他知道他暴露在外的时间太久了，必须快点取暖，不然他就会死。

他让因纽特犬停下。他的湿衣服夺走了他身体仅余的一点暖意，他无法把衣服晾干。寒风如同大砍刀一样横冲直撞，没有任何东西能够抵挡。在这样的风中，他无法点燃卡利克，更甭提让它持续燃烧了。他没有任何取暖的办法。

父亲说，风太大了，天气极端寒冷，他知道就要下暴雪了。他想把帐篷支起来，地面太硬，帐篷柱插得很浅。跟着，一阵狂风吹来，父亲说风把帐篷卷走了，如同一块被图钉钉住的花边手帕。他想把帐篷追回来，却只是白费力气。

他说他试着把因纽特犬拴住，以免它们逃跑或中毒，只可惜打桩真是太困难了。一想到父亲孤零零在严寒之中，地面又那么硬，我就心疼不已。

"你为什么不给我们发邮件？"我说，"告诉我们是你发来的那些邮件，让我们帮忙？"

"我很想那么做，巴格。阿基雅克的电脑被冻住了。"他笑了，"这可是实话。"

我勉强挤出一丝笑容，心里却很难过。

"甚至都无法开机。"父亲说，"我的保护罩没能保护好电脑，我估计电脑上冻了，所以无法运行。屏幕上还出现了很多小裂缝。"

他看着母亲，他头一次用这样的眼神看着她，我看得出来，他有话对她说，他可能会用手语说，因为那样更能保密，这时候那个州警打断了他。母亲用手语为我翻译了他的话。

"那时候肯定是周一。"州警说，"我们当时正冒着暴雪寻找你。你却在这里建了这个屋子。"

"不是这里。那是我第一次尝试。"父亲说，并且冲我笑了笑，"我当时真的绝望了，巴格。我以前从没造过冰屋，只是看卡伊尤克和柯拉松造过。他们只要二十分钟，就能造好一个冰屋。我却用了好几个钟头。就算用了这么久，我造的冰屋也不像样子。"

他更多地以伦敦人的身份去思考，而不是把自己当成伊努皮克人去想事情；如果要活下来，就必须想象他们会怎么做。他拿出柯拉松送给他的骨刀，从一片雪堤上切割下雪块，手指的动作都不灵光了。有些雪块碎掉后就没了用处，他得重新开始。他觉得雪块够多了，就开始建造冰屋。

在他建造冰屋的过程中，他的身体一直剧烈地颤抖着，双脚因为冻伤而刺痛不已。他想到了雅思明和露比，在黑暗中看到了她们的脸，她们仿佛就在隧道的另一端，如果他能建好这个冰屋，他就能到她们身边。他回忆着，如同卡伊尤克的声音在呼啸的风声中响起，为他耐心地做着解释："不要一排一排的，而是要呈螺旋状向上堆，用雪封住连接处。"他的声音那样鲜活，不像是出现在回忆中，仿佛他就和马修一起在雪地上。他担心自己冻了太久，出现了幻觉，即便如此，卡伊尤克的声音依然给他带来了莫大的慰藉。

造好之后，他就爬了进去，冻得浑身冰冷，已经无法用语言来形容了。他试了十次，才点燃了卡利克。他终于体会到了温暖。他用雪封住开口，脱掉湿衣服晾干。他卸掉阿基雅克那台电脑的电池，将电池和电脑一起放在卡利克边上，希望烤一烤后，它们能恢复功能。跟着他睡着了，却时睡时醒，卡利克发出的光照亮了雪壁。

他是被呛醒的，卡利克的烟雾弥漫在冰屋里，他只好拿出刀子，凿出个洞口，把烟排出去。他终于不再剧烈地颤抖了。

转天早晨，他被冻伤的脚开始发红，长了水泡。两条因纽特犬尤米亚力克和奎尼科挣脱索具跑掉了。前一天晚上，他把最后一点少得可怜的食物喂了它们，它们肯定是出去找吃的了。现在只剩下了库库、卡由卡力克和司库。他还没来得及因为失去了几条狗而伤心，就觉得松了口气，因为他能想起它们的名字了，只是因此有点厌恶自己。他建造的下一个冰屋很大，连狗狗也容纳得下。

他把电池安装在电脑上，电脑只开了大约五秒钟，就变黑了，键盘卡住了，他发现加热使得屏幕内部出现了冷凝。他用一条松软的露营毛巾裹住电脑，希望能缓解冷凝的问题，然后将电脑放进背包。

他离开简陋的冰屋，沿河走了三英里；他的脚流着血，被冻得都发黑了；剩下的三条狗拉着雪橇，但他没有坐在上面。他只有手电光照亮，在无尽的黑暗中这点光显得那么渺小，他感觉在这个黑暗和寒冰组成的星球上，他是唯一活着的人。

他借着手电光看到了一个反光标牌。将近四天以来，这是他看到的第一个人类活动的证据，他知道，他就快到毒源了。他看到了更多标牌，标记出这条河道在冬季被用作公路。

他趔趔趄趄地沿河路走了一英里半，这时候，在因纽特犬拉着雪橇走过冰面的时候，他听到了隐隐约约的爆裂声。

他用手电照着周围，寻找响声的来源，就看到冰上有个窟窿，有裂纹从雪橇轧过的冰洞周围呈放射状延伸，他用刀把洞弄大了一些。只见冰下有圆石截断了一部分湍急的水流。他的手电光照亮了无数死鱼和死青蛙，部分尸体都已经溶解了，这些死动物在冰下足有一英尺厚。

他走了几步，感觉脚下十分松软。他用手电一照，看到冰上有好几只死掉的水獭，而奎尼科就倒在它们边上。

他拍了照片，照相机越来越难操作，他担心雪落进了里面的机械中。他迫切需要把照片传到网上，到了网上，就用不着担心寒冷的天气了，只是他怀疑他到底能不能修好阿基雅克的电脑。他还记得，在当时，相比将注意力放在水獭一家上，思考照相机和电脑的问题要来得更容易，真的很奇怪。

父亲说他看到了水獭，并且拍了照。他觉得他距离毒源很近了。

我告诉他，看到水獭一家的照片时，我哭了，他点点头，他了解我为什么哭。好像到了这个时候，父亲的故事，我和母亲的故事，结合在了一起，我们再次在一个故事里了。

当我看到水獭边上的因纽特犬时，我还以为是那个坏人杀死了它，现在我知道父亲只是在找它。奎尼科的意思是雪花，它看起来那么松软和温和，实际上却很强壮和凶猛。

父亲和我们一样，都沿河而行，当他来到这里的时候，他知道他找到了毒源。他说，他检查过从此开始的上游河段，但没有再发现死鱼和死动物。他说毒物就是从这里散发出去的。

大家都穿上防寒服装，走到冰屋外面。父亲让我留在屋内，说里面暖和，可我绝不可能让他再次离开我的视线，就连一分钟也不能。

篝火分外明亮，我能看到母亲和父亲的手。火焰如同妖怪，要逃进黑暗。

"我到这里的时候，就有这团火了。"父亲对州警格雷林说，"我不肯定他们想要销毁什么。我维持篝火不灭，希望有飞机能看到。"

州警说了什么，母亲为我翻译："普通飞机不会向这边飞。除非有原因，否则我们也不会到这边来。"

我知道他的意思是，他是来寻找我和母亲的，所以才看到了我们的照明弹；照明弹能飞到天空里，比篝火的光亮要高。我们的照明弹就像一颗红色的星星。

除了我和母亲，没人来找父亲。

父亲将一个东西扔进篝火里，火焰更旺了，在妖怪逃跑的时候，黑暗变成了橙色。

我看到了一个巨大的金属怪物，伸向橘色的天空。

"那是水力压裂钻井架。"父亲说。

他走向明亮的篝火，在火焰下，他看到了一座高耸的钻井架，足有一百三十英尺高，看起来就像用金属制成的中世纪抛石机在攻击地面。他打开手电，细小的光亮照到了一个巨大的压缩机和储油罐、井口和水力压裂泵。还有一个部分已拆除的发电机房，泛光灯散落在地面上。他在钻井架一英里范围内发现了二十二口油井。还有一个个深坑，看起来如同月球表面的陨石坑一样，和湖泊差不多大小，他估计这些都是废料储存池。冷风呼呼刮着，他还是能闻到化学毒剂的气味，刺激着他的鼻子和喉咙。气温低至零下，坑洞中的液体并未结冰，还反着光，手电光被这暗淡的黏稠液体吸收了。

在这个地方方圆数千英里范围内，古老的冻土带覆盖着皑皑白雪，雪下的生态系统十分脆弱，从未遭到破坏。这里的土地却布满了伤疤，到处是金属和坑洞，在他脚下，长达两英里的水力压裂管道直入地下两英里，如同血管一样延伸，开采着这片土地里的石油和天然气。

村民曾经担心水力压裂法会污染他们的土地和水源，毁掉他们的生活。他们曾经担心他们会因此患病。他曾经和柯拉松一起研究过，确认水力压裂法有很多的潜在危险。极端讽刺的是，并非靠近村庄的水力压裂井杀死了他们，而是四十英里开外另一家公司的油井导致了他们的死亡。

"你知道这条河是怎么受到毒素污染的吗？"格雷林队长问。

"可能是其中一条水力压裂管道的套管裂了，水力压裂化学剂渗漏了出来。"马修说，"也可能是他们使用水力压裂法弄碎岩石的时候，岩石释放出了天然存在的毒素。更有可能是有人把所有有毒废料都倒进了河里。原因有很多。"

那个州警刚才就摘掉了面罩，从他的表情，我看得出来，他也觉得这是个凶险的地方。他之所以摘掉面罩，是因为他觉得我有点害怕那个面罩；也可能是因为被篝火烤的，他的脸太热了。

"这个这么棒的冰屋是你盖的吗？"我对父亲说，用我们特殊的手语表示冰屋。

"没错。"

"有个排烟孔，还有用兽皮做的门。"我说。

"说对了。我可是付出了惨痛的代价，才学到了经验教训，巴格。"

他造好冰屋，点燃卡利克，把包在露营毛巾里的阿基雅克的电脑放在卡利克边上。四小时后，屏幕亮了，他感觉不再孤独。当村民们被害的时候，当他们需要他的时候，他不在现场，现在他至少可以证明所发生的一切。他将他的照相机和阿基雅克的苹果电脑连接在一起，便自动转接到了iPhoto软件。他点击"倒入全部"，照片便都下载到了电脑里。

他打开第一张照片，开始将照片拍摄地的坐标输入备注框里。屏幕时亮时灭，他担心用不了多久，电脑就会彻底停止工作。他尽可能快地输入坐标，只是将他用铅笔记下的数字原封不动地输入电脑，根本来不及修改。

他早就知道安纳图的坐标，他把安纳图的坐标记在乌鸦照片的下面。

他还拍摄了水力压裂井和坑洞的照片，并获取了坐标，在篝火火光的映衬下，它们显得影影绰绰，只不过照片中没有任何毒素的证据；证据都在动物和鸟的照片里。

他必须将照片传到网上，以确保它们的安全，以免寒冰、潮湿和极寒天气破坏它们，可他要先将照片用电邮发给雅思明，要将他对她的爱转化成清晰的思想和词语。

他刚刚输入了她的邮件地址，屏幕就闪了一下，熄灭了。他包好电脑，放在卡利克旁边。一小时后，屏幕微微亮了起来。只有触摸板能用，键盘不工作了。他逐个按了那些键，没有一个有反应。他觉得这就好像他被剥夺了声音。他想到了露比，人们不了解她的手语其实就代表词语，她却依然非常勇敢。

或许他依旧可以发送照片和坐标。他知道雅思明的邮件地址，触摸板还能用。于是，他走出冰屋。

"我就是从那里发送照片的。"父亲说。他指着一座小山，在篝火橙色火光的映照下，那座小山就如同一个从纸上剪下的图案，巨大而漆黑。"得找个开阔的地方连接卫星。"

"走那么远，你的脚肯定很疼。"我说。我在冰屋中看到他的脚趾都发黑了。

"是有点疼，但不是很严重。"他说，"脚上的冻伤不是大问题。最糟糕的也就是会失去一两根脚趾，就算如此，我还是可以走路。"

他打手语告诉我这些。

我抓起他的手，非常仔细地检查他的每一根手指。他笑了，用手语表示他的手指都完好无损。

爬山真困难，他的脚冻伤后变得麻木，地面结了冰，崎岖不平，非常危险。他来到山顶，将手电插进雪地里，这样他就能借着光，将连接链插进电脑和卫星终端，手电总是倒，就会沾满雪。

要是屏幕亮着，还方便点，可屏幕很昏暗，布满裂缝，根本不能照亮什么。

他摘掉手套，只戴衬里，用指尖摸索连接孔，将连接线插进去。

他终于把电脑和卫星终端连接在了一起。卫星终端开始搜索卫星信号。他用电脑触摸板打开iPhoto软件，点击麝牛照片。他点击"分享"图标，发送邮件。他用触摸板在备注框上打了勾，这样坐标就会自动和照片一起被发送过去。他在键盘被冻坏之前就输入了雅思明的邮件地址，于是他利用触摸板复制粘贴她的邮件地址到收件人地址栏，主题栏里自动显示出了数码相机照片文件夹里的照片编号。在点击发送图标之前，他试了试键盘，盼着键盘能恢复，这样他就能写点东西给雅思明了。可键盘依旧被冻得死死的。

卫星终端搜索到了信号，他发送了麝牛照片，当他发送下一张照片的时候，信号却中断了，必须重新开始。他知道只能发送一小部分他拍摄的照片。每隔五分钟，他就戴上手套，让手变暖。半小时后，笔记本电脑屏幕灭了。他只好返回冰屋，等着屏幕再次亮起，然后再爬上冰坡。他的思维迟缓，身体笨拙，根本不知道时间。他一直盼着键盘能恢复工作，哪怕只是恢复一会儿，让他可以打出他名字的首字母，告诉雅思明是他发的邮件。

他感觉到暴风雪在他周围越下越大；狂风猛烈地向他吹来，雪花降落的速度逐渐加快，到了最后，他什么都看不到了。他最后一次下山，只能爬行，寒风呼啸，他冻得浑身冰冷；严寒没有丝毫人情味，残酷到了极点。

他再也不知道今天是周几，他觉得在这里没有日期之分，地球不会转动到面对太阳，只有幽灵般的黑夜，在黑暗中，唯有猛烈的暴风雪会把时间击破成无数碎片。

他回到冰屋，卡利克竟然还亮着，他不禁啧啧称奇。他躲进冰屋里，想到了卡伊尤克和柯拉松，若不是他们教他求生技能，他恐怕无法存活。

父亲并没有提到卡由卡力克、库库、司库，他只剩下这几条因纽特犬了。

"下暴雪的时候，卡由卡力克、库库、司库和你一起在冰屋里吗？"我问他。

他露出了伤心的表情，我知道肯定发生了恐怖的事。他告诉我，等他发完邮件回来，就发现它们都不见了。他说，没有了拉雪橇的主人和领头狗，外加很饿，所以它们有点发狂了。它们是在下暴雪的时候跑掉的，他没法去找它们。

我不希望他因为继续想那些狗而难过。

"暴雪停了之后，"我说，"你看到星星了吗？"

"星星是不是很惊人？"他说。

我们在打手语，这是我和父亲的秘密对话。

"你给妈妈发了一张照片。"我说。

"我并不知道她自己看到了星空。"他说着对我笑笑，"你是从什么时候开始长大了？"他问。我觉得他知道了我在努力让他振作起来。

"你的手很暖和。"我说。

"我的手套保暖效果不错，我还有卡利克。"

"你觉得会有人来救你吗？"我问。

"说实话？"

"嗯。"

"一开始，我觉得可能会有人来，可时间一点点过去，我就不抱希望了。"

我想这话的意思是他肯定不会有人来救他了。

"就算你有坐标，你也觉得不会吗？"我说。既然坐标能表示动物和鸟的位置，就也能指示出父亲在哪里。

"我想那些坐标都有点含义模糊。"他说，我知道"含义模糊"的意思就跟特别难的填字游戏差不多。"没人知道是我发来的。"他说。

"我知道。"我说，"大部分时间我都肯定是你发来的。"

父亲拉住我的手，所以有那么一会儿，我不能说话了。

"你的食物都吃光了。"我说。

"是呀。"

"你说过卡利克只能再燃烧一会儿，篝火也很快就要熄灭了。"

"到时候就是漆黑一片了。"他说。

一个人待在这个又黑又冷的地方，真是太可怕了。

"不过妈妈认出了那些坐标。"我说。

"而且是在开车穿越阿拉斯加的时候认出来的。"父亲说着脸上露出了惊讶的表情。

"你看到了我们的照明弹。"我说。

"还听到你妈妈大喊来着。"

"然后你也大喊了？"

"是呀。我看到你和妈妈向我跑过来。你们都是我这辈子见过的最不凡的人——"

我的手镯开始颤动，父亲不再说话了。

警笛声划破了黑暗。雅思明循声看到了他们后面两百米处的直升机。

"你没给他戴手铐？"马修说。

"没有，他跑不了。"格雷林队长说，"他现在构不成威胁了。我保证。我会阻止这些可恶的非法勾当。"

雅思明只顾着听马修的故事，满心只想着他这一路的危险，竟然忘了她自己的经历，也把那个油罐车司机抛到脑后了。

她看向黑暗，看的则是在他们前面亮着微光的冰屋，而不是直升机。现在，她感觉到油罐车司机就在她身后，距离她非常近。她无法将他想象成一个长有脸孔的人，只觉得他是一道悄悄靠近她的蓝光，警笛声就是他的声音。

那个州警去关掉直升机发出的警笛声了，只剩下我、父亲和母亲在篝火边。他们一向都当着我的面打手语，或是让我读唇语，我想，他们很想单独待会儿。

"我要到冰屋里面去了。"我说，"我有点冷，也很困了。"

这话有一部分是真的。透过冰屋的雪壁，能看到温暖的黄色光芒，里面真像个温暖舒适的洞穴。

"我送你去。"父亲说。

"爸爸，冰屋就在眼前。我长大了，自己走这么一小段路，不会有事的。"

"好吧。"他说着把他的手电递给我。

雅思明将面罩罩在脸上。篝火释放的温度越来越低了。

"那张星星的照片……"她说。

"我只是想用它跟你告别。"马修说。

暴风雪停了，天空中布满了明亮的星星，星空是那么奇妙，他想到了雅思明，便拍下了那张照片。他记得他专心致志地做着例行工作：拍照片，把照相机的导线插进笔记本电脑，使用触摸板复制粘贴水力压裂井照片的坐标。她意识到星星照片是他发的，并且看懂那些坐标的概率可谓微乎其微，他知道，他发送这张照片的目的并不在于此。

"说道别，也太悲观了。"她说，即便戴着面罩，他也看得出来她在笑。

"有点吧。"他承认，"那可不是第一次觉得我要跟你永别了。"

"永别？"

"就是死，我不想说得那么直接。"

"你做得很好。是在第一次下暴雪的时候吗？"

"是的。那时候我的帐篷被风吹走了，笔记本电脑冻住了，我也没想到要造冰屋。根本不可能正常思考。"

"你在外面待的时间太久了，冻伤了，又累，不能正常思考也不奇怪。"

警笛声停了。格雷林队长肯定到了直升机里。

"可我一直在想你。"他说。

她吻了他。

"我想见见直升机里的那个人。"她说。

"没这个必要。"

"所以你才让露比到冰屋去？"

"那倒不是。我只知道我们一定会聊到这件事。"

她知道他要保护她，他没有特别专注这件事，更没有一边说他要杀了他，一边向直升机冲过去，没有让她为了他的侵略性而担忧，她为此更爱他了。

"我一定会见到这个人的。"她说。

"在法庭上。到时候会有身材魁梧的守卫看着他。"

"没错。"

可是，这么长时间以来，此人一直在她后面，悄悄跟着她。她必须转过身面对他。

就在快走到冰屋的时候，我借着手电光，看到雪地里有一点点棕色皮毛。我知道是司库。只有它的背部有一绺棕毛。我想它肯定是在回来找父亲时死掉的。

我想把它抱起来，可它太重了，我只好拖着它走过雪地。我不会把它留在这里。我知道它其实什么都感觉不到，可我还是不愿意让它孤零零死在雪地里。

我把它带进冰屋，跟着，为了父亲给我讲的那些事，我哭了。

在距离直升机大约五十米的地方，雅思明和马修遇到了格雷林队长。

"你知道这个人是谁吗？"雅思明说，"你问出什么来了吗？"

"他叫杰克·迪林，是美国燃料公司的所有者和首席执行官。那是一家水力压裂公司。"

"这么说这些油井是他的？"马修问。

"是的。"

雅思明努力回想她在什么地方看到过美国燃料公司这个名字。是在阿迪布发病的那个卡车司机餐馆，停车场里有三辆拉着活动房屋的美国燃料公司卡车，而且全都要返回费尔班克斯。在费尔班克斯，在她们出发之前，她们等了一会儿，让美国燃料公司的卡车先进来，她们的卡车才开出去。

"我想看看这个人。"雅思明说。

她很肯定她知道此人是谁。她继续向直升机走去。

乘客舱内的灯开着。她走到近处，透过窗户看到了他的脸，他没有看到她。

她还记得在机场里，她急着去找马修，在那样的情况下，她的急切显得那样疯狂而显眼。

他当时自称杰克·威廉姆斯，而不是杰克·迪林。他告诉她，当天的最后一班飞机飞走了，还提出帮忙。他看起来是那么和蔼可亲，而且来机场是为了送女儿。杰克·迪林与排队的那个女孩根本没有交流，他只是需要一个出现在机场的理由而已。

自从她们从英国搭飞机来到费尔班克斯机场开始，他就在跟踪她们。

她记得，等候室里的大部分人都戴着印有弗里德曼巴顿燃料公司字样的帽子，而包括杰克在内的几个人则戴着美国燃料公司的帽子。锡莱西亚·斯特奈特说过，弗里德曼巴顿燃料公司被美国燃料公司收购了。没人知道杰克是谁，毕竟老板并不常和工人混在一起。或许只有他们的等候室收到了通知，所以知道戴德霍斯小机场跑道上有很多散落的货物。

杰克讨厌环保激进分子锡莱西亚绝对是出于真心，但不是为了保护她们。他跟进走廊，是为了确保锡莱西亚不会向她们透露任何消息。锡莱西亚触及了要害。只不过不是美国燃料公司的油井散发出的有毒烟气向北飘了四十英里，杀死了安纳图的村民，罪魁祸首是河里的毒素。

杰克要想弄到油罐车可谓轻而易举；他可能有一个油罐车队。

杰克坐在直升机里转过身，她和他看着对方的眼睛。不过是个人而已。是他首先别转目光的。

"他会被关进监狱。"马修说，"美国的监狱。距离你和露比好几千英里远。"

"的确如此。"

他们走回篝火边上，从这里能看到冰屋中的温暖光亮，而露比就平平安安地待在里面。格雷林在驾驶舱，确认救援直升机还要多久才能到。

几片雪花落在地面上，一切都静止了。

我抚摩着司库，我恨死那个伤害它的人了。我知道就是直升机里的那个人。我想让他知道，他对司库和其他动物都干了什么。我想告诉他，我不怕他，他阻止不了我们来找父亲。我想要像父亲、母亲那样勇敢。我和司库道别，离开冰屋。外面下起了小雪，雪花就像火花一样，使人感觉灼痛不已，我只好拉上面罩。我从篝火边缘绕了过去，免得被父亲和母亲发现。他们站得很近，如同两只握在一起的手。母亲的脸埋在他那巨大的风雪大衣帽兜里，我肯定他们在亲亲，所以最好让他们单独待一会儿。

我向直升机走过去，父亲、母亲和篝火在我身后，距离我很远。母亲说过她以前真的真的很怕黑，可一天晚上，她拉开她卧室的百叶窗，凝视黑夜，她看到的不是黑暗，而是无数颗星星。

我能透过窗户看到直升机里面。那里亮着灯。一个人扭头向我这边看过来，我飞快地关掉我的手电。

我还以为是那个两只手臭烘烘的人，没想到是那个一脸假笑的人，他每天都戴着一只超贵的手表。

里面还有一个人，是那个州警。我靠近一点点，能看到灯光下他们的脸，我想外面这么黑，他们看不到我。州警并没有戴面罩，假笑男人一脸生气的样子，他说："噢，看在上帝的分上，大卫……"这时我看不到他的嘴了，不知道他后面说了什么，然后，假笑男人说："我们找到他了……"他还说了很多话，我看不到他们的嘴，不肯定他们说了什么。

州警要从直升机里出来了。他看起来很生气，然后戴上了面罩。

我飞快地向待在篝火边上的父母亲跑过去。我没打手电，一下子摔倒在雪地上。州警从我身边走过，甚至都没看到我。

他和父亲、母亲在篝火边上。火焰照亮了他脸上的黑色橡胶面罩。

我站在他身后靠边的位置，这样他就看不到我了，但我盼着父亲或母亲能注意到我。过了一会儿，母亲终于看到我了，我将手指放在嘴上，示意她不要作声。母亲看来很惊讶，却没有对州警说什么。我打手语告诉她："坏人管这个州警叫大卫。"我说，用手指拼出"州警"和"大卫"这两个单词，"他还说，'我们找到他了。'"

沉默的告白
The Quality of Silence

　　母亲看着州警，像是对他说的话特别有兴趣的样子，所以他看不到她用放在腰边的手对我打手语："尽快回到冰屋里去。"我真不愿意离开父亲和母亲，却还是按照她说的做了。她比画了我和父亲专门用来表示冰屋的手语，所以，这现在也是她的手语了。

　　马修看到雅思明对他打手语。他还以为她要说些亲密的话，并且想在格雷林队长面前保持隐私。格雷林队长肯定也是这么想的，他露出了慈父一般的笑容。

　　"你有没有给我打过电话？"她用手语问，跟着匆匆补充道，"用手语回答我。"

　　"打过。就在下第一场暴风雪的时候。我的帐篷被吹走了，我的思绪很乱。我必须听听你的声音。"

　　他的卫星电话一直放在背包底部。在他第一次坐狗拉雪橇出去的时候，刚出发，卫星电话就没电了，后来他发现村民死了，电话根本派不上用场。在第一次下暴雪的时候，他在外面冻了很久，受到了冻伤，又很绝望，就想到了一个从前他觉得不足为信的主意。

　　"我把电话放在衣服里面，贴着皮肤。"马修打手势说，"希望能用我的体温让电池变暖，恢复一些电量。我跑来跑去，后来我看到一座小山，就尽可能快地爬了上去。然后，我给你打了电话。"

　　在他拨打号码的时候，他觉得这根本就是白忙一场。然而，在黑暗和号叫的寒风中，跨越数个大洲和大洋，他竟然真的接通了她的电话，但只通了几秒钟而已。

"我还没来得及和你说话，电话就断了。"

雅思明掩饰住她的情绪，打手语告诉马修："他告诉我，他在村里找到了你的电话。"

她觉得他们刚才就已经很靠近这个真相了，很想知道如果他们刚才就能知道，是否能赢得时间或优势。可是，她对此表示怀疑。他们处在荒野之中，没有任何办法逃生、隐藏或是求生。

"露比呢？"马修打手语问。

"在冰屋里。"

她意识到格雷林队长正瞧着他们，慈父般的表情消失了。她刚才从他身边退开了一点点，或许他就是在那时候觉察到了异样。

"不是你们想的那样。"格雷林队长说，"我一直在尝试做正确的事。"

附近有一个巨大的肥料坑，有毒化学剂的气味被寒风一吹，异常刺鼻。

"我绝对不希望你们遇到危险。"他又说，"你们必须相信这一点。我们只需要一个机会来向你们解释，让你们明白为什么不能让这次事件曝光。如果别人知道了，美国其余地方的水力压裂开采或许将被永久叫停。那样的话，我们将永远也摆脱不了在中东的战争。我绝不容许这样的事情发生。"

"你是怎么认识杰克·迪林的？"马修问。

"我们是表兄弟。他准备给你们一大笔钱。"

"你觉得那些死去的人就值这些钱？"马修问。

"当然不是。"格雷林答。

雅思明怒不可遏:"你还说你去找过马修。"

"我真的找过。"格雷林说,"我当时以为村子里只是着了一场大火,可能有人逃了出去。后来,我们找到了二十四具尸体,比村民人数多一个,我才放弃了搜索。签证记录显示马修·埃弗雷森一直住在安纳图。我还找到了带有他名字首字母的结婚戒指。"

雅思明觉得他曾经必定是个正派的人,从他的声音中便能听得出来。

"那天晚上晚些时候,杰克给我打电话。"格雷林继续说,"他告诉我,一个水力压裂井发生了事故,他花钱雇一个手下放火烧了村子,来掩盖这个真相。"

篝火中一块带有油漆的木头发出一声爆裂声,火花蹿入了漆黑的天空,燃烧殆尽之后,灰烬落在了雅思明的面罩上。

"安纳图的人都死了。"他又说,"这是一次可怕的事故。可我无力改变什么。我觉得我应该阻止事情恶化,演变成一场灾难。"

他停顿了一下,四周唯一的声响便是雪花落在篝火上,火焰发出的咝咝声。

"杰克告诉我,需要一系列情况罕见地一块发生,自动防故障装置才会失效。我觉得他说得不错,如果就因为一次只有百万分之一可能发生的事故,整个美国的水力压裂项目全部永久停摆,那只是一个更大的悲剧而已。他想到了大局,他是对的。"

或许他真的相信这个故事,雅思明心想。或许他觉得他正在做正当的事情。

“你对我说，你找到了马修的电话。”她说，她觉得听到她声音中的愤怒，他有些畏缩。

“我肯定他死了。我以为，相信那个电话是他还活着的证据，会让你痛不欲生。”

“你这是善意的谎言吗？”

“那个电话会让你转移注意力，让你相信他还活着，而你不应该为了这个电话纠结起来没完没了。”

她感觉到一个丑陋的东西正在黑暗中逼近她。

“你参与掩盖真相，所以才撒谎，免得暴露你自己。”她说。

“不是这样的。我不知是谁给你打的电话，可我知道不可能是他。”

“你到底知不知道你在干什么？”她说，真想敲碎他声音中的理性，希望他表现得像个坏人，而他就是个坏人。

“对此，我要负上一定的责任。”杰克说。

他向他们走过来，黑色极地防寒服几乎使他在黑暗中成了隐形人；只有他的护目镜反射出的橙色火光，才能让人看到他在一步步走近。

他站在雅思明身边，他的声音很轻。

“你来了，说你丈夫给你打过电话，他吓坏了，立即联系了我。”

杰克的声音很陌生，他在机场和电台上肯定掩饰了他的口音。

　　"我告诉他，我派去放火的工人在死者中间看到了一个高加索人。"杰克又说，"如果我没对他说过这话，他肯定会派他所有的州警朋友和公共安全官员去找你丈夫；所有警察必定全部出动，响着警笛，亮着警灯，他就在中间坐镇。那样的话，他一定不会考虑大局的。"

　　她打手语告诉马修，她觉得格雷林或许能帮他们，或许他还没有坏到骨子里。杰克一下子死死攥住她的手，让她不能和马修交流。

　　"后来你在电台上说有辆油罐车跟踪你。"他说，"大卫也听到了。他很快就连上了卫星信号，用卫星电话打给我，逼我承认我没对他说实话。他很不高兴——是不是，大卫？他老以为我们都是小孩子，他骑着高头大马，就能对我呼来唤去。"

　　雅思明把手从他手里抽出，不过篝火的火光变得很昏暗，看不清手语，他们也就不打了。

　　"我好说歹说，他终于冷静了下来，听我解释。"杰克继续说，"我告诉他，我不是在追你，只是跟着你而已。我说马修·埃弗雷森可能知道这件事。他可能还会给他妻子打电话。你带着我们找到他，这样我们就有机会和你们两个谈谈，解释一下可能发生的危机，以及为什么我不愿意一大群州警来救你们。"

　　雅思明觉得杰克说得兴高采烈，他并非在享受摆布他们的快感，而是很喜欢控制格雷林的感觉。

　　"可要是马修再给我打电话，"她对格雷林说，"我就会知道你在说谎。"

"但大卫不会说谎。"杰克说,"州警不会说谎,警察不会说谎。你不可能知道能相信谁,不能相信谁。我觉得这正好是我们的优势。而且,这与真相所差无几。水力压裂的支持者可都是大人物。"

"你到底为什么要参与这样的事?"马修问格雷林。通过这个人对待他们的方式,他觉得他是个好人,此时,却发现这个距离他一英尺远的那个人是那么陌生。

"我需要一个机会,向你们解释一切。"格雷林说,"我觉得,着眼于大局非常重要。让整件事秘而不宣,好处更大,所以我一定要这么做。"

"之前下了那么大的暴雪。"雅思明说,"就因为他不让我们掉头,我们才会被困在大雪中。"

"我告诉他我会在路上照顾你们。"杰克说,"确保你们不出意外。"

雅思明并不觉得他是在为格雷林找借口,而是在再次炫耀他对格雷林的影响力。

"你相信他?"雅思明问格雷林。

格雷林沉默以对。

"因为这符合你的期望,还是因为你妥协了?"

"我一直在找你们。"格雷林说,"一直搜索到天气状况不允许直升机飞行。暴风雪刚一减弱,我又开始找。不应该有人受到伤害。我向你们保证。现在,没人能伤害你们了。"

"你的直升机真的坏了吗?"马修问他。

316

沉默的告白
The Quality of Silence

格雷林沉默了一会儿，然后回答："我说过了，我只是需要一点时间和你聊聊，解释——"

马修打断了他的话："你用无线电联系别人了吗？有人在来的路上吗？"

格雷林没有回答。大风卷起篝火中的灰烬，灰烬迎着飘落的雪花，呈螺旋状向上飞去。

"我要去和我女儿待在一起。"马修说着从格雷林和杰克身边走开，向冰屋走去。雅思明觉得他们之所以允许他离开，是因为他们压根就是无路可逃，也无法求救。

"警方认为我们在什么地方？"雅思明问格雷林。

他没吭声。

"是杰克说的那个位置吗，阿提根山口以南？"她问。

他依然没有作声，雅思明觉得他很恶心。

"我并没有要抓你们。"杰克对雅思明说，他的声音在黑暗中听起来很柔和，"我只是需要你带我去找你丈夫。"

她早就猜到他为什么不让她掉头了。一旦她抵达通往这个地方的河路，他就知道她要到哪里去了。正是在那个时候，他才开枪打她和露比。

她转过身，不再理会这两个人，迈步去找马修。

她穿过黑暗，走过冰冻的大地，向冰屋走去，她并没有想杰克、格雷林或是此刻发生的一切，她心心念念的是马修发给她的星星照片，想到他不顾严寒和冻伤，将电话贴着身体，来回跑动，只为了能听听她的声音。

马修从冰屋里走了出来。看到他站立的姿势、他的表情，她就知道出大事了。

我把手电留给父亲和母亲了，于是我打开笔记本电脑，用它来照亮；屏幕光把冰雪照得绿莹莹的，我不去看黑暗，只看着绿色的雪。我背着父亲装有卫星终端的背包，所以它很安全，也很干燥，我把父亲的特制保护套装在了我的电脑上，现在屏幕上有了一个塑料保护壳。下雪了，不过雪不大。一片大雪花落在屏幕正中央，不过我用戴着手套的手把它拂掉了。

我现在所在的地方真的很高，我向下一看，只能看到篝火，它就像一个橘红色的光点。篝火附近是冰屋，它散发着淡淡的黄光。要是橘红色的点和微弱的黄光一直在我身后，我就是在向上爬，而不是在向下爬，接下来，我要一直爬到山顶。

无边无际的黑暗笼罩着他们——露比不见了。她只有十岁。现在的气温是零下二十度。她带走了笔记本电脑和卫星终端。如果杰克和格雷林发现了这件事，天知道会对她干出什么来。他们害怕得沉默下来，被一种比爱更宏大的情感联系在了一起。

如果他们去找她，那杰克和格雷林就会知道她不见了，可他们怎么可能不去找她呢？

雅思明呕吐起来，她的恐惧是实实在在的。露比可能被冻伤，可能患上低体温症。要是他们找不到露比，会怎么样？露比必将孤独地死去。

他们看到黑暗中有东西向他们走过来。杰克站在他们面前，面罩拉了下来，手里握着枪。格雷林站在他后面。

马修想起了冰屋里的司库。只有孩子会做那样的事，他心想，只有孩子会救一条死狗，把它带进冰屋，照顾它。只有一个孩子会以为把睡袋盖在狗狗身上，就能让别人相信是她躺在里面，仿佛这一招会奏效。在这些人面前，她的天真简直不堪一击。

"你那台有照片的电脑呢？"杰克问雅思明。

"在卡车里，现在掉进冰窟里了。"

"你是个蹩脚的骗子。"杰克说，然后扭头看着马修，"你的终端呢？是不是也在那个冰屋里？"

"它被冰冻住了，不能用了。"马修说，"我就把它扔了。"

杰克向小屋走去，可雅思明一个箭步冲了过去，挡在他面前。

"我女儿要睡觉。"她说，"她吓坏了，也很累。"

或许她应该把真相告诉他们，他们就能去找她了。毕竟露比对他们有什么威胁呢？她只是个十岁的小女孩。在零下二十度的黑暗中，她是不可能把终端和电脑修好的。即便她做到了，她又能给谁发邮件呢？她能向谁求助？她知道别人的电邮地址吗？

"我想听听你有什么话说。"马修对格雷林说，"你不是说了吗？你想解释，那好吧，现在我洗耳恭听。"

他觉得，若要让露比活下去，唯一的办法就是不让这两个人去追她，让他们一直说话，雅思明知道他是对的。就算露比构不成威胁，他们依旧会把她当成潜在的危险，然后去追她。

"那好吧。"格雷林说，"去篝火那边说吧，让孩子好好睡觉。"

这就好像他打了你两巴掌，又给你一颗甜枣。他转身看着杰克。

"我们的计划一直是这样的。"他对杰克说，"向他们解释这一切。"

他们向篝火走去，最后一点残骸仍在燃烧。

"这里到底发生了什么事？"马修问。

"一个井管裂了。"杰克说，"管道受到了污染。污染源可能是砷，然后随着浮烟进入了河里。"他的语气很平淡，几乎有些冷漠。"我的工头发现后都吓傻了，我这才知道这件事。还有那些死动物和死鱼。水力压裂开采现场出现死动物是常有的事，可这次情况不一样。我知道有因纽特人住在河下游，就派我的一个工人去查看一番。我告诉他该怎么做。"

马修觉得他看到黑暗中有什么东西一闪，他的眼部肌肉紧绷起来，想要看个清楚，可那不过是最后一点火焰投下的影子，仅此而已。

"但安纳图的人会把水烧开了再喝。"马修说。

"把水烧开，反而是对砷进行提纯。"杰克说，他的口气依旧淡淡的。

"可能有别人——"

杰克打断了他的话："那里不过是个没人听说过的因纽特村落而已。"

"于是你销毁了证据？"

"我花钱雇了一个人去放火。剩下的工作则是大雪完成的。"

"那这里呢？"

"我那个工头慌了神了，该死的白痴，他竟然开始拆除这里的设施。还点了这团火。"

"他难道不应该害怕吗？"马修说。

"根本就没人能看出这里出了问题。这条河水流湍急，流速大概每小时十英里，砷浮烟会流进北冰洋，到时候就算测试，这条河也是干净的。可就跟我说的一样，那小子慌了神了，让所有人打包离开了这里，甚至还毁了那条该死的路。"

雅思明在黑暗中寻找露比的身影，她知道，马修肯定是一忍再忍，才没有做出与她同样的举动。他一直在逼迫自己看着杰克，与他说话。

"几乎所有废料池都是满的。"马修对杰克说，"在砷泄漏之前，它们就满了？"

"人们本应该具备安全意识，可他们偏不。"

"所以你把有毒的污染物都倒进了河里？"他问。

"我说了，人们本应该具备安全意识，可他们偏不。有些人还很懒。"

"如果这条河的流速真能达到每小时十英里，"马修说，"那只需要四小时，砷浮烟就能到达安纳图村。"

"没人及时意识到这件事，并向他们发出警告。"格雷林说，雅思明觉得他的声音听起来是真的很难过。她很想看看他的眼睛，希望能找到一丝善良，即将熄灭的火光照射在他的护目镜上，她看不到镜片后面他的眼睛。

"我们的问题是，"杰克说，"这次事故和大多数水力压裂事故不一样，并不是泄漏的毒素污染了水井。制定能源政策的人可不是一群从该死的井里打水喝的乡巴佬。"

篝火行将熄灭，天黑得伸手不见五指，看不到水力压裂开采现场的钻井架和废墟了。雅思明担心很快就没有东西引导露比回来找他们了。可要是这些人去追她，后果更糟。

"你说你有充分理由不让整件事曝光。"马修对格雷林说，"现在来讲讲吧。"

"河跟井不一样。"格雷林说，"河水是流动的。如果出了事故，下游的所有人都会中毒。我们的饮用水有很大一部分都来自河流，人们会担心毒水从他们的水龙头里流出来。制定美国能源政策的人也害怕。那些对水力压裂法怀矛盾心理的人以后永远也不会再允许使用这种方法。而反对水力压裂的人正好大肆抓到了把柄。"

"你不认为他们害怕得很有道理吗？"马修问。

"我不这么觉得。"格雷林说，"这里发生的只是一次独立的悲剧事件。很多状况都是意外发生的，而自动防故障装置失灵的概率微乎其微。"

雅思明听着格雷林夸夸其谈，很希望发生奇迹，他并没有撒谎，希望等到他解释完了他的大局，他就会放他们走，到时候他们就能去找露比了。

"获取任何一种能源都要付出代价。"格雷林接着说，"我们必须选择伤害最低的那一种。水力压裂从这里，也就是从我们自己的土地上，开发能源。再也不会有人为了能源这东西勒索我们，我们也不再需要为了能源打仗了。"

"你们需要了解一点，"杰克说，"那就是阿拉斯加保护了美国其他地方。历来如此。先是用它来反抗共产主义者，然后利用它对付阿拉伯人。我们从普通油井里向美国供应燃料，也用水力压裂法开采。阿拉斯加拥有丰富的储备，此外，这片土地根本没有其他用处。二十亿桶可采油量，八十万亿立方英尺天然气。绝对不能让一群因纽特人搅了我们的好事。"

马修听得出来，杰克是一个很有侵略性的人。他是那种在战斗或争论中绝不退缩的人；或许可以利用他的这种性格，让他远离露比。

杰克抬步向冰屋走去。

"你说的'我们'，指的是美国吗？"马修问。

"其他国家可不关我的事。"杰克说。

"你觉得你是个爱国主义者？"

杰克停下脚步："这一点毫无疑问。使用水力压裂法，让我们的祖国走出衰退的阴影，让我们独立，强大。要是我们依靠外国人供应能源给我们，那可成不了自由世界的领袖。"他又走了起来。

"宇航员在第一次进入太空的时候，"雅思明说，"拍摄了地球的照片。所有人都能看到，地球只是一颗行星而已；是黑暗太空中一颗美丽的蓝色星球。"

"动物和鸟类并不知道国家这档子事。"马修说，"有些动物和鸟会走上数千英里的迁徙之路，一直穿越整个世界。对于它们来说，地球也只是个星球而已。"

"现在，你们他妈的要做环保狂吗？"杰克说，可他不再走向冰屋。

"只能说我们看到了比你们的大局更宏大的大局。"马修说，他扭头看着格雷林，"你并没有说服我。现在还没有。"

"事实是，我们的确有这个界限。"格雷林说，"而且，就为抢夺石油，人们你打我，我打你。我们把我们的儿子送到外国去送死。"

"你认为水力压裂能终结战争？"马修问。

这时，一个声音在他身后响起，他猛地转过身，想把露比拉进怀里，用他的身体挡在她和那两个人之间，可那不过是渐起的风卷起了他们后面的一堆废物箱。

我爬到了山顶，要是我再往前一点点，我的脚就向下倾斜了，于是我回到了这里。

大风猛吹我的脸。呼！呼！

我连一颗星星都看不到，只有黑暗和不断落下的雪片，如同一朵朵长了绒毛的冰冷白花。

卫星就在雪花的上方。

我还记得，在苏格兰的时候父亲告诉过我怎么做。我从背包里拿出父亲的卫星终端，将电脑屏幕调到最大亮度，但依旧看不清该把连接线插在什么地方，才能把电脑和终端连接起来。我戴着手套摸索了所有插孔，可这工作需要灵活的手指。于是我摘掉手套，只戴衬里。

我终于把它们连接在了一起，按照父亲教我的一一做了。有了特制的保护壳，我的键盘并没有被冻住。

卫星终端正在寻找太空中的卫星发出的信号。屏幕上有"搜索中……"几个字。

我打开我和父亲的博客，找出照片和坐标，它们标记出了沿河动物死去的位置。等到终端连接了卫星，我就要发表博客，就连我对父亲说的傻话也一同发表，谁叫我没时间删除它们了呢。但愿父亲不会介意我这么做，毕竟情况太紧急了。

我的手指真的很冷。

依旧在"搜索中……"。

母亲说一群卫星叫星团，就跟恒星一样。我觉得在我上方的天空里，只有一两颗卫星。

篝火里没有火焰了，灰烬中只剩下一些红色的亮点。雅思明的心中翻搅着，她必须去找露比，她能感觉到她的手指很想去抓住一个根本就不在眼前的孩子。

　　马修正与格雷林、杰克争论不休，吸引他们的注意力，给他们讲，未来的战争要争夺的，则是清洁的水源。雅思明觉得杰克的爱国心就跟蛋壳一样，又薄又脆弱；他的动机只是贪婪和追逐利益，而且，他随时都会中断谈话，到冰屋里去，就会发现露比不见了。杰克会无情地杀死他们，并且绝不后悔，她很清楚这一点，可也有一个可能，那就是格雷林或许能阻止他。

　　"你知道，光是用水力压裂法开采一口井，需要多少水吗？"马修问，"五百万加仑。这些水中会被加入有毒化学品，将之变成水力压裂液。没有人知道如何处理这些水。它们无一遗漏地全都被倒进了地下水、含水层和河流中。"

　　他言之凿凿，他对水力压裂的了解来自村民的反对行动，可他的注意力依旧在黑暗中；仿佛只要他用力看，就能看到露比的身影。

　　"总有一天，清洁水源会和燃料一样珍贵。"马修继续说，"甚至更加珍贵，因为你可以削减对能源的需求，要是迫不得已，大可以回到没有电或是汽车尚未发明时的生活方式。就跟伊努皮克人一样。可要活着就必须喝水，全球都是如此。为了水进行的战争可不像现在的战争是为了争夺权力，而是为了生存。"

　　"你这种话我早就听够了。"杰克说，他扭头看着格雷林，"我去启动直升机。你去拿终端和电脑。"

　　格雷林没动。将由杰克驾驶直升机离开这里，雅思明心想，可她不知道格雷林是否会做他的乘客。

"不能丢下他们。"格雷林说，"他们没有掩体。没有取暖的东西。"

"但你还是得丢下他们，大卫。就好像下暴雪的时候，你没有告诉你那些伙计，她们在什么位置。"

"那是我觉得我自己能找到她们——"

"你到现在也没把他们的位置通知你的朋友，对不对？"

杰克向冰屋走去。格雷林没有回答。

"大卫是老大。"杰克说，"我们十一个表兄弟，他排行第一。他喜欢让别人仰视他，他这人一向如此。就算是在小时候，他也是大家称赞的对象。好孩子、好小伙、好州警。就连他儿子也是为国家而死——这就是你的大局，对吧，大卫？"

格雷林沉默不语。他们来到冰屋边上，里面卡利克的光芒照亮了整个冰屋。浅黄色的灯光映衬着他们的护目镜，映照出了小小的冰屋的影像。

马修看到金属光泽一闪，杰克用枪对准了冰屋。他和格雷林都以为露比在里面。

"我没想这样。"杰克说，他的声音中夹杂着愤怒，"但你们逼得我别无选择。"

一声枪声在漫天飞雪中响起，子弹穿透了雪壁。雅思明尖叫起来。

"我动作麻利点，不会很痛苦的。"杰克说，马修心想，杰克竟然相信，只要死亡的时间短一点，他犯下的罪行就能轻一点。

他又冲冰屋开了一枪，雅思明盼着声波能穿过黑暗，到达露比那里，让她知道这个人有枪，需要赶快藏起来。

他又开了一枪，她想到了那棵倒地的树，声音变成了长满青苔的大地的颤抖，一片树叶滑过露比的脸颊；她尝试为了露比想象可以让人平静下来的事情，仿佛这样能帮到她。

卡利克被落下来的冰雪打湿，立即就熄灭了。

杰克打开手电，手电光先是照到格雷林手臂上的徽章，又照到了他的脸。他几乎没有反应。

杰克走进坍塌了一半的冰屋，却没有找到孩子，只看到一只被子弹打得稀烂的死狗。马修看到那条狗激怒了他。

怎么这么久呀。我回想着苏格兰的欧石楠如同泼洒在地的颜料一样，父亲那件搞笑的超人T恤衫，那里的天气是那么温暖，这里只有黑暗和寒冷。想到父亲一个人来到这里，我必须也和他一样勇敢才行。

屏幕上终于出现了一个闪亮的卫星图标！！

我把博客内容传到了网上。照片啦，坐标啦，所有的一切，都传上去了。

但我们的博客上没有好友，连一个都没有。甚至都没人知道这个账号。也不会有人去看，然后来帮我们。

我看不到冰屋里的黄色灯光或橘红色的篝火亮点了。我不知道该如何回去找父亲和母亲。

杰克逼着马修和雅思明脱掉外套,摘掉面罩和护目镜。趁着他把他们的防寒服锁进直升机的当儿,他们慌忙向小山跑去,露比肯定是到那里去了,马修就是在那里发邮件的。没有了极地防寒服的保护,他们身体的热量散发得很快,肌肉发软,根本跑不快。

直升机的探照灯在黑暗中亮了起来。杰克在找露比。他用探照灯照向小山。灯光下,只见一个孩子在山顶,轮廓在满天飞雪中显得格外分明。

有很亮的光从山下射来,真的真的很刺眼。我真想相信这是父亲或母亲在找我,可我觉得不是这样。

我打开推特网。我打字时必须超级小心,要是我把博客地址写错了哪怕只是一个字母,也就没人能帮我们了。我的手指疼得钻心,像是从带刺铁丝网里把手指抽出来一样,可要是戴上手套,我就没法打字了。我清楚地记得母亲告诉过我的话。

无声的语言 @ 无声的语言　　　　　　**650个好友**

救救我们。请看 aweekinalaskablog.com。安纳图的村民在大火之前就死了。长长的数字串表示经度和纬度。加上小数点和负号就行。赶快。

我不知道这里或家里是白天还是黑夜，不过，世界上某个地方肯定是白天，那个部分沿线旋转，正好面对太阳。必定有人没睡觉，能看到我的推特信息，还是个大人，并知道该怎么办。

那道亮光熄灭了，现在周围又黑了下来。

雅思明攥着手电，马修就在她身边。她听到格雷林在喊他们，可她没有停下，而是继续跌跌撞撞地穿越这片冰雪大地。杰克跑得很快，他举着枪和手电。寒冷封闭了她的身体的全部机能，她感觉思绪混乱，只剩下一个清晰急切的念头，那就是她必须保护露比。跟着，格雷林一把抓住她，把他们的防寒服、面罩和护目镜还给了她。他们匆忙穿上。格雷林在他们前面继续走。

我的手指感觉怪怪的，麻木和疼痛两种感觉同时出现。

博客里没有我们现在的位置，这里的坐标在父亲发来的最后一封邮件里，而我并没有把星星照片上传到博客。我登录母亲的邮箱，复制了星星照片下面的数字。父亲肯定知道她有多爱星星。然后，我打开推特网，粘贴数字。我很想像母亲那样，添加负号和小数点。可我的手指不听使唤，老是弄错。

格雷林穿着极地防寒服，跑在那对父母前面。他关掉了直升机的探照灯，希望借此拖慢杰克追杀女孩的速度。这会儿，他借手电光一看，就发现杰克在他前面一百码左右的位置。格雷林在冰雪上飞奔着，冷空气深深钻进了他的肺中，一呼吸，他的胸口就疼得厉害。

刚才，雅思明告诉他，那个小女孩在冰屋里睡觉，他就知道她在撒谎。他看到了那对父母的脸，看出了他们的恐惧。那时候蒂莫西在伊拉克作战，他也是这样的感觉，每一天，每一小时，他都不知道他是不是还活着。所以他一直知道他们的孩子不在里面，他们也不晓得那孩子去了什么地方。他是个出色的侦探，很容易就推论出，这对父母引他和杰克与他们争论不休，好阻止他们去找他们的女儿。

他就快赶上杰克了，只剩下二十米的距离。

从整件事开始的时候，他就失去了正直之心，选择视而不见，选择相信杰克不会伤害他们，这并非因为他认为杰克是个好人，而是因为不然的话，他就会成为魔鬼的帮凶。

后来，杰克竟然对冰屋开枪，并且以为他打死了那个小女孩，杰克的十恶不赦一览无余，也说明他真的错了。当他看到子弹穿透了冰屋的雪壁，他明白了，什么大局完全是自欺欺人而已；眼前的一切就是犯罪，不可能将行善建立在作恶的基础上。

他感觉内心之中有一种感情苏醒了，再次屹立不倒。

杰克在他前面几步远的地方停了下来。他用手电光对准两百码开外的那个孩子，然后举起了枪。格雷林一个箭步冲到杰克前面，用他的身体为小女孩挡住了子弹。

我的手镯一颤，我很想把它摘下来。我希望听到沉寂的声音。我蹲伏下来，这样那个坏人就不容易看到我了。我的手指不听指挥，好在我已经打出了推特信息。

无声的语言 @ 无声的语言　650个好友

69.602132，-147.680371，这是我们在小山上的坐标，旁边就是水力压裂井，快来救我们，我想他有枪。

格雷林躺在雪地上，他不觉得疼，只觉得异常温暖。雪花落在他的脸上，他感觉着身下和周围的土地。雅思明指责得对，他的确是在保护他自己和自我利益。他竟然怪异地相信，如果他能足够细心，破坏所有规则和法律，防止人们为了石油去打仗，那么十年前，一个像他这样的父亲，也会足够细心，战争就会提早结束，那蒂莫西或许现在还活着，还会面带笑容，与父亲说着话，而不是躺在一具棺材里，变得面目全非。当然了，事情不会这样，他很明白这一点。现实的规律不会以他从情感上总结出的不合理真相为转移。或许他只是不希望其他父母也承受这原本可以避免的痛苦，那种滋味辛辣得如同蓄电池酸液，在你想睡觉的时候，喉咙里、肚子里、眼睑里全都充满了这种液体。他再也不想另一个人受到这样的伤害。**你没有一丝呼吸**[①]。所以他才选择相信杰克，选择着眼于大局，刻意不去在意这件事的丑陋本质。蒂莫西有一张帅气的脸孔。杰克利用了他对儿子的爱和他对这个国家的爱；他因为这两种爱而存在。他的爱被毁坏得面目全非，变成了另外一种样子。他感觉他周围的大地满是疮疤，汩汩向外流着毒素。

我等呀等呀，等着推特信息发出去。卫星在我上方的太空中与我捉迷藏。父亲的小盒子就好像叫人惊叹不已的都铎王朝软体动物，我一定能连接上，一定能把推特信息发出去。因为互联网就好像磁气圈一样，覆盖着整个世界。

马修和雅思明看到杰克的手电光向陡峭斜坡上方移动。他们没有办法在他之前赶到露比身边。雅思明知道没人会来帮他们。不会有人来，没人会知道这里的事。十年、一百年过去后，都不会有人来这里。

我的推特信息发出去了！！我很想做个"胜利"的手势，可我根本就感觉不到我的手。它们现在甚至都不疼了。我真盼着它们能疼。

[①]《李尔王》中的名句。——译者注

黑暗中有一道手电光向我照过来了，要是这是父亲和母亲来找我就好了，可我看不是这样。

一只小动物突然跑到我的电脑屏幕前面，它距离我很近——是一只北极野兔，它的眼睛闪闪发亮，像是对我的电脑很感兴趣。

有人回复我了！又有人回复了！跟着，我收到了第三条回复！太快了，很棒的酱料！真是超酷，太不可思议了！他们是超级小琴鸟，是小三褶铃鸟！

那只野兔一动不动，我知道它害怕了。大概是推特信息发出了"砰砰"的声音，把它吓着了，只是父亲不是早就把我的电脑设置成静音模式了吗？

手电光很近了。

我不知道该往哪里跑。

他来了。我转过电脑屏幕对着他，我看到了他的脸。他有枪。他夺走了我的电脑。

他一只手拿着枪，另一只手拿着电脑。他在看我的推特信息，屏幕的光照射在他的护目镜上。真希望回复我的推特信息源源不断地出现，这样他就会一直看下去，不会用枪指着我，而父亲和母亲或许会来找我。

他把我的电脑扔到雪地上，我很想看看别人的回复，可他用枪打我的电脑，射击了好几次，我的手镯不停地震动，我的胳膊都刺痛了，像是要折了一样；我的电脑变成了无数碎片，散落在雪地上。

我想他现在要开枪打我了。

他转过身去，不再面对我。

他的手电光越变越小。这会儿，它好像一个细小的针孔，跟着消失不见了。

他走了！

我想他是觉得网友的推特信息就像漫天飞舞的羽毛，他不可能把它们都拾起来。

电脑再也不能给我照亮了。四周黑黑的。

黑压压，黑漆漆。

我想象着黑暗吞没了所有光明，我会这么想，是因为这就好像那头鲸鱼把乌鸦吞进了肚子里，而在黑暗的鲸鱼肚子里，一个跳舞的女孩竟是鲸鱼的心和灵魂。

一道光向我射来，那道光上上下下地闪动，拿着手电的人在跑，跟着，我看到了父亲和母亲。

父亲弯下腰，把我抱在怀里，母亲脱掉她的手套，戴在我的手上。眼泪在她的护目镜里都冻住了。她向我戴着手套的手呼气，要让我温暖过来。

我想告诉他们，我的词语比他的子弹还要厉害。

我还想告诉他们，超级琴鸟宝宝和三褶铃鸟正让所有人都知道安纳图那些可怜村民和动物的遭遇，而且一定会来救我们。

从父亲的手电光中，能看到洁白的雪花忽隐忽现地从天空中落下。我觉得，网友打出来的字在我看来一点也不像羽毛，倒像是雪花，这会儿，雪花落在我们周围。

雪花静静地落下，不发出一点声音。

很久很久，我们三个人一直相拥在一起，等待着。我们上方布满了星星，我想到小鸟要学会辨识夜空，才能飞回家。天空中又出现了一道光，如同一颗缓慢的流星，向我们飞了过来。我知道压根就没有流星这回事。

母亲依旧向我的手套里面呼气，感觉湿湿的、暖暖的。

一个雪球开始移动，跟着有好多雪球动了起来；原来是北极野兔在雪地里舒展开了身体。它们蹦蹦跳跳地穿过雪地，消失在了黑暗之中。

我又能感觉到我的手指了，我有了我自己的声音。

（全文完）

在这里，在罪恶之中，我们才能触及，最后一
点纯净的善良。

——华莱士·史蒂文斯

感谢

在此感谢如下人士慷慨与我分享他们的知识。如有任何错误，皆是我一个人的过失：

雅各布·汤普金森，水文学专家，非政府组织"水智慧"总经理，他为人热情聪明，积极宣传清洁水源的重要性和价值。

吉米·斯托特斯，因纽特人极地理事会阿拉斯加分会主席。

塞巴斯蒂安·亨德里克斯博士，儿科耳炎医药专家（儿童听力和平衡问题专家）。

阿米尔·山姆博士，帝国理工学院资深讲师，内分泌学专家。

罗波·斯科特博士，物理学家，现与英国宇航署、拉塞福·康普顿实验室下属地球大气科学部门合作。

格里·吉莱斯皮，航空工程师，提供了很棒的机械故事。

詹姆斯·霍尔姆斯，就职于阿拉斯加渔猎部下属野生动物信息中心。

珍·施特劳斯，"失聪行动"的记者和评论人。

法纳姆天文学会。

在此感谢如下人士为我创作这本小说提供的创造性帮助：

首先，也是最重要的，我要感谢科蒂斯·布朗文稿代理商的费利西蒂·布伦特，她是这本小说背后的驱动力。若是没有她充满想象力的批评、智慧和支持，我不可能完成这本书。

我还要感谢利特尔与布朗出版集团的艾玛·贝斯维斯艾尔利克和大卫·谢利，感谢他们对本书付出的热情和富有创造力的回复；和你们一起工作非常愉快。感谢皇冠出版社的林赛·萨格奈特进行的出色编辑。特别感谢非凡和独特的爱丽丝·勒琴斯，她是我的语音代理人和早期的读者。

谢谢你，利特尔与布朗出版集团的苏珊·德·苏瓦松，感谢你为了将本书推向世界所做的一切努力。感谢塞阿拉·艾略特提出了有启发意义的夹克设计，以及凯特·多兰、菲利斯·豪登、克拉拉·迪亚兹、波比·斯丁普森；还要感谢桑德拉·弗格森、安布尔·柏林森和丽贝卡·李。感谢你，乔安娜·克雷默，你慷慨地允许我无数次修改这本小说，直到最后一刻。

衷心感谢吉尔曼·施耐德文学代理公司的黛博拉·施耐德，科蒂斯·布朗文稿代理商的薇薇恩·舒斯特尔和凯特·库珀，你们是出色的代理人，还阅读了本书的早期手稿，并且提供了很有价值的反馈。谢谢你，艾玛·赫德曼，对很多问题都给出了立即答复，并进行了无私的投入。

谢谢你们，詹妮弗·威尔逊、萨拉·塔尔博特、法比亚·马、蕾切尔·胡姆、珍妮·麦凯恩和所有团队成员，谢谢你们投入了精力和热情。特别感谢本·戈达德和萨拉·施拉布。

也感谢你们，格雷西·梅纳里－温菲尔德、多米尼克·维柯福德，亚历克斯·希尔科克斯、艾娃·帕帕斯特拉蒂斯和乌格纳·霍斯滕。

谢谢你们，妮娜·卡拉布雷西和鲍勃·沃尔德休，让我在美丽的缅因州知道了华莱士·史蒂文斯的这首优美诗篇。

最后，我要诚心感谢你们，卡琳·莱维斯顿、安妮－马利·凯西、林内·加利亚诺、克莱尔·梅里威瑟、克莱尔·富勒、玛艾里西纳·霍尔，以及我的父母吉特和简·沃德－波利特，感谢你们的支持。

还要谢谢你们，科兹莫和乔，我从你们身上找到了灵感，才创造出了善良、宽容和聪明的露比。最后，我要感谢我勇敢与出色的丈夫马丁，他与我一起探险阿拉斯加，在漫长的创作过程中给予我支持。

我借鉴了很多书籍、文章、照片、视频和网站，尤为感谢的如下：

《距离明天五十英里：关于阿拉斯加和真实人类的回忆录》，威廉·L. 伊吉雅格鲁克·汉斯莱著（纽约：萨拉·克莱顿出版社，2009年）。

沉默的告白
The Quality of Silence

《不要小瞧我的名字》，黛比·达尔·爱德华森著（天空景出版社，2012年）。

《爆竹男孩：氢弹，伊努皮克因纽特人和环保运动的根源》，丹·奥尼尔著［纽约：基础图书；伦敦，皮尔塞尤斯（经销商），2008年］。

《最后一抹光亮：在阿拉斯加与伊努皮克因纽特人一起生活》，尼克·詹斯著（俄勒冈州：阿拉斯加西北图书，1993年）。

《返巢本能：动物迁徙的意义与奥秘》，伯纳德·海因里希著（伦敦：哈珀·柯林斯出版社，2014年）。

《磁北：来自北极圈的记录》，萨拉·霍勒著（伦敦：乔纳森·凯普出版社，2009年）。

《水力压裂采油在阿拉斯加日益频繁》，帕特·弗尔盖著（JuneauEmpire.com，2012年）。

《页岩油：地质学家在阿拉斯加的豪赌可能会演变成美国下一次大型页岩开采热》，玛格丽特·克莱茨·霍布森著，选自《能源线》（华盛顿，E&E出版社，2013年）。

《为应对恐怖袭击，国家考虑在达顿公路设立检查点，限制交通》，莫林·克拉克著（《半岛号角报》，2001年）。

《冰冻泥石流有可能破坏达顿公路》，凯尔·霍普金斯著（《阿拉斯加电讯新闻》，2012年）。

《在达顿公路上——可以多糟？》，道格·奥哈拉著（《安克雷奇每日新闻》，2001年）。

《科学、医疗和媒体发现证明水力压裂存在风险和危害之概论》（纽约有关医疗专业人士，2014年）。

《2012年阿拉斯加土著村庄年度报告》（美国环境保护署）。

我还要感谢如下网站：

www.inupiatheritage.org

www.iccalaska.org

www.alaskacenters.gov

www.inuitcircumpolar.com

www.adfg.alaska.gov

dec.alaska.gov

www.nationalgeographic.com

www.worldwildlife.org

www.ecowatch.com

www.handspeak.com

www.british-sign.co.uk

www.actiononhearingloss.org.uk

www.ndcs.org.uk：全国失聪儿童协会认为，每个失聪儿童都应该得到重视，为社会所接纳，与其他孩子具有相同的机会。欲了解更多信息和建议，请访问他们的网站。

　　关于水力压裂，我看到的第一部纪录片是乔希·福克斯拍摄的《天然气之国》。从此之后，我阅读、观看了很多有关水力压裂的文章、报道、演讲和博客，但《天然气之国》对我而言一直是印象最深刻的作品。可在视频网站Vimeo[①]和YouTube上看到乔希·福克斯拍摄的《粉色天空》和《天然气之国》。

　　通过谷歌地图和视频网站YouTube，可以看到达顿公路每英里的照片和视频片段。走过达顿公路的司机、游客和脚踏车骑行人发布了很多博客，还发表了配图日志。我很感激他们所有人为我提供了见于文字的观点。

---

① 美国知名高清视频播客网站。